CŒUR À
Prendre

ANDREW GREY

CŒUR À *Prendre*

ANDREW GREY

Publié par
DREAMSPINNER PRESS

5032 Capital Circle SW, Suite 2, PMB# 279, Tallahassee, FL 32305-7886 USA
http://www.dreamspinnerpress.com/

Édition e-book en français : 978-1-62380-686-6
Édition imprimée en français : 978-1-62380-168-7
Première édition française : décembre 2015
Première édition : septembre 2010

Édité aux Etats-Unis d'Amérique.

I

— Haven ! Mais qu'est-ce que tu fiches là bas à regarder dans le vide ? résonna bruyamment la voix de son père en lui parvenant jusqu'au bord de la rivière où il se tenait. Il n'y a rien pour toi là-bas, mon garçon, continua-t-il en se rapprochant.

Haven se retourna en soupirant doucement, puis s'éloigna de la barrière qui séparait leurs terres du ranch voisin. Il s'avança vers son père qui traversait le pâturage à grandes enjambées pour le rejoindre. Haven dut se retenir pour ne pas jeter un dernier regard envieux par-dessus son épaule.

— Ça ne sert à rien de regarder par là, ce qu'il y a de l'autre côté de cette barrière n'est pas notre affaire, ajouta-t-il d'une voix ferme.

Son père amorça le geste de lui mettre une claque sur l'arrière du crâne mais Haven l'esquiva facilement.

— Je ne faisais que regarder. Pourquoi leurs pâturages sont aussi verdoyants comparés aux nôtres ? demanda-t-il en prenant soin de garder une distance de sécurité entre lui et son père.

S'il avait été plus près, son père aurait tenté une autre claque, et cette fois-ci il ne l'aurait pas loupé.

— Tu sais très bien pourquoi. Ces pédés s'accaparent toute l'eau de la rivière. D'ailleurs, je ne veux pas que tu les observes de trop près. Je ne sais pas ce que Jefferson Holden a fait de mal avec son fils, mais je ne tiens pas à faire la même erreur.

Haven accéléra pour marcher à la même allure que son père. Haven était aussi grand et presque aussi imposant que son père, il savait qu'il n'avait rien à craindre de lui.

1

— Qu'est-ce qui te fait penser que Monsieur Holden a fait quelque chose de mal ?

— On récolte ce qu'on sème. Et Jefferson Holden a dû semer des graines sacrément pourries pour être tombé malade comme ça et pour que son fils devienne une tapette.

Kent Jessup tourna la tête pour cracher le morceau de tabac à chiquer qu'il avait dans la bouche, puis sortit sa boîte de tabac de la poche arrière de son pantalon. Il l'ouvrit et la tendit à Haven.

— Tu es sûr que tu n'en veux pas un peu ? Ça fait pousser des poils sur le torse.

Haven secoua la tête en réprimant un air dégoûté. Il avait déjà essayé et il avait failli vomir. Lorsqu'ils arrivèrent à proximité de la grange, son père prit le chemin de la maison sans un mot, et Haven entra dans la grange. Il avait beaucoup de travail.

— Et que je ne te prenne pas à flemmarder, lança son père depuis les marches du perron.

— Ce n'est pas *moi* qui flemmarde, grommela Haven à voix basse.

Au moins, la grange était propre et tous les chevaux étaient dehors dans leurs enclos. Enfin, *tous* les chevaux, c'était un bien grand mot compte tenu de leur nombre. Haven entra dans la sellerie et attrapa la bride de Jake en vérifiant bien l'état du cuir. Les rênes d'un cheval avaient craqué le mois dernier, et depuis il vérifiait scrupuleusement chaque bride à chaque utilisation. Il jeta un regard autour de lui. Tout avait l'air si vétuste, son père n'avait pas acheté d'équipement neuf depuis des années. Même les véhicules utilitaires du ranch avaient plus de vingt ans ; ils coûtaient presque plus à l'entretien qu'ils ne rapportaient d'argent.

— Haven, c'est toi ? demanda une voix grave à l'extérieur de la sellerie.

— Oui Kade, c'est moi, répondit-il en rassemblant le matériel dont il avait besoin.

— Dieu merci.

Haven perçut le soulagement dans sa voix. Il connaissait ce ton, c'était celui de quelqu'un qui ne voulait pas croiser Kent Jessup. Haven ne pouvait que compatir.

— Tu sors ? lui demanda Kade.

— Je vais m'occuper des clôtures pour l'après-midi.

C'était une tâche qui lui plaisait, ça lui permettait d'échapper à la maison pendant des heures, voire parfois des journées entières.

— Je dois vérifier le périmètre ouest. Au printemps dernier, j'ai remarqué que certains des poteaux penchaient un peu, et nous aurons besoin de déplacer une partie du troupeau là-bas d'ici quelques semaines, surtout si nous n'avons pas de pluie.

Il allait devoir longer les clôtures qui bordaient le Ranch Holden et si son père le découvrait, il prendrait sans doute la première excuse venue pour lui passer un savon.

— Tu veux que je vienne avec toi ? J'en profiterais pour m'occuper des mauvaises herbes.

Haven sourit.

— Bonne idée. Va chercher ton équipement, on se retrouve en selle dans la cour d'ici une demi-heure.

Haven le regarda s'éloigner. Kade était plein de bonne volonté, il ne cherchait qu'à bien faire, et lorsque son père n'était pas dans les parages, il faisait du très bon travail. Il posa la bride et la selle sur la porte d'un box et suivit Kade hors de la grange. Il siffla et aussitôt, Jake, un splendide hongre alezan, arriva vers lui en hochant la tête avec enthousiasme. Haven l'attrapa par le licol pour le tirer jusqu'au box et commencer à le panser. Jake adorait ça, il répondait à chaque coup de brosse comme à une caresse. Si ce grand dadais avait été un chat, Haven était persuadé qu'il se serait mis à ronronner.

Il glissa délicatement le mors dans sa bouche et le sella avec précaution, en vérifiant les attaches plusieurs fois. Il grimpa en selle et sortit dans la cour.

— Tu es prêt, Kade ?

— Oui, répondit ce dernier d'un ton jovial en grimpant sur son cheval.

Ils traversèrent le ranch, puis les eaux peu profondes de la petite rivière, et se mirent en route vers la frontière ouest de leurs terres.

— Haven ?

— Qu'y a-t-il ? répondit le jeune homme en se dirigeant vers la clôture.

— Pourquoi est-ce que ton père déteste autant Dakota ? Pour autant que je sache, il a toujours été gentil avec tout le monde. Il est généreux, toujours prêt à donner un coup de main, peut-être même plus que certaines personnes du coin.

Le regard de Kade était résolument fixé vers l'horizon, à la recherche de toute végétation dangereuse qui pourrait empoisonner le bétail.

— Je pense que c'est parce-que Dakota est pédé, je ne vois pas d'autre raison.

Kade sursauta en l'entendant employer ce mot. Haven regrettait déjà, il n'aurait pas du utiliser ce terme qui n'était pas du tout en accord avec ce qu'il ressentait. Kade l'observait à présent avec attention, il fallait qu'il se rattrape.

— Personnellement, ça m'est égal, mais mon père est très croyant. Je n'ai jamais prêté attention à ses remarques, ajouta-t-il prudemment.

Haven arriva au niveau de la rangée de poteaux qui tenaient la clôture, et Kade resta en retrait pour continuer de scanner le terrain.

— Parfois, je me dis que mon père est simplement jaloux. Avec tout ce qui nous est arrivé, il a toujours eu tendance à blâmer les Holden à tort et à travers. Sans doute que si Dieu en personne descendait sur terre et lui brûlait les yeux de sa lumière divine, il trouverait le moyen d'accuser les Holden.

Kade ricana mais n'ajouta rien, et se contenta de continuer à scruter la prairie. Haven vérifia attentivement chaque fil et chaque poteau de la clôture sans avoir besoin de guider Jake qui connaissait le chemin par cœur. À un endroit, quelques poteaux avaient l'air mal en point et Haven mit pied à terre. Tenant les rênes de Jake d'une main, il secoua fermement les pilots de bois de l'autre. Ils étaient encore suffisamment solides. Haven remonta en selle et reprit son chemin. À plusieurs reprises, il constata que certains poteaux avaient déjà été remplacés et il se promit de remercier Dakota la prochaine fois qu'il le verrait. Il n'en dirait bien entendu pas un mot à son père, ce dernier ne ferait que hurler que les Holden avaient été sur sa propriété au lieu de se montrer reconnaissant.

Arrivé à l'autre bout du pâturage, Haven regarda derrière lui pour jeter un dernier coup d'œil à la clôture qu'il venait de longer avant d'attaquer celle du fond. Il aperçut Kade qui était toujours en train de désherber, et laissa ses pensées vagabonder. Il aimait être seul ici où il pouvait réfléchir, loin des discours moralisateurs de son père. Jake et lui progressaient tranquillement, poteau après poteau, hectare après hectare. Quelques fois, il tirait sur les rênes pour regarder de plus près un endroit qui aurait alerté son regard perçant.

Il était presque au bout de la clôture lorsqu'il descendit de cheval et sortit une paire de pinces de sa sacoche. Jake baissa aussitôt la tête pour brouter, l'air satisfait, et Haven enfila ses gants pour réparer le trou qu'il avait repéré. Il tordit le métal des fils pour les renouer ensemble en faisant attention de ne pas s'accrocher aux barbelés, mais il n'avait même pas fini que le fil de fer céda un peu plus haut et se détacha du poteau.

— Et merde ! jura Haven.

Il n'avait pas assez de fil neuf pour réparer une si grande section. Il se démena pendant de longues minutes et réussit finalement à étirer suffisamment le fil qui restait pour retendre toute la clôture entre ces deux poteaux.

Soudain, un craquement violent résonna dans la prairie et le fit sursauter. Il releva la tête et aperçut les gros nuages noirs qui approchaient rapidement à l'ouest.

— Tout va bien, Jake. Rentrons à la maison.

Le cheval était nerveux, Haven pouvait le sentir. Il rangea rapidement ses outils dans sa sacoche et remonta en selle. Un autre craquement sec assourdissant retentit, suivi d'un grondement sourd qui fit trembler le sol. Jake se cabra en projetant Haven par terre puis, pris de panique, il s'enfuit vers la grange en galopant à une vitesse incroyable, le bruit rapide de ses sabots martelant le sol.

— Ce n'est pas vrai ! s'écria Haven.

Le vent était en train de se lever. N'ayant plus d'autre choix, Haven se dirigea vers la grange à pieds. Avec un peu de chance, ce serait un orage sec ; beaucoup de vent, beaucoup de bruit, mais pas de pluie. Bien entendu, au même moment, une bourrasque souffla dans sa direction, portant avec elle l'odeur caractéristique de la pluie, et Haven accéléra le pas.

Il regarda autour de lui, mais c'était inutile, il le savait : il n'y avait rien d'autre que des kilomètres de pâturages et de clôtures. Il y avait eu autrefois une cabane, juste derrière leur clôture, mais une tempête l'avait détruite des années auparavant et son père avait été trop radin pour la reconstruire. Haven n'avait pas le choix, il ne lui restait plus qu'à marcher, et à prier. Il espérait que Kade avait pu rentrer se mettre à l'abri à temps.

Un autre éclair zébra le ciel, instantanément suivit par un coup de tonnerre terrible. Haven se boucha les oreilles et ferma les yeux. Il avait presque l'impression de pouvoir sentir la chaleur de l'orage dans l'atmosphère qui crépitait autour de lui. Il redressa la tête et ouvrit les yeux. De la fumée noire s'élevait au loin, à l'ouest du pré.

— Nom de Dieu ! s'exclama-t-il en écarquillant les yeux. Le pré est en feu !

Il se mit à courir alors que la fumée s'épaississait et se rependait dans l'herbe sèche de la prairie à une vitesse alarmante.

Il sentit une goutte de pluie tomber sur son épaule, rapidement suivie de plusieurs autres. En levant les yeux vers le ciel presque noir, Haven guetta anxieusement d'éventuels tourbillons, mais il n'en vit aucun. Le vent se mit à souffler plus fort et le ciel s'ouvrit, déversant des rideaux de pluie qui le trempèrent en un instant. Au moins, il n'avait plus à se soucier de l'incendie. Mais la pluie s'intensifia, et les coups de vents violents qui le bousculaient faisaient claquer le tissu de sa chemise humide comme une voile de bateau déchirée dans la tempête.

Sans aucune possibilité de s'abriter nulle part, son seul choix était de continuer à essayer de rentrer à la maison. Haven savait qu'il n'était pas en sécurité dehors, mais il n'avait pas d'autre alternative.

Il arriva enfin au début de la clôture et sprinta en direction de la maison. La pluie épaisse l'aveuglait presque totalement. Puis il entendit quelqu'un crier son nom.

— Haven !

Il essaya de répondre, mais entre la cacophonie des éléments et la pluie qui lui coulait dans la bouche, c'était peine perdue. Il discerna vaguement la silhouette d'un cheval qui se matérialisa de l'autre côté de leur clôture.

— Haven, c'est toi ?

— Oui, cria-t-il contre le vent, alors que le cheval et le cavalier s'approchaient.

— Dakota ?

Il n'était pas sur de lui. Le cavalier était engoncé dans un gigantesque imperméable jaune et avec cette pluie, il était presque impossible d'identifier quoi que soit.

— Passe entre les barbelés, lui parvint la voix de Dakota.

Le jeune homme descendit de cheval et écarta précautionneusement les fils pour l'aider à se frayer un chemin. Haven fit de même de son côté et avec précaution, se contorsionna entre les câbles de métal pour éviter les barbillons pointus, avant de se redresser à côté du cheval qui renâclait bruyamment.

— Monte derrière moi, il faut qu'on se mette à l'abri, ordonna Dakota en se penchant pour tirer Haven derrière lui sur l'impressionnant cheval.

L'animal se mit aussitôt en marche et Haven s'accrocha fermement à la taille de Dakota.

— Comment est-ce que tu peux avancer ? On n'y voit rien !

— Je n'ai pas besoin de voir, Roman connaît le chemin, il va nous ramener à la maison. Accroche-toi bien.

Haven ferma les yeux et s'accrocha de toutes ses forces à Dakota, profitant de son dos et de ses larges épaules pour se protéger du vent et de la pluie. De temps à autre, un éclair illuminait le ciel et le tonnerre grondait. Haven se crispait à chaque fois, s'attendant à ce que le cheval se cabre et les fasse tous les deux tomber avant de s'enfuir, mais ça n'arriva pas. Il entendit Dakota apaiser le cheval à plusieurs reprises avec quelques mots rassurants.

Le vent finit par retomber, mais la pluie continuait de tomber à grosses gouttes dans son dos. En tournant légèrement la tête, Haven parvint à entrapercevoir les lumières d'une grange et d'autres bâtiments à travers l'épais rideau de pluie.

— Descends et va à l'intérieur. Tel que je connais Wally, il doit être scotché à la fenêtre, en train de s'inquiéter pour nous.

Haven se laissa glisser du cheval et sauta à pieds joints dans la boue. Dakota descendit également et conduisit le cheval dans la grange. Haven observa rapidement la cour autour de lui, puis se dirigea vers la lumière sur le perron de la maison, à quelques mètres de là. Il s'apprêtait à gravir les marches qui menaient à la porte d'entrée lorsqu'elle s'ouvrit. Un homme de carrure menue se tenait sur le seuil.

— Entrez vite !

— Mais, je vais tout salir, rétorqua Haven, debout sur le porche, dégoulinant sur le sol en bois.

Il avait déjà croisé le jeune homme en ville plusieurs fois, il savait qu'il s'appelait Wally, et que c'était le nouveau vétérinaire de la région. Ils ne s'étaient jamais officiellement rencontrés, mais au moins Haven savait de qui il s'agissait.

— On nettoiera, ce n'est pas un drame, répondit gentiment Wally en reculant pour le laisser entrer.

Haven avait à peine franchi le seuil que la porte se refermait déjà derrière lui et que Wally lui tendait une serviette.

— Retirez votre chemise et séchez-vous. Je vous ai apporté quelques vêtements qui appartiennent à Kota. Ils seront peut-être un peu grands, mais au moins ils sont secs.

Il faisait agréablement bon dans la maison. Grelottant, Haven ôta sa chemise et commença à se sécher. Dans la cohue de la tempête, il n'avait pas vraiment eu le temps de se soucier d'autre chose que de s'abriter, mais à présent qu'il était rentré au chaud, il se rendit compte qu'il était gelé.

— Merci.

— Pas de problème, répondit Wally en souriant. La salle de bain est dans le couloir, première porte sur votre gauche. J'ai déposé les vêtements secs là-bas. Et ne vous inquiétez pas pour les traces de boue, je vous l'ai dit, ce n'est pas grave.

Haven hocha la tête en serrant la serviette autour de ses épaules, et un autre violent coup de tonnerre fit trembler la maison et vaciller les lumières. Dieu merci, le courant ne se coupa pas.

Il traversa le couloir en dégoulinant, puis entra dans la salle de bain et s'y enferma. Il ôta ses vêtements trempés pour finir de se sécher et enfila la tenue que Wally lui avait préparée. Enfin au sec, il cessa de grelotter.

— Laissez vos vêtements mouillés dans la baignoire, je m'occuperai de les mettre dans le sèche-linge, lui dit Wally à travers la porte.

— D'accord, merci, répondit Haven en déposant ses vêtements dans la baignoire.

Il était en train de se sécher les cheveux lorsqu'il se souvint que son téléphone portable était resté dans la poche de son pantalon. Il le récupéra précipitamment mais il était trop tard, l'appareil était complètement noyé. Il quitta la salle de bain pour rejoindre le salon. Dakota venait tout juste de rentrer, il était trempé jusqu'aux os.

— Tout va bien ? lui demanda Dakota.

— Oui, grâce à toi. La tempête est arrivée si vite, le tonnerre a effrayé mon cheval et il s'est enfui, expliqua Haven.

Il se sentait bête de s'être laissé surprendre comme ça.

— Comment m'as-tu retrouvé ?

Dakota retira ses chaussures et avança dans le salon.

— Wally était dehors avec Schian et il t'a vu chevaucher le long de la clôture en début d'après-midi. Lorsque l'orage a éclaté, en ne te voyant pas revenir, il a tout de suite pensé qu'il avait dû t'arriver quelque-chose, alors il m'a demandé d'aller voir. Installe-toi confortablement, la tempête risque de durer encore un bon moment, déclara-t-il avant de disparaître dans le couloir.

— Je suis désolé de vous causer autant de souci, s'excusa Haven en regardant Wally éponger le sol à quatre pattes avec une serpillère.

— Il n'y a pas de quoi s'excuser, le rassura Wally. Au fait, je me présente, je suis Wally Schumacher, dit-il en se relevant. Tout ce qui compte, c'est que Dakota vous ait retrouvé à temps. Je n'avais pas vu de tempête aussi violente depuis des années.

Le tonnerre gronda doucement au loin ; l'orage était en train de s'éloigner.

— Je dois appeler mon père pour m'assurer qu'il sache où je suis. Kade était là aussi quand la tempête a éclaté.

— Le téléphone est juste là, au coin.

Haven décrocha le combiné et composa le numéro. Son père décrocha dès la première sonnerie.

— Papa, c'est moi.

— Haven, qu'est-ce qui s'est passé, mon garçon ?

— Rien de grave, Jake s'est enfui et j'étais encore dans le pré. Est-ce que Kade est bien rentré ?

— Ils sont rentrés tous les deux en même temps. Je suppose que tu vas bien. Tu aurais pu appeler plus tôt. Quand comptes-tu rentrer ? La tempête a fait des dégâts et il va falloir tout nettoyer.

Haven remarqua l'absence presque totale de sollicitude paternelle. Non pas qu'il s'y attendait ; il y avait bien longtemps que son père ne se préoccupait plus de rien d'autre que ses intérêts personnels.

— Je serai de retour après l'orage.

Sans attendre de réponse, Haven raccrocha, rassuré de savoir que Jake et Kade étaient sains et saufs. Le reste pouvait attendre. Son père avait beau ronchonner, pour l'instant Haven ne pouvait pas faire grand-chose d'autre qu'attendre que la tempête se calme. Et une fois que la pluie aurait cessé, la nuit serait tombée de toute façon.

— Tout va bien ? demanda Wally en lui tendant une tasse fumante.

Haven crut d'abord qu'il s'agissait de café, puis il approcha son nez de la tasse et l'odeur riche du chocolat chaud emplit ses narines. Il sirota lentement sa boisson en savourant chaque gorgée.

— Je suppose.

Lorsqu'il releva les yeux, Dakota entrait dans le salon en poussant un vieil homme dans un fauteuil roulant.

— Papa a entendu des voix et il a voulu venir voir ce qui se passait. Papa, je te présente Haven Jessup.

Le vieil homme tourna lentement la tête vers lui.

— Haven, voici mon père, Jefferson Holden.

Jefferson s'agita et leva une main tremblante en direction de leur invité pour le pointer du doigt.

Haven posa sa tasse et s'écarta imperceptiblement.

— Papa, qu'est-ce que tu fais ? Je sais que tu ne t'entends pas bien avec le père de Haven, mais tu n'as pas à t'en prendre à lui.

Il reposa sa main sur l'accoudoir du fauteuil roulant.

— D'accord, Kota.

Jefferson tendit de nouveau la main et l'espace d'un instant, Haven ne fut pas sûr de savoir quoi faire. Puis il comprit que Jefferson lui offrait cette fois une poignée de main, alors il s'avança et la serra doucement.

— J'ai beaucoup entendu parler de vous, déclara Haven.

Jefferson laissa échapper un reniflement moqueur et Haven relâcha sa main.

— Papa, tiens-toi bien ou je te ramène dans ta chambre. Haven est notre invité. Je me fiche de savoir ce qui s'est passé entre son père et toi, Haven n'y est pour rien.

Dakota se dirigea vers la fenêtre pour jeter un œil dehors. La pluie s'était calmée. Il se tourna vers Haven.

— Fais-moi signe quand tu es prêt, je te raccompagnerais chez toi.

Haven termina son chocolat chaud et rendit la tasse à Wally.

— C'était un plaisir de vous rencontrer, Monsieur Holden. J'ai toujours entendu beaucoup de bien à votre sujet en ville. J'écoute rarement mon père quand il s'agit de me forger une opinion, je préfère me faire ma propre idée.

Haven se tourna vers Wally.

— Merci pour les vêtements secs, je vous les ramènerai demain. Merci pour tout.

— De rien.

Haven s'apprêtait à rejoindre la porte d'entrée lorsqu'il sentit une main se poser sur son bras.

— Vous êtes le bienvenu ici. Revenez quand vous voulez, offrit le père de Dakota avec un sourire hésitant.

Haven lui retourna son sourire et suivit Dakota hors de la maison. Dehors, la nuit était tombée et l'air était humide. La tempête avait été de courte durée mais elle avait semé un désordre incroyable. Il était temps de faire face au chaos.

II

PHILLIP ÉTAIT assis dans sa voiture, sur le bas côté de la route. La pluie s'abattait sur le toit du véhicule dans un bruit de métal tonitruant. Il avait l'impression qu'il pleuvait des cailloux. Le tonnerre faisait vibrer les vitres. Il était si proche que Phillip aurait pu jurer avoir vu des éclairs tomber juste devant la voiture. Il avait décidé qu'il était plus judicieux de s'arrêter et d'attendre patiemment que la tempête se calme avant de reprendre la route. Il attrapa son téléphone portable dans la boîte à gants et composa le numéro de Wally et Dakota, mais il n'avait toujours pas de réseau. Il n'avait jamais vu de pluie comme ça avant, pas même l'an dernier, lorsque Wally et lui avaient assisté à une tornade en faisant route vers l'ouest. Il reposa son téléphone et se réinstalla confortablement dans son siège en regardant distraitement à travers le pare-brise embué. Il ne lui restait plus qu'à prendre son mal en patience.

La pluie finit par cesser et le bruit de l'orage se faisait de plus en plus lointain. Phillip poussa un soupir de soulagement en redémarrant la voiture. Une fine bruine tombait encore et ses phares faisaient briller le goudron devant lui. La tempête avait été tellement violente, il était étonné de trouver le paysage autour de lui presque intact. Il appuya sur l'accélérateur en écoutant attentivement la voix du GPS. Il était bientôt arrivé. Quelques instants plus tard, il s'engageait sur le chemin qui menait au ranch.

Les lumières des bâtiments agricoles se reflétaient sur son pare-brise déjà presque sec. Phillip gara sa voiture sur le bord du chemin et sortit en s'étirant de tout son long. Autour de lui régnait un véritable capharnaüm. Tous les ouvriers étaient réveillés, et tout le monde s'agitait. Pas une seule personne ne l'avait remarqué. Ils étaient tous trop occupés à courir dans tous les sens.

— Dakota, appela Phillip en l'apercevant qui descendait marches du perron. Que se passe-t-il ?

— Phillip, sourit Dakota en le découvrant. Désolé pour l'accueil. Une partie de la clôture s'est effondrée pendant la tempête et quelques bovins se sont échappés dans le champ d'un voisin, nous devons aller les récupérer. Va à l'intérieur avec Wally, je vous rejoins dès que je peux.

Il courut en direction du tumulte et Phillip gravit les marches jusqu'à la porte d'entrée avant d'entrer.

Jefferson était assis dans le salon, les yeux fermés. Wally était dans le couloir. Lorsqu'il aperçut Phillip, il lui adressa un grand sourire avant de se précipiter sur lui pour le serrer dans ses bras.

— Te voilà enfin, déclara Wally avant de le relâcher. J'attendais ton coup de fil, je commençais à m'inquiéter.

Phillip retira sa veste et Wally la prit pour l'accrocher dans le placard de l'entrée.

— J'ai dû me garer sur le bas côté en attendant que la tempête se calme, je n'avais pas de réseau.

— Tu veux de l'aide pour rentrer tes bagages ? demanda Wally en se dirigeant vers la porte. Je t'ai préparé la chambre d'amis. Tu dois être épuisé après toute cette route.

— Un peu, avoua Phillip en suivant Wally à l'extérieur.

Dehors, le silence était retombé sur le ranch, tout le monde devait être parti à la recherche du bétail égaré. Phillip attrapa ses clefs dans sa poche et ouvrit le coffre.

– Tu remarqueras que pour une fois, je voyage léger.

Wally le rejoignit pour regarder dans le coffre et se mit à rire.

— C'est ça que tu appelles 'léger' ?

Phillip le regarda, puis regarda de nouveau le contenu de son coffre avant de se mettre à rire lui aussi.

— Bon, au moins tout rentrait dans le coffre cette fois.

— Allez princesse, rentrons ta garde-robe à l'intérieur.

Il tira sur la première valise qui refusa de bouger.

— Il va falloir que tu m'expliques comment tu as réussi à caser ce monstre tout seul dans ta voiture.

Phillip haussa les épaules en souriant innocemment et commença à empiler plusieurs sacs dans les bras de Wally. Il en attrapa également plusieurs et suivit son ami dans la maison.

— Même chambre que la dernière fois ? demanda-t-il en s'engageant dans le couloir.

— Oui, répondit Wally en ouvrant tant bien que mal la porte.

Il lâcha sa cargaison de sacs sur le lit et ressortit pour aller chercher le reste. Phillip posa ses bagages et regarda autour de lui, comme pour se refamiliariser avec la pièce. La dernière fois qu'il était venu, il ne l'avait pas beaucoup utilisée. Il avait passé le plus clair de son temps avec Mario, le contremaître sexy et décomplexé du ranch.

— Je crois que j'ai tout ramené, déclara Wally en déposant les derniers sacs sur le sol. Combien de temps comptes-tu rester ?

Phillip remarqua que son regard était fixé sur les bagages qui recouvraient presque tout le sol.

— Je ne sais pas. J'ai été licencié il y a deux semaines. Je pensais faire une pause avant de commencer à rechercher un nouvel emploi. Saloperie de crise... Mais bon, au moins j'ai quelques économies, je ne suis pas complètement à la rue.

Il fallait qu'il essaie de voir le bon côté des choses. Son licenciement lui avait mis un très gros coup au moral, mais il ne voulait pas que les gens autour de lui remarquent quoi que ce soit. Il était venu se réfugier au ranch dans l'espoir de se changer un peu les idées, et puis qui sait... de voir Mario. Phillip croisa le regard de Wally. Il savait que son ami comprenait, probablement mieux que personne.

— Tu es le bienvenu ici, pour aussi longtemps que tu voudras.

Wally s'assit sur le bord du lit pendant que Phillip commençait à ranger ses affaires.

— Ça a été ton voyage, sinon ?

Phillip sourit, son humeur maussade déjà oubliée.

— Je me serais bien passé du lavage automatique de Mère Nature.

— Pas de tornade cette fois ? demanda malicieusement Wally.

— Non, je n'ai pas eu à me réfugier sous un viaduc, ni à me blottir contre des inconnus en priant pour ma vie, merci bien. Non, cette fois-ci je me suis contenté de prier pour que le niveau de l'eau ne monte pas jusqu'à ce que Dieu me vienne en apparition et m'ordonne de construire une arche.

Wally éclata de rire et Phillip ne tarda pas à en faire autant. Ça faisait du bien de rire à nouveau. Il n'en avait pas beaucoup eu l'occasion ces dernières semaines.

— Je n'ai pas vu Mario en arrivant, lança-t-il d'un ton qu'il voulait nonchalant.

Wally leva les yeux vers lui et Phillip comprit immédiatement.

— Oh. Il est parti il y a longtemps ?

Wally fronça les sourcils.

— Quoi ? Non, non Mario n'est pas parti.

Phillip se détendit imperceptiblement. Il avait du mal comprendre l'expression sur le visage de Wally.

— Mais David et lui se fréquentent depuis…

Wally réfléchit un instant avant d'ajouter doucement :

— Ça doit bien faire six mois maintenant.

Phillip s'assit sur le bord du lit. Il se sentait presque aussi mal que le jour où son patron lui avait annoncé que ses services n'étaient plus nécessaires. Non pas que ce salaud se soit exprimé ainsi, mais c'était tout comme. Avec ses faux sourires et sa voix mielleuse.

— Je suppose que j'aurais dû m'en douter, soupira Phillip en se relevant pour continuer à ranger ses affaires.

Il se demandait comment il allait réagir lorsqu'il reverrait Mario.

— Qui est ce David ?

— Un des ouvriers que Dakota a embauché il y a environ huit mois, quand il a commencé à agrandir le troupeau.

Il entendit le sommier grincer, lui indiquant que Wally venait de se relever derrière lui.

— Je sais que ça ne doit pas être facile à entendre, mais ne te laisse pas abattre. Mario et toi, ça n'a jamais été sérieux, tu l'as dit toi-même.

— Je sais, répondit Phillip en se retournant pour regarder Wally. J'ai vingt-huit ans, je suis sans emploi et célibataire, et je sais que c'est de ma faute, mais ça ne m'aide pas à me sentir mieux.

Il rangea une pile de vêtements dans un tiroir.

— Je crois que je m'étais fait un peu trop d'espoirs en venant ici, dit-il en continuant distraitement à déballer ses affaires. Ne fais pas attention, je suis en train de me morfondre. Une bonne nuit de sommeil et ça ira mieux.

— Je vais te laisser te reposer. Tu sais où trouver tout ce dont tu as besoin. Je t'ai sorti des serviettes propres dans la salle de bain.

14

Wally se dirigea vers la porte, puis se retourna avant de quitter la pièce.

— Si tu entends du bruit pendant la nuit, ne t'inquiète pas. Je suis souvent appelé à des heures pas possibles, ces satanés canassons donnent toujours naissance en plein milieu de la nuit, le prévint Wally avec un clin d'œil avant de sortir en refermant la porte derrière lui.

Phillip finit de ranger toutes ses affaires et glissa les sacs vides au fond du placard. Il hésita à se coucher directement, mais au dernier moment il enfila un pantalon de jogging et se dirigea vers le salon. Jefferson était toujours assis seul. Il était réveillé, le regard alerte devant la télévision allumée.

— Vous êtes arrivés il y a longtemps ? demanda Jefferson.

Sa voix était basse, légèrement rauque, mais son articulation était impeccable malgré la vieillesse et la maladie.

— Il y a une heure, répondit Phillip en s'asseyant sur le canapé, à côté du fauteuil roulant. Qui gagne ?

Il ne s'intéressait pas vraiment au baseball, mais il savait que le père de Dakota était un grand fan.

— Je ne sais pas, je viens juste de me réveiller. Les garçons sont toujours dehors ?

— Je crois que Wally est parti se coucher. Dakota est avec les ouvriers, ils essaient de réparer une clôture qui est tombée pendant la tempête. J'espère qu'ils pourront tous rentrer rapidement. Vous voulez peut-être retourner à votre chambre ?

— Non, je me posais la question, c'est tout, répondit doucement Jefferson. Je peux vous proposer une bière ?

Phillip se mit à rire.

— Bien sûr, je vais les chercher si vous voulez.

Il se leva et se dirigea vers la cuisine. Il ouvrit la porte du réfrigérateur et en sortit deux bières. Il les décapsula et revint dans le salon. Il prit le temps de placer l'une des bouteilles dans la main tordue par la maladie de Jefferson, et après s'être assuré que le vieil homme la tenait bien, il se rassit pour regarder le match avec lui. Toutes les deux ou trois minutes, Jefferson poussait un grognement mécontent. Phillip crut d'abord que quelque chose n'allait, mais il comprit rapidement que le vieil homme réagissait simplement au match.

Détendu par la bière, Phillip sombra dans un sommeil superficiel. Il sursauta légèrement lorsque la porte d'entrée s'ouvrit et que Dakota entra.

— Papa, lança joyeusement Dakota en enlevant sa veste. Je vois que tu as réussi à envoyer Phillip te chercher une autre bière.

Phillip se leva et se dirigea vers son ami. Dakota le serra brièvement dans ses bras, et c'est alors qu'il remarqua le jeune homme juste derrière lui. Il était à peine plus jeune que Dakota, mais presque aussi grand et aussi imposant. Dakota se retourna vers lui.

— Je vais juste mettre mon père au lit, ensuite je te ramènerais chez toi, Haven.

Il posa ensuite son regard sur Phillip et lui demanda :

— Tu restes encore debout ?

— Oui, Wally est parti se coucher il y a un moment mais je n'arrivais pas à dormir, répondit Phillip.

Il ne put s'empêcher de remarquer que le jeune inconnu le fixait avec insistance.

Phillip connaissait trop bien ce regard. C'était le regard d'un homme encore dans le placard qui venait de voir quelque chose qui lui plaisait, mais qui n'arrivait pas encore à déterminer s'il fallait céder ou éradiquer la tentation.

Dakota récupéra la bouteille de bière encore presque pleine dans la main de son père, puis poussa délicatement son fauteuil jusqu'à sa chambre. Le jeune homme – il semblait à Philip que Dakota l'avait appelé Haven – prit place sur le canapé le plus loin possible de lui.

— Je m'appelle Phillip, se présenta-t-il. Phillip Reardon. Vous travaillez pour Dakota ?

Haven secoua négativement sa tête.

— Haven Jessup, répondit-il. Le ranch de mon père est juste à côté.

Il avait l'air mal à l'aise, mais Phillip était à peu près sûr que ce n'était pas à cause de lui. Il avait l'air préoccupé par autre chose.

— Vous avez réussi à réparer la clôture ?

— Oui, répondit Haven, et étonnamment, il se crispa encore davantage.

Il secouait nerveusement la jambe et ses yeux parcouraient la pièce comme s'il cherchait toutes les issues de secours possibles. Le bruit des pas de Dakota qui revenait dans le salon le fit réagir au quart de tours, et il bondit sur ses pieds.

— La clôture avait pourtant l'air de tenir cet après-midi, lâcha-t-il de but en blanc.

— Non, elle était déjà sur le point de s'écrouler. Les poteaux étaient pourris.

Haven s'approcha en soutenant le regard de Dakota.

— Je sais qu'ils avaient l'air en mauvais état, je les ai vérifié moi-même. Je les ai testés un par un, le bois était abimé, mais les poteaux étaient encore parfaitement plantés, ils ne bougeaient pas d'un pouce quand je les ai secoués.

Haven avait haussé le ton, mais Dakota semblait dubitatif. Une autre série de pas résonna dans le couloir et tout le monde se tut.

— Kota, tu te comportes comme un crétin, lança Wally en les rejoignant dans le salon. Même à l'autre bout du couloir, je pouvais entendre la sincérité dans la voix d'Haven. Et depuis quand traite-t-on les gens de menteurs alors qu'ils viennent de passer deux heures à t'aider à réparer la clôture et à ramener ton bétail dans son pré ?

Phillip n'avait jamais vu Dakota perdre contenance aussi vite, mais Wally n'en avait pas terminé.

— Je pense qu'Haven a raison au sujet des poteaux, et à mon avis tu devrais aller voir par toi même demain matin à la lumière du jour. En attendant, il faut qu'il rentre chez lui avant que son père nous fasse une crise, et toi il faut que tu dormes un peu.

Sans ajouter un mot de plus, Wally retourna à sa chambre.

— Viens, je vais te ramener, offrit Dakota en se tournant vers Haven.

— Je m'en occupe Dakota, proposa Phillip. File te coucher, tu es mort de fatigue.

Phillip alla rapidement chercher une paire de chaussure et lorsqu'il revint, les deux hommes parlaient tranquillement et la tension semblait s'être dissipée.

— On y va ? demanda Phillip, et Haven hocha la tête.

Dakota poussa un énorme bâillement qu'il recouvrit de sa main, avant de rassurer Haven.

— Je jetterai un œil aux poteaux dès demain matin, c'est promis. Ils sont empilés à l'abri à l'arrière du camion.

— Merci, répondit Haven en souriant faiblement avant de suivre Phillip jusque dans sa voiture.

— Mon père va me passer un savon. J'aurais dû être à la maison il y a des heures.

Phillip démarra le moteur et s'engagea sur la route.

17

— Il suffira de lui expliquer que vous aidiez Dakota, il devrait comprendre, non ? Je croyais que c'était votre philosophie dans le coin, que tout le monde s'entraide ?

Haven lui indiqua de tourner à gauche.

— Mon père et le père de Dakota sont en mauvais termes depuis des années. Je ne sais pas pourquoi, mais si mon père apprend que j'étais au ranch Holden, il va m'écorcher vif. Il a toujours été très clair à ce sujet, depuis que je suis tout gamin. Le chemin est juste à gauche dans une cinquantaine de mètres, ajouta-t-il en pointant la direction du doigt.

Phillip s'engagea dans le virage puis se gara devant la petite maison au bout du chemin.

— Peut-être à bientôt Haven. Je promets de ne pas répéter à votre père où vous étiez.

Haven lui sourit chaleureusement, le regard brillant.

— Merci, c'est gentil, répondit-il en sortant du véhicule. À bientôt.

La porte se referma et Phillip le regarda gravir les marches de la maison, puis disparaître à l'intérieur. Il fit un demi-tour, puis reprit la route pour rentrer au ranch.

Après s'être garé, Phillip sortit de la voiture en réalisant qu'il n'avait absolument pas sommeil. Il s'autorisa un regard dans la direction du chalet de Mario dont les volets étaient fermés, en repensant aux bons moments qu'ils avaient partagé dans cette petite maison confortable. Wally avait raison. C'était stupide et injuste de sa part de penser que Mario mettrait sa vie sur pause en attendant son retour. S'il était tout à fait honnête, Phillip devait reconnaître qu'il n'était même pas certain d'être prêt pour une relation sérieuse. Mais la solitude pesait de plus en plus lourd sur ses épaules, et les couples qui se formaient autour de lui, lui laissaient un petit arrière goût de jalousie. Il pouvait presque entendre la voix de Wally dans sa tête lui dire qu'il ne savait décidément pas ce qu'il voulait. Il sourit malgré lui. Il avait toujours pensé que le jour où il tomberait amoureux, ce serait d'un monsieur muscles grand et fort, aussi bien à l'intérieur, qu'à l'extérieur.

Sans réfléchir, Phillip se retrouva à errer dans l'écurie. Il n'y avait qu'une veilleuse allumée au fond du bâtiment qui éclairait faiblement l'allée, juste assez pour qu'il devine les ombres effilées des museaux qui passaient par-dessus les portes des stalles pour regarder ce qui se passait.

— Tout va bien les gars, je ne viens pas pour vous embêter, les rassura Phillip en faisant demi-tour.

Il ressortit, puis regagna lentement la maison. Fatigué ou pas, il était inutile de faire les cent pas en se lamentant sur son sort, sa vie n'allait pas s'améliorer comme ça.

Il ouvrit doucement la porte d'entrée et regagna sa chambre dans l'obscurité. Il se lava en faisant le moins de bruit possible, puis se glissa sous les draps frais en essayant de ne pas ruminer ses pensées noires. Une fois détendu, il sourit en repensant à Haven, à son charmant sourire et à la sincérité de sa voix lorsqu'il tentait de convaincre Dakota. Le jeune homme était adorable, il devait bien lui accorder ça.

Après un bâillement à s'en décrocher la mâchoire, Phillip se tourna sur le côté et tapota son oreiller pour lui donner la forme qu'il voulait. Il était temps de dormir. Le matin arriverait bien assez vite et tel qu'il connaissait Wally, ce dernier allait sans doute le tirer du lit dès l'aube. Si encore il avait eu la certitude qu'il reverrait Haven, Phillip n'aurait pas tant bronché, mais quelque chose lui disait qu'il n'était pas prêt de le recroiser. Il poussa un soupir de frustration, se tourna de l'autre côté, puis sombra dans un lourd sommeil sans rêve.

III

LE BRUIT de la pelle qui raclait contre le sol en béton rythmait les gestes d'Haven qui nettoyait l'une des stalles. D'ordinaire, c'était Kade qui s'occupait de ce genre de choses, mais Haven avait besoin de se changer les idées. Il faudrait probablement qu'il s'excuse auprès de Kade, il savait qu'il s'était inquiété pour lui pendant la tempête. Et pour être honnête, il n'avait aucune envie de croiser son père. Au moins en s'occupant de ce genre de corvées, il était tranquille. Jamais son père ne viendrait perdre son temps à le chercher dans la bouse de cheval. Il jeta une pelleté de paille et de crottin dans la brouette, puis reposa la pelle sur le sol et s'appuya contre le manche pour réfléchir.

Ils avaient eu de la chance. La tempête avait été violente, le vent et la pluie avaient détruit beaucoup de choses sur leur passage, mais leur ranch s'en était sorti sans trop de dommages. Haven ne comprenait pas pourquoi son père lui avait raconté que le ranch était dans un sale état et qu'il y avait beaucoup de travail la veille au téléphone. Haven n'était levé que depuis quelques heures et déjà, tout était presque rentré dans l'ordre. Il entendit la porte s'ouvrir et se remit au travail. Il reconnut rapidement le bruit des pas de Kade.

— Le bétail va bien ?

— Impeccable, ils sont en train de brouter comme s'il ne s'était rien passé, répondit Kade en apparaissant dans l'embrasure de la stalle. Qu'est-ce que tu fais, ce n'est pas ton travail.

— C'est bon. Tu n'as qu'à m'aider, on ira plus vite à deux. Je vais laisser les chevaux dehors dans leur enclos aujourd'hui, ça leur fera du bien. La tempête n'a pas l'air de les avoir perturbés, ils sont étonnamment calmes.

La pluie avait rafraichi l'atmosphère. Les jours comme ceux-ci étaient rares durant l'été. Des températures agréables et un ciel clair ; lorsque ça arrivait, l'ensemble du ranch en profitait.

— Je vais nettoyer la stalle de Jake. Il faudra aussi que j'aille vérifier le toit de la grange pour m'assurer qu'il n'y a pas eu de dégâts. Il est vieux et c'est la seule chose qui protège le foin de la pluie.

— Je viendrais t'aider, répondit Haven en reprenant son travail. Si on attend trop longtemps pour s'y mettre, le toit sera bouillant et on ne pourra plus monter pour travailler.

— À qui le dis-tu, acquiesça Kade.

Quelques secondes plus tard, Haven entendit le bruit de l'ouverture d'une autre stalle puis le raclement d'une pelle. Ils travaillèrent en silence, se concentrant sur leurs tâches jusqu'à ce que tous les box soient propres et remplis de paille fraîche. Ils rangèrent leurs outils, puis Haven aida Kade à sortir la grande échelle pour l'appuyer contre le mur latéral de la grange et grimper sur le toit.

— Tu n'es pas obligé de monter Haven, lui dit Kade du haut de l'échelle. Je sais que tu détestes les hauteurs.

Haven leva nerveusement les yeux vers lui. Il attendit que Kade quitte son champs de vision, souffla pour se donner du courage et gravit les premiers barreaux de l'échelle.

— C'est dans quel état ? demanda-t-il en atteignant le bord du toit.

Kade se déplaçait sur le toit avec une rapidité et une aisance étourdissantes.

— Ça pourrait être bien pire. Il ne semble pas y avoir de dégâts, il y a quelques endroits qui auraient besoin de réparations, mais je ne pense pas que ce soit dû à la tempête.

Kade finit son inspection et revint vers l'échelle.

— Haven, je suis désolé pour hier.

— Quoi ? Pourquoi ?

— Je t'ai laissé dans la prairie pendant la tempête. Tu es mon meilleur ami et je t'ai laissé là-bas.

— Tu as fait ce que tu devais faire. Tu avais vu la tempête arriver. Tu ne pouvais pas savoir que je n'avais rien vu.

— Qu'est-ce qui s'est passé ? Où t'es-tu réfugié ? demanda Kade en se rapprochant de l'échelle.

Haven commença à redescendre, échelon après échelon, en faisant bien attention à l'endroit où il posait ses pieds. Il poussa un soupir de soulagement en regagnant la terre ferme et attendit que Kade le rejoigne.

— J'étais encore au fond de la prairie, à la limite de nos terres, et je me suis laissé surprendre. En un rien de temps, la tempête faisait rage et j'étais trop loin de tout pour aller m'abriter où que ce soit. Dakota m'a trouvé et il m'a ramené chez lui.

Haven regarda autour de lui pour s'assurer que son père n'était nulle part dans les parages.

— Ils ont vraiment été gentils avec moi. Pourquoi mon père les déteste-t-il autant ? Ça me dépasse complètement. Enfin, maintenant au moins, je sais que c'est réciproque. J'ai rencontré le père de Dakota et il ne porte pas vraiment mon père dans son cœur non plus.

— Ne laisse pas ton père t'entendre dire ça, il va te trucider...

— Haven ! Où es-tu mon garçon ?

— Quand on parle du loup…

Haven se retourna pour voir son père arriver à grandes enjambées.

— Occupe-toi des chevaux. Assure-toi qu'ils ont suffisamment d'eau fraîche et de foin.

Kade hocha la tête et s'empressa de disparaître.

— Quand es-tu rentré ? demanda son père en s'approchant de lui.

— Juste après la tempête, un ami m'a ramené à la maison.

Il devait absolument empêcher son père de poser trop de questions.

— J'ai presque fait le tour du ranch, il ne semble pas qu'il y ait de dommages permanents. Juste quelques trucs à bricoler, mais la plupart des enclos et stalles sont déjà nettoyés.

— Je veux que tu ailles ouvrir les vannes et que tu remplisses les bassins de rétention d'eau tant que le niveau est élevé. Si on traine trop, l'eau va s'évaporer et Dieu sait si on aura à nouveau de la pluie avant l'automne.

— Je sais, j'avais prévu de faire ça cet après-midi.

Les bassins se trouvaient près des terres des Holden ? et il avait pensé qu'il pourrait y aller et s'enquérir de l'état des poteaux et de la clôture.

— Je compte sur toi. Je vais en ville chercher la dernière commande de matériel. Je serai de retour dans quelques heures.

Son père s'éloigna et Haven secoua la tête. Lorsque son père allait chercher ses commandes, une tâche qui n'était pas sensée prendre plus de deux heures, il finissait toujours par passer la journée entière à picoler avec ses copains dans un bar du coin. Haven soupira. Pendant ce temps-là au moins, il aurait la paix.

— À plus tard alors, lança Haven à son père qui était déjà loin de lui, le dos tourné.

Il reprit son travail et entendit le bruit du pick-up dans l'allée, signalant que son père était parti.

Après avoir terminé ses travaux pour la matinée et s'être assuré que les ouvriers avaient leurs tâches planifiées pour la journée, Haven se prépara quelques rapides sandwiches qu'il mangea à la hâte avant de seller Jake pour aller vérifier l'état des bassins de rétention d'eau.

Il flottait dans l'air cette odeur caractéristique de terre et d'herbe fraîche après une averse. L'air était vif et sain. En chevauchant les terres du ranch et en inspirant à pleins poumons, Haven pouvait presque sentir les récoltes pousser. Le bruit de l'eau lui parvint enfin, et après quelques mètres, il aperçut rapidement la rivière dont le courant se précipitait joyeusement entre les herbes. Le niveau de l'eau avait presque triplé. Jake et lui traversèrent le pont pour rejoindre le vieux portail qui fermait la clôture. Haven vérifia sa solidité, et une fois rassuré, il longea le petit bras de rivière qui conduisait jusqu'à l'étang un peu plus loin et descendit de cheval. Le soleil se reflétait sur la surface lisse du bassin et une marque distincte dans la terre tout autour du bord indiquait que le niveau de l'eau avait considérablement baissé ces derniers mois.

C'était le grand-père d'Haven qui avait creusé cet étang, des années auparavant, et même s'il avait besoin d'être dragué et approfondi, tout semblait en ordre. Après en avoir fait le tour pour s'assurer que tout était en place, Haven ouvrit la vanne pour laisser l'eau du bras de la rivière s'écouler dans le bassin. Il faudrait des heures, voire des jours avant que l'étang soit complètement rempli, et Haven espérait qu'il y aurait suffisamment d'eau pour le permettre.

— Haven ! appela une voix au loin, et il se retourna en cherchant d'où elle venait.

Il aperçut un homme de l'autre côté de la clôture frontalière qui lui faisait signe de la main. Il retourna le geste, ne sachant pas de qui il s'agissait à cette distance.

Il vérifia une dernière fois que l'eau s'écoulait sans encombre, puis il remonta sur Jake et se dirigea vers la silhouette qui l'attendait à la clôture. En se rapprochant, Haven reconnut l'homme qui l'avait ramené la nuit dernière.

— Qu'est-ce que vous faites ici sans cheval ? demanda Haven avec curiosité.

— J'ai ma propre monture, répondit Phillip en souriant et en pointant du pouce le 4x4 garé un peu plus loin. J'étais sensé donner un coup de main à Dakota pour réparer les clôtures, mais il semble que je ne sois pas d'une grande aide.

Phillip lui offrit un sourire éclatant. Les rayons du soleil faisaient étinceler son regard rieur.

— C'est même pire que ça, je pense que je le ralentis, plaisanta-t-il en se moquant de lui-même.

— Alors pourquoi travaillez-vous pour lui ? demanda Haven en descendant de cheval.

Il sauta par-dessus la barrière pour se tenir aux côtés de Phillip.

— Je ne travaille pas pour lui. J'ai rencontré Dakota pendant une croisière il y a deux ans maintenant, et nous sommes devenus amis. L'été dernier, je suis venu ici avec Wally pour lui rendre visite. Les deux tourtereaux sont tombés amoureux et j'ai profité d'une petite pause dans ma carrière professionnelle pour venir les voir.

— Oh, répondit bêtement Haven sans trop savoir comment réagir. Alors, vous êtes pédé comme Dakota ?

— Je préfère gay, le corrigea Phillip. Et oui, je le suis.

Il plissa les yeux avec méfiance et Haven se dandina maladroitement sur lui-même en fuyant son regard. Il scanna nerveusement la prairie en cherchant quelque chose à fixer, n'importe quoi pour échapper au regard intense de Phillip. La nuit précédente, Phillip l'avait déjà regardé comme ça, et Haven s'était tout de suite senti mal à l'aise. Il ramena son regard vers son interlocuteur, mais Phillip le scrutait toujours avec autant d'insistance. Haven se força à rester calme. Il n'était plus un enfant.

— Où est Dakota ?

Phillip indiqua un point sur la prairie qui lui semblait à des kilomètres.

— Il travaille sur la clôture. Allez-y, je vous rejoindrai là-bas.

Phillip se dirigea vers le 4x4 et Haven remonta sur Jake pour rejoindre Dakota.

Lorsqu'Haven arriva jusqu'à Dakota qui travaillait à réparer le fil barbelé, Phillip était déjà là.

— Hé, Haven, comment ça va ? Il y a eu beaucoup de dégâts chez vous ? le salua Dakota.

— Rien d'autre que cette clôture. Merci de t'en occuper.

Dakota leva les yeux vers lui, et une expression de mécontentement traversa son visage, mais elle disparut rapidement.

— Je sais combien nos pères se haïssent, mais ça ne veut pas dire que nous sommes obligés d'en faire autant. Cette clôture est à nous autant qu'à vous, et c'est la seule chose qui empêche nos troupeaux de se mélanger. Et puis, donner un coup de main est un gage de bon voisinage.

— J'apprécie le sentiment, répondit Haven en regardant autour de lui, l'estomac serré. Tu as eu le temps de regarder les poteaux ?

— Oui.

Dakota posa ses outils et se redressa. Mon Dieu qu'il était beau, songea Haven malgré lui. Il savait qu'il n'était pas censé ressentir ce genre de choses pour un autre homme, et surtout pas le voisin que son père détestait et qui, de surcroit, était déjà casé avec un autre homme lui aussi incroyablement séduisant.

— Tu avais raison, lui dit Dakota. Le bois n'était plus très beau, mais il était encore très solide.

Haven sentit son estomac se desserrer un peu. Il avait passé la nuit à se demander s'il avait mal fait son travail en vérifiant la clôture.

— Alors, comment ont-ils pu tomber ?

— J'aimerais bien le savoir. Peut-être que l'une des bêtes a foncé dedans dans la panique. Je ne sais pas… Par endroit, on dirait que le fil de fer a été coupé nettement.

— Je n'aurais jamais fait ça, se défendit rapidement Haven, en reculant, cherchant Phillip des yeux pour un soutien.

— Je n'ai pas dit que c'était toi, je ne suis sur de rien, c'est juste une impression. Si tu as le temps, je te montrerais quand j'aurais fini ça, proposa Dakota avant de se tourner vers Phillip. Tu peux me donner un coup de main ?

— Je peux aider aussi si tu veux, proposa Haven, laisse-moi juste attacher Jake.

Dakota hocha la tête et, après s'être occupé de Jake, Haven prit les gants de Phillip, les enfila et s'occupa de maintenir le fil de fer pendant que Dakota l'attachait aux poteaux. Ils travaillèrent tranquillement, avec des gestes précis et habitués. Tout le long, Haven pouvait sentir le regard brûlant de Phillip rivé sur lui.

Une fois qu'ils eurent fini, Dakota remballa ses outils puis se dirigea vers son propre 4x4 afin de rejoindre la maison avec Haven et Jake derrière lui, Phillip fermant la marche.

Haven entra dans la cour du ranch, descendit de cheval et Wally sortit de la maison pour venir à leur rencontre.

— Kota, il faut que j'y aille, je viens d'avoir un appel. Hé, bonjour Haven, le salua-t-il rapidement avant de grimper dans un pick-up et de remonter l'allée du ranch pour rejoindre la route.

— Je vais m'occuper de votre cheval, proposa gentiment l'un des ouvriers à Haven en conduisant Jake vers le bâtiment.

— Les poteaux dont je te parlais sont par là, indiqua Dakota en conduisant Haven à côté de la grange.

Il s'agenouilla pour examiner les morceaux de bois entassés sur le sol.

— Tu vois ce que je veux dire ? demanda-t-il en attrapant un morceau de fil de fer resté accroché au poteau. On dirait qu'il a été presque prédécoupé, il y a une indentation nette et précise, comme un coup de lame, pas assez pour sectionner complètement le fil, mais suffisamment pour le fragiliser dangereusement.

Haven regarda le poteau que Dakota lui indiquait, et constata la marque nette dont il parlait.

— C'est vrai, c'est trop propre pour être accidentel. Mais qui aurait pu faire ça ? Ça n'a aucun sens.

— Je ne sais pas, mais nous avons eu de la chance qu'un de mes hommes remarque tout de suite d'où venait la brèche, sinon nous aurions pu passer des jours à trier nos troupeaux.

Dakota avait l'air aussi confus qu'Haven.

— La seule personne que ça aurait pu arranger, c'est mon père, admit Haven avec réticence. Si tu n'avais pas retrouvé tout ton bétail, tes bêtes auraient été intégrées aux nôtres. J'aimerais croire que nous aurions fini par les retrouver et que mon père t'aurait prévenu, mais…

Haven se mordit la lèvre inférieure. Au fond de lui, il savait pertinemment que son père aurait probablement laissé sa haine le guider.

— Ne t'inquiète pas Haven. Je sais que si tu l'avais découvert, tu m'aurais ramené les bêtes manquantes, le rassura Dakota en se relevant.

Il s'éloigna sans rien ajouter, laissant Haven seul avec les poteaux trafiqués et son inquiétude.

— Vous allez bien ?

Une main se posa sur son épaule et Haven tourna la tête, regardant droit dans les grands yeux bruns de Phillip.

— Oui, ça va, répondit-il en jetant un dernier regard aux morceaux de bois avant de se retourner vers Phillip. Pourquoi me regardez-vous toujours comme ça ?

— Comme quoi ? demanda Phillip en s'accroupissant à côté de lui.

— Comme ça. Comme si vous lisiez en moi comme dans un livre ouvert.

Haven sentit son estomac se serrer de nouveau.

— Parce que c'est le cas, répondit doucement Phillip en le fixant intensément. Haven, je connais ce regard et je sais ce que vous ressentez. Votre estomac qui se serre, l'excitation, la peur, et sans doute un peu de honte aussi.

Haven ne put s'empêcher de hocher la tête avant de détourner le regard. Phillip avait raison. Il avait honte.

— Que dois-je faire ? demanda Haven dans un souffle désespéré.

Phillip glissa un doigt sur son menton pour lui faire relever la tête et Haven sursauta légèrement.

— Soyez honnête avec vous-même et avec ce que vous voulez. Vous avez honte parce que vous avez peur. Peur de qui vous êtes, peur de ce que vous ressentez.

— Non, c'est faux, protesta faiblement Haven.

Phillip était si proche, il arrivait à peine à aligner deux pensées cohérentes. La main de Phillip glissa jusqu'à sa joue.

— Tu sais que c'est vrai, rétorqua gentiment Phillip en décidant qu'il n'était plus vraiment nécessaire qu'ils se vouvoient compte tenu de l'intimité de leur discussion. Reconnaître qui tu es vraiment, avouer ce dont tu as envie ne fait pas de toi une personne mauvaise. Ton père t'a probablement rempli la tête de bêtises, il t'a probablement martelé que c'était mal, que c'était interdit. Mais il a tort, et il ne sait pas de quoi il parle. C'est simplement qui tu es, et personne ne devrait t'interdire d'être toi-même.

— Es-tu en train de me dire que je suis gay ? demanda Haven en regardant Phillip comme s'il détenait toutes les réponses aux questions qu'il se posait depuis des années.

— Haven, l'appela Phillip de sa voix chaude et rassurante. Il n'y a que toi qui puisses répondre à cette question. Réfléchis-y, prend ton temps. Pose-toi les bonnes questions : qu'est-ce qui t'excite davantage ? Une jolie fille en robe, ou un homme grand et fort ? Et il n'y a pas de

27

bonne ou de mauvaise réponse Haven, tout ce qui compte, c'est que tu sois honnête avec toi-même.

Le jeune homme ne savait pas quoi répondre à ça. Il détourna les yeux. Il se sentait confus et vulnérable. Il avala péniblement sa salive et demanda :

— Si je suis gay, ça veut dire que je vais me mettre à parler de façon maniérée et à porter des talons ?

Phillip éclata de rire.

— Non, sauf si tu en as envie.

Phillip se rapprocha et lui chuchota sur le ton de la connivence :

— Dakota et Wally sont gays, mais je ne crois pas les avoir déjà vus porter des talons.

— Et toi ? demanda Haven en souriant malgré lui.

— Seulement pour Halloween, avec mon déguisement de Marilyn Monroe, rétorqua malicieusement Phillip, avant d'expliquer : être gay n'a rien à voir avec ce que tu portes, ou la façon dont tu agis. Être gay ne définit que ta façon d'aimer, et tous les autres préjugés ne sont pas ton problème.

Phillip s'était encore rapproché et Haven pouvait presque sentir la chaleur de son corps et l'odeur de sueur propre et de la prairie qui émanait de lui. Son cœur battait la chamade. Phillip allait-il l'embrasser ? Avait-il envie d'embrasser Phillip ? Une main se posa sur sa nuque, ce qui rapprocha leurs visages. Haven retint son souffle, son cœur tambourinait dans sa poitrine. Il déglutit et ses lèvres s'entrouvrirent.

Le premier contact avec des lèvres masculines le prit par surprise et Haven faillit reculer. Mais la pression contre sa bouche s'accentua, et la langue de Phillip retraça légèrement le contour de ses lèvres. Haven gémit faiblement et le baiser s'approfondit. Phillip attrapa son visage entre ses mains et intensifia encore le baiser.

— Vous devriez peut-être faire ça dans un endroit plus discret, retentit une voix.

Haven recula brusquement et tomba sur les fesses. Il leva les yeux et découvrit Dakota qui lui adressait un sourire. Il était tellement gêné, il aurait donné n'importe quoi pour disparaître.

— Je vais y aller, lâcha-t-il brusquement en se redressant.

Il se précipita vers la grange pour récupérer son cheval. Il ne s'était jamais senti aussi humilié de toute sa vie.

— Haven, c'est bon, tenta de le rassurer Phillip en le suivant. Tu n'as rien fait de mal, Dakota ne faisait que nous taquiner.

Phillip posa une main sur son épaule, mais Haven la chassa aussitôt.

— Ce n'est pas grave, Haven, insista-t-il.

Il savait que Phillip essayait de le rassurer, mais tout ce qu'il voulait, c'était partir loin d'ici. Il retrouva rapidement Jake qui était encore sellé et le sortit de la grange. Il monta à cheval, jeta un dernier coup d'œil autour de lui et vit Phillip qui se tenait debout près de la porte de la grange. Il fit claquer sa langue pour indiquer à Jake qu'il était temps de rentrer à la maison.

IV

PHILLIP APERÇUT Haven qui s'en allait à cheval au loin, et il traversa la cour en courant pour le rattraper.

— Haven, attends s'il te plaît, lança-t-il en agitant les bras.

Il poussa un soupir de soulagement lorsque le jeune homme tira sur les rennes et s'arrêta.

— Ne pars pas comme ça, Dakota a dit ça pour rire. Tu ne faisais rien de mal, je te le promets.

— Je sais, répondit Haven, mais l'expression sur son visage n'était pas du tout convaincue.

Il avait l'air terrorisé.

— Il faut que je rentre avant que mon père découvre où j'étais.

Phillip se rapprocha en levant les yeux vers Haven, assis sur son cheval.

— Tu veux dîner avec moi ?

— Dîner ? répéta Haven comme s'il ne comprenait pas.

— Oui, dîner. Tu sais... Aller dans un restaurant pour manger ensemble et parler un peu, expliqua Phillip en souriant. Promis, je ne t'embrasserai pas en public. Qu'est-ce que tu en dis ?

Haven avait l'air sur le point de répondre non et de s'enfuir chez lui.

— D'accord, mais on se retrouve directement là-bas.

— Ce soir, à dix-neuf heures. Je ne sais pas ce qu'il y a en ville, ça fait un moment que je ne suis pas venu. Je voudrais t'emmener dans un endroit sympa, est-ce que tu connais un bon restaurant grill ?

— Dans le genre de chez Louie ? demanda Haven.

— Parfait. Ce soir donc, à dix-neuf heures.

Haven détourna nerveusement le regard.

— Je... D'accord. On se retrouve là bas à dix-neuf heures.

Phillip se décala pour ne plus être dans son chemin, et Haven claqua sa langue pour faire avancer Jake. Phillip ne put s'empêcher d'admirer le mouvement de ses fesses sur la selle pendant un long moment.

— Tu n'as pas été très sympa, déclara-t-il en rejoignant Dakota qui se tenait près de la barrière d'un enclos.

— Je suis désolé. Vu la façon dont il t'embrassait, je...

Dakota secoua la tête et se retourna pour regarder ses ouvriers s'exercer à différentes épreuves de rodéo, notamment au lasso. Phillip n'avait pas la moindre idée de ce qu'ils faisaient exactement, mais il resta pour regarder un homme attraper un veau au lasso.

— C'est un gentil garçon et je pense que c'était son premier baiser, dit Phillip en posant un doigt contre ses lèvres encore sensibles.

— N'importe qui aurait pu vous voir, *son père* aurait pu vous surprendre. Cet homme est perpétuellement en colère, il déteste tout et tout le monde, expliqua Dakota en se tournant vers lui. Il te tuerait s'il te voyait en train d'embrasser son fils.

Dakota avait l'air tellement sérieux, Phillip se sentait presque mal à l'aise sous le poids de son regard.

— Si tu cherches seulement quelqu'un pour t'amuser, Haven Jessup n'est pas la personne qu'il te faut.

Phillip sentit le plaisir et l'excitation qu'il avait ressentis quelques minutes plus tôt s'évaporer. Il se posa la question : est-ce qu'il ne cherchait vraiment que ça ? À s'amuser ? Il n'en était plus si sûr. Jouer avec les sentiments d'Haven lui semblait mal.

— Je ne crois pas que ce soit pour m'amuser cette fois Dakota. Mais il y a tellement longtemps que je n'ai pas pris une relation au sérieux, je ne sais pas comment agir...

Dakota écarquilla les yeux. Il n'en croyait pas ses oreilles.

— Tu n'as qu'à suivre ton cœur, finit-il par lui conseiller. Si tu as besoin de conseils plus précis, il vaut sans doute mieux que tu demandes à Wally, mais c'est ce que j'ai fait. J'ai suivi ce que me dictait mon cœur.

Dakota se retourna pour regarder ce qui se passait dans l'enclos.

— Joli, David ! lança-t-il à l'un de ses hommes qui venait d'exécuter un tour de cheval impressionnant.

Presque aussitôt, Mario se précipita dans l'enclos pour attraper le fameux David par la taille et le faire tourner dans ses bras. Il avait l'air tellement fier, tellement heureux. Phillip sentit son cœur se serrer de jalousie, mais à sa grande surprise, ce n'était pas parce que Mario et David étaient ensemble. Il était jaloux de leur bonheur, de leur couple. Tous les hommes avec lesquels il était sorti semblaient avoir trouvé leur âme sœur : Mario, Dakota et Dieu seul savait encore combien d'autres, mais personne ne l'avait choisi, lui.

— Je l'ai invité à dîner, avoua doucement Phillip. Et il a dit oui.

Il devait reconnaître qu'il était particulièrement excité que le jeune homme ait accepté son invitation. Bien sûr, il était inquiet de sortir avec quelqu'un qui était toujours dans le placard, mais c'était le Wyoming, et être gay dans cette région n'était pas chose facile, il en était conscient.

— Tu es certain que c'est une bonne idée ? demanda Dakota à voix basse. Qu'est-ce que tu feras quand tu te seras lassé de la campagne et que tu auras envie de rentrer chez toi ?

Phillip se tourna vers Dakota en fronçant les sourcils, puis son visage se radoucit lorsqu'il comprit que son ami n'était pas en train de le juger, mais qu'il s'inquiétait sincèrement.

— Il est différent, expliqua Phillip. Du moins, je pense qu'avec lui ce sera différent.

Dakota sourit légèrement.

— Tu es quelqu'un de bien, Phillip et je me suis toujours dit que le jour où tu te déciderais enfin à te caser sérieusement, ce serait pour le faire avec la bonne personne.

Dakota lui serra brièvement et affectueusement l'épaule, avant de retourner son attention vers le paddock.

Phillip regarda l'entraînement pendant un moment avant de décider de s'éloigner. Il ne savait pas vraiment où aller, et il se retrouva à errer derrière la maison, vers une zone clôturée sur un coin de terre broussailleux. En s'approchant, il aperçut un lion qui avançait vers lui de son pas nonchalant. Il poussa un bâillement qui révéla toute l'envergure de sa gigantesque mâchoire.

— Tu dois être Schian, dit Phillip en se tenant très en retrait de la barrière.

Le lion le dévisagea en clignant de ses grands yeux félins. Phillip s'assit dans l'herbe sèche et observa silencieusement l'animal en laissant ses pensées vagabonder.

— Je vois que vous avez fait connaissance.

La voix de Wally le tira de ses pensées. Il leva les yeux et réalisa qu'il se tenait debout, juste à côté de lui.

— Je ne pensais pas te voir si tôt, dit Phillip en regardant de nouveau l'énorme félin.

— Fausse alerte. La jument n'était pas prête à mettre bas. Elle avait juste besoin d'un peu d'attention.

Wally s'assit à côté de lui.

— C'est impressionnant, n'est-ce pas ? demanda Wally en faisant un mouvement de tête dans la direction du lion qui arpentait son enclos.

— Très. Ça ne vous fait pas peur qu'il vive si près de la maison ? Et s'il s'échappe ?

— Il est vieux, il souffre d'arthrite et il a des problèmes de hanche. Mais c'est vrai qu'il aime se promener.

— Tu emmènes ton lion faire des promenades ? Sérieusement ? Comment ça marche au juste ? Tu lui mets une laisse ?

Rien que d'y penser, Phillip avait envie d'éclater de rire.

— Non, mais je lui ouvre la deuxième enceinte pour qu'il ait plus de place. Je voudrais pouvoir le laisser sortir plus souvent. Je doute qu'il me ferait du mal, mais je ne peux pas prévoir ses réactions s'il prend peur, ou si quelque chose le surprend. Il a peut-être passé la majeure partie de sa vie dans un cirque, mais ça reste un animal sauvage.

— Alors pourquoi le garder ici ? demanda Phillip, en gardant un œil sur le lion.

Il aurait pu jurer que l'animal s'était léché les babines.

— Pour finir sa vie en paix, sinon le cirque l'aurait fait piquer, expliqua Wally.

Il n'en fallut pas plus à Phillip pour comprendre. Il connaissait Wally par cœur, et jamais son ami n'aurait laissé faire une chose pareille. Chaque bête sur terre était sûre de trouver un défenseur et un ami en Wally.

— À quoi servent les autres enclos ? demanda-t-il en indiquant les portions de terre avec des cages, une centaine de mètres plus loin.

— J'ai décidé d'ouvrir officiellement un refuge pour animaux sauvages. Les enclos autour de celui de Schian sont conçus pour accueillir d'autres carnivores et félidés, et ceux qu'on aperçoit là bas, pour d'éventuels autres animaux. Beaucoup de gens ont des animaux exotiques comme animal de compagnie, ils les adoptent quand ils sont bébés, mais bien souvent ils ne sont plus capables de s'occuper d'eux correctement lorsque les animaux arrivent à pleine maturité. Je n'accepte pas les serpents et autres reptiles cependant, c'est ma seule condition, sourit Wally. Mais assez parlé de moi, qu'est-ce que tu racontes de beau ?

— J'ai rendez-vous avec Haven ce soir pour dîner.

Phillip remarqua l'expression sur le visage de Wally et ajouta à la hâte :

— Dakota m'a déjà fait la leçon.

— Tu l'apprécies vraiment ?

— Oui. Je ne sais pas s'il est prêt pour une relation avec un homme. Et même s'il n'est pas prêt tout de suite, j'attendrai, ce n'est pas un problème.

Phillip ne comprenait pas très bien ce qu'il ressentait, mais il avait l'intuition qu'aller doucement et prendre les choses petit à petit ne pourrait pas leur faire de mal.

— Ça remonte à quand la dernière fois que tu es allé dîner avec un homme sans espérer finir au lit ?

Wally pencha légèrement la tête sur le côté et plissa les yeux en le regardant comme s'il avait terriblement envie de rire.

— Tu ne t'en souviens pas, pas vrai ?

Phillip secoua honteusement la tête. Wally se releva et lui tendit la main pour l'aider à se relever.

— Allez viens, nous allons choisir ta tenue ensemble.

— C'est dans plusieurs heures ! rétorqua Phillip amusé en glissant un bras autour des épaules de son ami.

— Ce qui nous laisse juste assez de temps pour te préparer, le taquina Wally en le tirant vers la maison.

PHILLIP JETA un dernier regard à son apparence dans le miroir avant d'attraper sa veste. La maison semblait tranquille. En tendant l'oreille, il lui sembla entendre la télévision. Il suivit le bruit jusqu'à la porte de la chambre de Jefferson, frappa doucement, et quelques secondes plus tard, la porte s'ouvrit sur Dakota. Jefferson était allongé sur son lit, il regardait un match de baseball. Un petit canapé avait été installé dans sa chambre et Wally était assis dessus. Dakota s'écarta pour le laisser entrer et Phillip le suivit à l'intérieur.

Jefferson lâcha un sifflement admirateur.

— Vous vous êtes fait beau ? plaisanta-t-il gentiment.

— Je vais dîner avec un ami, répondit Phillip et Jefferson lui lança un regard malicieux, les yeux brillants.

— Jeune homme, dit-il d'une voix étonnamment claire, je sais faire la différence entre sortir avec des amis et aller à un rendez-vous. Et le jean que je vois là est un jean de rendez-vous.

— Ça te va très bien, le rassura Wally avant de sortir ses clefs de voiture de sa poche pour les tendre à Phillip. Passez une bonne soirée.

— Je peux prendre ma voiture, protesta Phillip.

— Ta voiture ne survivra jamais aux routes de la région, il te faut un véhicule qui ne menace pas de rendre l'âme à tous les virages, lui dit Wally avec un clin d'œil. Et puis tu feras meilleure impression avec la mienne.

— Merci... Je crois, répondit Phillip avant de souhaiter une bonne nuit à tout le monde.

Dakota se rassit sur le canapé aux côtés de Wally, et Phillip sortit en refermant la porte derrière lui. Il quitta la maison et se dirigea vers le pick-up du vétérinaire.

Il arriva rapidement en ville et trouva le grill sans difficulté. Il entra, donna son nom à l'hôtesse, et s'assit au bar en attendant. Lorsqu'il n'avait pas les yeux rivés sur la porte, Phillip regardait les minutes qui s'écoulaient sur sa montre en secouant nerveusement la jambe. À dix-neuf heures dix, il se leva, prêt à partir, lorsque son nom fut appelé pour lui signaler que sa table était prête. Il songea qu'après tout, puisqu'il était là, il ferait aussi bien de dîner, et suivit l'hôtesse.

Il prit place à table et le serveur s'approcha.

— Attendez-vous quelqu'un ?

Phillip regarda la porte et secoua sa tête.

— Je pense que non. Mais vous pouvez laisser le couvert.

Il prit le menu que lui tendait le serveur et commença à le parcourir.

— Phillip ?

La chaise en face de lui bougea et il abaissa son menu pour lever les yeux.

— Désolé, je suis en retard, dit doucement Haven. Il m'a fallu plus longtemps que prévu pour sortir.

Phillip sourit.

— Je suis content que tu sois là. Je pensais que tu ne viendrais plus.

— J'ai failli ne pas venir.

Haven déglutit et prit une gorgée de son verre d'eau.

— Mon père a été d'humeur exécrable tout l'après-midi, il n'a pas arrêté de me demander où j'étais, où j'allais ce soir... Si je le laissais faire, il me forcerait sans doute à lui donner mon emploi du temps à la minute près.

— Je suis désolé, s'excusa Phillip en reposant son menu. Peut-être que ce n'était pas une bonne idée. Je ne veux pas te causer d'ennuis.

Il n'avait *vraiment* pas envie que le jeune homme se retrouve dans une situation compliquée à cause de lui.

— Tu n'y es pour rien. Mon père deviendrait dingue s'il savait que j'allais à un rendez-vous avec un autre homme, c'est comme ça. Il a du mal à me voir grandir. Pour lui je ne suis encore qu'un gamin, même si c'est presque moi qui gère tout le ranch.

— C'est toujours difficile pour les parents de se faire à l'idée que leurs enfants deviennent adultes.

Haven secoua la tête, mais ne dit rien de plus. Leur serveur s'approcha de la table.

— Haven, salua-t-il en souriant.

— Salut Frankie, comment vas-tu ? demanda Haven en lui serrant la main. Ça fait un moment qu'on ne s'est pas vu, tu vas toujours à l'Université de Cheyenne ?

— Oui, toujours. Ça se passe plutôt bien, répondit le jeune serveur avant de se tourner vers Phillip.

— Phillip, je te présente Frankie. Nous étions au lycée ensemble. Frankie, voici Phillip. Il est en ville pour rendre visite à des amis et je lui ai conseillé de venir manger ici.

Frankie lui tendit la main et Phillip la serra.

— Je serais bien resté à discuter avec vous plus longtemps, mais le patron nous surveille de près.

Il sourit et prit leur commande de boissons avant de rejoindre rapidement le bar.

— Il a l'air sympa, dit Phillip.

— Il l'est. C'était le quaterback de notre équipe de football au lycée ; il était doué. Il a obtenu une bourse d'étude, mais il a dû tout abandonner.

À l'expression de surprise sur le visage de Phillip, il expliqua :

— Il s'est gravement blessé avant son premier match et il a décidé de ne pas jouer avec sa santé et de s'arrêter là. Maintenant, il se concentre sur ses études.

— C'est un gamin intelligent.

— Il l'a toujours été. Alors et toi, que fais-tu dans la vie ?

— Je suis comptable, mais je suis entre deux emplois pour l'instant. Mon entreprise m'a licencié. J'avais déjà prévu de venir voir Wally et Dakota bien avant que ça n'arrive, alors je suis venu malgré tout, mais en rentrant il faudra que je cherche un nouvel emploi. Et toi, tu as toujours voulu être éleveur ?

Haven rit doucement. Ce simple sourire transforma complètement son visage, l'éclairant d'une joie de vivre qui charma immédiatement Phillip. Le jeune homme était tellement séduisant et attachant.

— Non. Je voulais être pompier, mais ce n'est pas vraiment le genre de carrière qu'on peut poursuivre dans la région. J'aide à diriger le ranch familial, comme presque tous les fils de rancher.

Frankie revint avec leurs boissons et nota leurs commandes pour le dîner.

— J'ai cru comprendre que tu faisais plus qu'aider, c'est presque toi qui supervise tout.

Haven hocha lentement la tête en buvant une gorgée de sa bière.

— Avec le départ de ma mère, mon père a beaucoup changé. Quand j'étais petit, c'était un véritable bourreau de travail, il ne s'arrêtait jamais. Mais maintenant, c'est comme s'il attendait passivement que je fasse tout à sa place.

— Ce doit être fatigant, dit Phillip en le regardant dans les yeux.

— Parfois oui, mais j'aime vraiment ce que je fais, et un jour, le ranch sera à moi. Du moins, je l'espère.

Phillip pouvait sentir l'excitation dans la voix de Haven.

— Qu'est-ce que tu fais quand tu as besoin de te changer les idées ?

— Pas grand-chose. Le ranch me prend presque tout mon temps. Il m'arrive d'aller en ville avec Kade pour voir un film, ou juste pour sortir, mais la plupart du temps, je travaille.

Haven prit une autre gorgée de sa bière.

— Kade est l'un des ouvriers du ranch, mais c'est aussi l'un de mes meilleurs amis. Nous étions à l'école ensemble et quand il s'est mis à chercher du travail il y a quelques années, j'ai demandé à Papa de l'embaucher. Je me sens moins seul sur le ranch avec lui. Mais sa petite amie et lui veulent se marier, alors je sais qu'il ne restera pas éternellement.

Haven regarda autour de lui.

— C'est moi ou tout le monde nous regarde ?

Phillip observa les autres clients avant de reporter son attention sur Haven.

— Personne ne nous regarde, arrête de t'inquiéter. Nous sommes simplement des amis en train de dîner.

Haven leva les yeux vers lui.

— Je sais, excuse-moi. Je n'ai pas l'habitude.

— Tu n'as jamais été à un rendez-vous avant ? demanda Phillip à voix basse.

Haven secoua la tête.

— Pas même avec une fille ?

Il secoua de nouveau la tête.

— Je sortais parfois avec des amis, mais j'étais assez timide à l'école. Je crois que je commence à comprendre pourquoi.

— Je crois aussi. Pour ma part, je suis sorti du placard quand j'avais dix-sept ans, et je n'ai pas fait ça dans la discrétion, sourit Phillip.

Haven lui rendit son sourire et Phillip ne put s'empêcher de songer une fois de plus que le jeune homme avait vraiment un très beau sourire. S'ils n'avaient pas été dans un restaurant bondé dans le fin fond du Wyoming...

— Et toi, qu'est-ce que tu fais pour t'amuser ?

La question d'Haven le ramena à la réalité et Frankie arriva avec leurs plats avant qu'il puisse répondre.

— N'hésitez pas à me faire signe si vous avez besoin de quoi que ce soit, déclara leur serveur en souriant avant de quitter la table.

— Alors, tu disais... reprit Haven en coupant un morceau de son steak.

— Tu veux savoir ce que je fais pour m'amuser, répéta Phillip avant de savourer une première bouchée de sa pièce de bœuf. J'aime cuisiner. Je ne suis pas vraiment une personne d'extérieur, mais quand je suis venu ici la dernière fois, Wally et Dakota m'ont appris à monter à cheval, du moins les bases.

— Alors qu'est-ce que tu fais lorsque tu es en ville ? demanda doucement Haven.

— Je sors dans des clubs avec des amis, des trucs comme ça, répondit Phillip, et il put voir le visage d'Haven s'assombrir aussitôt. Qu'est-ce qu'il y a ?

— Il n'y a pas d'endroits comme ça par ici. Tout ce que nous avons, c'est la patinoire à l'extérieur de la ville et la salle des fêtes du VFW[1] où on organise parfois des danses le samedi soir. Mais je ne pourrais jamais aller y danser avec un autre homme.

---

1 Le VFW : Veterans of Foreign Wars of the United States est une organisation officielle de vétérans de l'armée américaine. Elle regroupe ainsi près de 1,5 million de vétérans ce qui fait d'elle la plus importante organisation du genre dans le pays.

— Ce n'est pas une compétition, Haven. En ville, il n'y a pas de chevaux ni de parcours de 4x4.

— Tu veux dire que tu accepterais de faire des balades à cheval avec moi un jour ? demanda Haven d'une voix si hésitante que pendant un instant, Phillip eut l'impression de revivre les doutes et l'excitation de ses premiers amours de lycée.

Puis il se souvint de l'inexpérience du jeune homme et songea qu'il valait mieux avancer doucement. Haven était tellement innocent, il n'avait sans doute aucune arrière pensée.

— Bien sûr, tant que tu ne me demandes pas de sauter des barrières, de galoper ou d'exécuter des figures, plaisanta Phillip.

Haven se mit à rire, le regard brillant.

— Mais qu'est-ce qu'on a là ? les interrompit une voix.

Le sourire d'Haven s'estompa et Phillip leva les yeux vers les deux hommes qui se tenaient près de leur table. Il lui sembla les avoir déjà vus la dernière fois qu'il était venu. Il reconnut sans trop de difficulté le visage de l'homme qui se tenait le plus près de lui. Il n'y avait aucun doute, ce nez cassé était l'œuvre de Wally.

— Et bien alors Haven, tu ne nous présentes pas ton ami ?

Phillip n'en croyait pas ses oreilles, ces types étaient absolument sans gêne.

— Il s'appelle Phillip, et il n'est pas d'ici, répondit abruptement Haven en se levant pour faire face aux deux hommes. Maintenant je vous suggère de retourner à votre table.

Les deux hommes échangèrent un regard, comme s'ils étaient incapables de réfléchir chacun de leur côté, puis ils s'éloignèrent. Haven se rassit sur sa chaise.

— Ils étaient également à l'école avec moi, expliqua-t-il. Ils faisaient partie de l'équipe de football avec Kade.

— Laisse-moi deviner… Ils ont pris trop de coups sur la tête ? demanda Phillip en haussant un sourcil, et Haven sourit de nouveau. J'ai l'habitude, des crétins comme ça hélas il y en a partout, le rassura Phillip.

— Je suppose, oui, répondit Haven, mais Phillip pouvait voir qu'il avait perdu un peu de son enthousiasme.

— Je te propose qu'on finisse de dîner et puis qu'on parte d'ici, qu'en dis-tu ? proposa Phillip.

Haven hocha la tête et ils terminèrent leurs plats dans un silence presque total. Entre deux bouchées, Haven balayait nerveusement la salle du regard. Ils demandèrent rapidement l'addition et quittèrent le restaurant, soulagés, pour rejoindre leurs véhicules.

— Tu connais un bon endroit d'où on pourrait regarder les étoiles ?

— Oui, je crois, répondit Haven un peu méfiant. Tu veux me suivre ?

— Bien sûr.

Phillip remonta dans son pick-up et attendit que celui d'Haven passe devant lui pour le suivre. Phillip sortit du parking, et lorsqu'il réalisa qu'ils s'éloignaient de la ville et qu'Haven le guidait sur des routes de campagnes isolées, il alluma ses feux de route. Il le suivit de près, bien conscient que s'il le perdait de vue, il ne retrouverait jamais son chemin tout seul. La route se mit à grimper et Phillip vit Haven freiner avant d'emprunter un virage qui les conduisit à une petite clairière en haut d'une colline. Ils stoppèrent leurs véhicules.

— Est-ce que ça ira ? demanda Haven en sortant de son camion.

Phillip sortit à son tour et regarda autour de lui. Ils avaient coupé le contact et la lumière des phares s'était éteinte, les laissant seuls dans l'obscurité. On pouvait vaguement distinguer quelques lumières citadines très loin à l'horizon, mais de là haut, ils étaient presque totalement cernés par la noirceur de la nuit et le scintillement de millions d'étoiles accrochées dans le ciel au dessus de leurs têtes.

— C'est parfait, acquiesça Phillip.

Il entendit un bruit de métal sur sa gauche et comprit qu'Haven avait baissé le hayon de son camion. Il le rejoignit et s'assit au bord de l'arrière du véhicule avec lui pour observer le ciel. Seul le chant des grillons dans es herbes hautes troublait le silence.

— Quand j'étais enfant, mes parents avaient une petite propriété au bord d'une rivière dans laquelle nous passions parfois nos week-ends. C'était très calme et la nuit, j'avais l'habitude de regarder les étoiles.

Phillip pointa un doigt vers le ciel

— Il y a la Grande Ourse, et un peu plus loin là-bas, la constellation en forme de 'W', c'est Cassiopée. Et Orion est juste là, indiqua-t-il en déplaçant légèrement sa main.

Il laissa retomber son bras et frissonna en reposant sa main contre le métal froid du pick-up. Le véhicule bougea lorsqu'Haven se redressa pour s'éloigner. Phillip entendit l'une des portes du véhicule s'ouvrir et plissa les yeux lorsque le plafonnier éclaira l'habitacle. Lorsqu'il les rouvrit, Haven l'avait rejoint et était en train de les couvrir d'une couverture.

— La température chute rapidement certains soirs, expliqua-t-il.

Il resta silencieux quelques instants avant de demander :

—Montre-m'en plus.

Il fallut quelques instants à Phillip pour comprendre de quoi parlait le jeune homme, son esprit encore perdu parmi les étoiles alors que la chaleur du corps d'Haven assis juste à côté de lui l'enveloppait et que sa main effleurait sa jambe. Reprenant ses esprits, il sortit l'une de ses mains de sous la couverture.

— Juste au-dessus, il y a Persée et Andromède et plus loin, il y a Pégase, le cheval ailé, murmura-t-il. Je n'avais pas fait ça depuis tellement longtemps, ajouta-t-il en essayant de se souvenir à quand remontait la dernière fois.

Mais il était incapable de s'en rappeler.

— Tu vois la bande d'étoiles qui traverse le ciel juste là ? C'est la Voie Lactée, le reste de notre galaxie. Nous en faisons partie et c'est tout ce que nous pouvons voir de là où nous sommes.

Il n'ajouta rien, et Haven ne posa plus de question. Ils restèrent silencieux, côte à côte.

La main d'Haven bougea à côté de lui, puis rejoignit la sienne, leurs doigts s'entrelaçant.

— Qu'est-ce que ça fait d'être gay ? demanda très doucement le jeune homme, presque comme un enfant qui avait peur de poser une question interdite.

— Ça ne 'fait' rien de précis, c'est simplement qui nous sommes, répondit Phillip.

Son regard était toujours perdu vers les étoiles, mais il ne les voyait plus, tous ses sens focalisés sur la sensation de la peau d'Haven contre la sienne.

— On ne choisit pas d'être gay. Ce n'est pas la faute de ta mère, ou de ton père, ça ne fonctionne pas comme ça. On nait comme ça, tout simplement.

Phillip tourna la tête et rencontra le regard d'Haven.

— Mais c'est comment dans les grandes villes comme celle dans laquelle tu vis ? Il y a beaucoup d'autres hommes gays ?

Phillip soupira.

41

— Je sais bien qu'on s'imagine toujours que la ville est un paradis pour les gays, et qu'on peut trouver un mec à tous les coins de rue, mais ce n'est pas aussi simple. Ce n'est pas très différent d'ici en fait. Il y a des endroits, comme le ranch de Dakota, où tu sais que tu seras en sécurité. Quelques bars et quelques boîtes de nuit aussi. Et puis il y a des endroits dans lesquels il faut faire attention, comme au restaurant ce soir. Et quelques fois…

Phillip serra la main d'Haven.

— … des gens et des endroits te surprennent par leur ouverture d'esprit.

— Tu as eu beaucoup de relations ?

Phillip soupira de nouveau.

— Je suppose qu'on peut dire ça, oui.

Phillip ne savait pas ce qu'Haven voulait entendre, mais il songea que l'honnêteté était sans doute la meilleure solution.

— Tu es sorti avec quelqu'un que je connais ?

Phillip fit rouler sa tête entre ses épaules pour détendre ses cervicales et fixa les étoiles.

— Oui. Mais c'était il y a longtemps et depuis, Dakota et moi sommes devenu des amis.

Phillip s'attendait à une autre question, mais aucune ne vint.

— J'ai rencontré Dakota sur une croisière, il y a plus de deux ans maintenant. Nous avons passé un bon moment ensemble, mais après la croisière, nous sommes resté en contact par téléphone et notre relation a changé. Nous sommes devenus amis. Et puis l'été dernier, quand je suis venu pour lui rendre visite, Wally est venu avec moi et… Eh bien, disons simplement qu'il n'est jamais reparti.

Phillip se mit à sourire.

— D'ailleurs ça me rappelle… commença-t-il en se mettant à rire.

— Qu'est-ce qu'il y a de drôle ?

— Ce type, au restaurant… Celui qui a un nez de boxeur…

Phillip parvenait à peine à s'empêcher d'éclater de rire.

— Herbie ? Et bien quoi ? demanda Haven avec curiosité. Ce n'est pas le genre de gars qu'il faut provoquer.

— Tu sais pourquoi son nez est comme ça ? demanda Phillip que cette histoire amusait beaucoup.

— J'ai entendu dire que c'était arrivé pendant une bagarre, mais pour une fois, lui et ses amis sont restés assez discrets sur les circonstances.

Haven se redressa brusquement et regarda Phillip.

— Tu sais ce qui s'est passé, c'est ça ?

— Oui, c'est Wally qui lui a cassé le nez, ricana Phillip.

À l'époque, ça ne l'avait pas fait rire. Mais presque un an c'était écoulé, et avec le recul, il était forcé d'admettre que la situation était un poil comique.

— Lui et quelques-uns de ses sbires ont décidé qu'ils n'aimaient pas que Dakota et Wally soient si proches. Ils les ont attendus à la sortie du grill et Wally a mis ce gars au tapis en moins de deux.

— Wally ? demanda Haven avec incrédulité en se mettant lui aussi à rire. Le petit Wally de Dakota ? Il n'a pas l'air capable de faire de mal à une mouche ! Comment a-t-il fait ça ?

— Wally est peut-être petit, mais il sait comment se battre. Je crois qu'il est ceinture noire de quelque chose, je ne sais plus quel art martial.

Phillip prit une grande inspiration et se calma.

— Il n'a jamais été agressif, pour autant que je sache, mais il sait se défendre.

Il entendit Haven pousser un profond soupir.

— Il n'aurait pas du avoir à se défendre. Mais j'imagine que dans le coin, on peut difficilement s'attendre à autre chose, dit-il sur un ton morose.

Phillip serra brièvement sa main.

— J'aimerais pouvoir te dire le contraire… Mais si tu étais amené à devoir te défendre aussi un jour, je ne m'inquiète pas pour toi, je sais que tu peux prendre soin de toi.

Phillip se retourna vers Haven, posa une main sur sa joue mal rasée, et se pencha plus près, jusqu'à ce que leurs lèvres se rencontrent. Il ne savait pas comment Haven allait réagir après ce qui s'était passé le matin même. Il continua à l'embrasser doucement en se familiarisant avec le goût de ses lèvres. La plupart des hommes qu'il avait embrassé dans sa vie avaient des lèvres douces et lisses, mais celles d'Haven étaient un peu gercées et rugueuses, comme le reste de sa personne. Haven était conçu pour une vie en plein air. Approfondissant le baiser progressivement, il sentit Haven réagir et s'approcha plus près, glissant ses doigts dans ses cheveux. Il n'y avait rien de doux ou de lisse chez le jeune homme, et Phillip ne s'était jamais senti aussi excité de toute sa vie.

Haven entrouvrit les lèvres et Phillip le serra plus fort contre lui en l'embrassant passionnément. Il faillit rompre le baiser en souriant lorsqu'il entendit Haven gémir. Les bras musclés du jeune homme s'enroulèrent autour de sa taille et il prolongea leur baiser. Phillip se perdit dans l'instant.

Soudain, Haven recula.

— Qu'est-ce qui ne va pas ? demanda Phillip et Haven le fit taire.

— Écoute. Il y a quelque chose.

Haven se redressa pour écouter. Son profil se découpait dans l'obscurité à la lumière des étoiles, sa tête légèrement penchée. Il ne bougea pas, attentif et incertain.

— Tu as entendu ? demanda Haven et Phillip secoua la tête.

— Non, murmura-t-il en regardant autour de lui sans percevoir le moindre changement. Qu'est-ce que c'était ?

Haven posa un doigt sur la bouche de Phillip et il résista à l'envie de le lécher.

— Ça là ! répéta Haven en chuchotant.

Phillip tendit l'oreille. Il entendait des grillons et occasionnellement un mugissement du bétail au loin, mais rien d'autre.

— Ça ?

— Oui, insista Haven. Je vais chercher une lampe.

Il se laissa glisser au sol, secouant légèrement le pick-up en descendant.

— Qu'est-ce que tu as entendu ? demanda Phillip, juste derrière lui.

— On aurait un animal en détresse, peut-être un petit veau.

Phillip cessa de bouger et continua à écouter. Tout ce qu'il entendit, c'était un vague son aigu au loin. Haven devait avoir une très bonne ouïe. La porte du pick-up s'ouvrit et Phillip vit Haven tâtonner derrière le siège et sortir une lampe de poche qu'il lui tendit avant d'en attraper une autre.

— À qui sont les bovins sur ces terres ? demanda Phillip en indiquant du menton les prés d'où venait le bruit.

— À nous, répondit Haven. Les lumières que tu vois là-bas viennent de chez moi.

Haven les montra du doigt.

— Et celles-ci viennent de chez Dakota. Le bruit venait de nos terres, j'en suis sûr. Tu peux rester attendre ici si tu préfères.

— Non, répondit fermement Phillip en s'avançant devant le pick-up d'Haven. Je viens avec toi.

— Alors allume ta lampe de poche et marche lentement et prudemment. Le terrain est accidenté et il y a probablement des barbelés sur le chemin. Je me demande comment un veau a pu arriver jusqu'ici, ces terres sont vides à cette époque de l'année.

Haven passa devant lui et entreprit de descendre la colline, en direction du pré. Il s'engagea sur un vieux chemin de terre partiellement recouvert d'herbe et de broussailles, et s'arrêta juste devant la clôture du pré. La lune éclairait à peine le métal des fils barbelés, et si Haven n'avait pas été là, Phillip aurait foncé droit dedans. Il s'arrêta derrière le jeune homme et tendit l'oreille. Il pouvait maintenant entendre comme un faible bêlement quelque part devant eux.

Haven écarta prudemment les barbelés et lui fit signe de passer.

— Vas-y, mais fais attention et ne t'éloigne pas trop une fois de l'autre côté. Je suis juste derrière toi.

Phillip franchit la clôture avec précaution, veillant à ne pas déchirer son pantalon ou à s'érafler la peau. Une fois de l'autre côté, il écarta les fils métalliques à son tour afin qu'Haven puisse le rejoindre.

— Je crois que ça venait de là bas, dit Phillip en faisant bouger le faisceau de sa lampe dans la direction qu'il indiquait.

Il laissa Haven passer devant et le suivit le long de la clôture. Le bêlement devenait plus fort, même pour les oreilles peu entraînées de Phillip, et il pouvait clairement entendre que l'animal était en difficulté.

— Par ici, dit Haven en se pressant le pas.

Le veau s'était emmêlé les pattes arrière dans les fils de la clôture et s'était retrouvé coincé.

— Tout va bien, le cajola doucement Haven. Tout va bien petit gars, on est venu pour t'aider.

Phillip orienta sa lampe sur l'animal. Ses pattes étaient en sang. Il ne s'y connaissait pas assez pour dire à quel point il était blessé, mais malgré les gestes rassurants d'Haven, l'animal continuait de se débattre et il risquait d'aggraver ses blessures.

— Tu penses pouvoir le libérer ? demanda Phillip qui n'avait aucune idée de ce qu'il fallait faire.

— Je ne crois pas, pas sans le blesser davantage. Il va falloir appeler mon père.

Haven sortit son téléphone et hésita.

— Tu dois retourner à ton pick-up. Si mon père te trouve ici, il va péter les plombs.

Phillip sortit son téléphone, et composa un numéro de téléphone.

— Qui appelles-tu ?

45

— Wally. Il saura quoi faire.

Phillip porta le téléphone à son oreille en regardant Haven qui tenait toujours le veau en essayant de l'apaiser. Après plusieurs sonneries, quelqu'un décrocha enfin.

— Wally, on a besoin de toi. Je suis avec Haven, nous sommes dans un près tout au fond de leurs terres et l'un de ses veaux est pris dans du barbelé. Il saigne.

— Phillip, répondit Dakota qui avait décroché à la place de Wally. Calme-toi, ralentis et dis-moi où vous êtes.

— Je n'en suis pas sûr, souffla Phillip. On est en haut d'une petite colline, on regardait les étoiles quand on a entendu un cri d'animal.

Il savait qu'il parlait très vite, mais son cœur s'emballait chaque fois qu'il entendait le bêlement douloureux du veau.

— Demande à Haven où vous êtes. Je préviens Wally et on arrive.

— Haven, où sommes-nous exactement ? demanda Phillip en se retournant vers le jeune homme qui serrait toujours le veau contre lui.

— Dis-lui que nous sommes au fond de notre propriété, près de Hump Hill. Il devrait savoir où c'est.

Haven leva les yeux vers lui, le regard empli d'inquiétude.

— Tu as entendu ? demanda Phillip en parlant dans le combiné.

— Oui, c'est bon, je vois où c'est. On sera là dans quelques minutes.

Phillip entendit le bruit d'un moteur qui démarrait avant que Dakota raccroche.

— Ils arrivent, annonça Phillip en se rapprochant lentement du veau. Est-ce que je peux faire quelque chose ?

— Tiens sa tête et ses épaules, demanda Haven. Je vais essayer de maintenir ses jambes pour qu'il ne se blesse pas davantage.

Phillip s'agenouilla à ses côtés sur le sol humide.

— Tiens-le comme ça. Utilise ton poids pour l'immobiliser.

Haven employa la même voix douce et calme qu'avec le veau, et Phillip sentit un peu de son angoisse disparaître.

— Il n'est pas très vieux, tu devrais pouvoir le tenir sans trop de difficulté. Parle-lui gentiment et à voix basse. Il va réagir à ton comportement, alors reste aussi calme que possible.

Phillip fit ce qu'Haven lui demandait. Le petit veau se débattait tant bien que mal et il dût utiliser tout son poids pour le maintenir en lui parlant doucement.

— C'est bon, mon garçon. On est là pour t'aider, personne ne va te faire du mal.

Phillip sentit le veau se calmer peu à peu, avant de se laisser complètement aller entre leurs bras.

— Ne bouge pas. C'est bon, répéta Phillip, et le veau le regarda avec ses grands yeux noirs et brillants.

Phillip entendit un véhicule s'approcher, puis le moteur se coupa.

— Phillip, Haven ! appela Dakota.

— On est là, répondit Haven. Faites attention aux barbelés.

Le bruit de leurs pas se rapprocha progressivement et les voix étouffées se firent de plus en plus distinctes. Enfin, Wally arriva à leur hauteur et s'agenouilla aussitôt près du veau pour l'examiner.

— Kota, passe-moi une paire de pinces s'il te plait, il va falloir couper ce fil.

Phillip continua patiemment à tenir le veau en murmurant doucement à son oreille.

— Je vais devoir lui donner un sédatif pour l'endormir. Ses pattes sont trop abimées et il fait trop noir pour s'occuper de lui ici.

Phillip vit Wally préparer une seringue à la lueur d'une lampe de poche avant d'injecter le produit au veau. Il sentit l'animal vaciller, et attendit quelques minutes avant de le lâcher et de se relever.

— Il va s'en sortir ? demanda doucement Phillip à Wally.

— Je ferai tout ce que je peux, mais avec cette obscurité, c'est dur à dire pour l'instant.

Wally se retourna vers Haven.

— Tu penses que tu peux le porter ?

— Oui, répondit Haven.

— Je vais vous ouvrir la voie, dit Dakota en se dirigeant vers la clôture.

Il coupa les fils pour leur permettre de passer, et Haven avança avec le veau endormi dans ses bras. Phillip marcha à ses côtés en tenant la lampe pour lui éclairer le chemin jusqu'au pick-up de Dakota.

— Mets-le à l'arrière. Il y a des couvertures sur le plateau, il ne se blessera pas pendant le transport. Il faut le ramener au ranch le plus rapidement possible, le sédatif ne durera pas plus d'une heure ou deux. Je n'ai pas voulu lui en administrer trop, expliqua Wally en grimpant derrière le volant. On se retrouve là-bas, dit-il en fermant sa portière.

— Wally, attends, appela Phillip, et il grimpa à l'arrière du pick-up à côté du veau. Je vais faire le trajet avec lui.

— Si tu veux, mais je te préviens, ça va secouer, l'avertit Wally.

Phillip lança ses clefs à Haven.

— Donne-les à Dakota. Je te revois au ranch, dit-il et Haven hocha la tête.

Avant que Wally démarre, Phillip se pencha sur le hayon et embrassa rapidement Haven avant de se rasseoir aussitôt près de l'animal. Le pick-up se mit en route et disparut dans l'obscurité aussi vite que Wally le put. Phillip ne prêta aucune attention au voyage, il se contenta de caresser le cou du veau en essayant de faire en sorte qu'il soit ballotté le moins possible.

Enfin, dans un tourbillon de poussière, ils arrivèrent au ranch et se garèrent à la hâte.

— Mario ! cria Wally en sautant du camion.

— Que se passe-t-il ? répondit Mario en se précipitant à leur rencontre, la porte grillagée de sa maison claquant derrière lui.

— Tu peux emmener le veau qui est à l'arrière du pick-up dans la salle de chirurgie ?

Mario abaissa le hayon.

— Fais attention à ses pattes, elles sont blessées.

Mario souleva délicatement l'animal pour le sortir du pick-up et le porta jusqu'à la grange, Wally le suivant de près. Phillip ne savait pas quoi faire pour les aider. Il voulait suivre Wally, mais il avait peur de le gêner plus qu'autre chose. Il resta donc à l'extérieur en attendant Haven et Dakota. Leurs deux véhicules arrivèrent quelques minutes plus tard. Ils quittèrent leurs pick-up en se dirigeant vers lui, et Phillip leur expliqua que le veau était en salle d'opération avec Wally.

— Tu veux une bière ? demanda Dakota à Haven, et le jeune homme hocha la tête tandis que Phillip les dévisageait, bouche bée.

— Le petit veau est en train de passer sur le billard et vous voulez aller boire une bière ? demanda-t-il en sentant la colère monter en lui.

— Phillip, l'appela calmement Dakota, il n'y a rien que nous puissions faire à part laisser le champ libre à Wally. Je sais que tu es bouleversé, mais ce genre de choses arrive, nous avons l'habitude. Nous avons fait ce que nous pouvions, maintenant il faut laisser la nature suivre son cours.

Phillip sentit la main de Dakota sur son épaule et la chassa aussitôt.

— Tu as regardé dans ses grands yeux implorants, pas vrai ? demanda gentiment Dakota.

— Et alors ? rétorqua Phillip sur la défensive.

— Rentrez dans la maison, les invita Dakota en indiquant la porte d'entrée d'un mouvement de tête. Je reviens tout de suite, je vais jeter un œil à Wally.

Dakota se dirigea vers la grange. Phillip fit entrer Haven et ils s'assirent sur le canapé.

— Tu as bien réagi, Phillip, dit Haven en lui donnant un petit coup d'épaule affectueux. Même si ce n'était pas exactement de cette façon que j'avais imaginé notre soirée.

— Et si nous ne l'avions pas entendu ? Si nous n'avions pas été là ? demanda Phillip en regarda Haven, et l'expression sur le visage du jeune homme le ramena à la raison. Tu n'es pas obligé d'attendre ici, je t'appellerais dès que j'aurais des nouvelles de Wally.

— Merci, c'est gentil.

Haven se pencha et Phillip le rencontra à mi-chemin, les deux hommes partageant un doux baiser.

— Je vais avoir sacrément de choses à expliquer à mon père, soupira Haven en regardant la grange de la fenêtre. Mais je sais que le veau est entre de bonnes mains.

Il se leva et se dirigea vers la porte.

— Je te verrai probablement demain. S'il fait beau, on pourrait peut-être aller se promener à cheval.

— J'aimerais bien, répondit Phillip.

Il regarda Haven sortir, puis se leva pour le regarder s'éloigner par la fenêtre. Il le vit faire un geste en direction de Dakota et monter dans son pick-up avant que la lumière de ses phares disparaisse dans la nuit. Quelques secondes plus tard, la porte d'entrée se rouvrit et Dakota se dirigea immédiatement vers la cuisine. Il revint avec deux bières.

— L'une des choses que tu apprends dans ce métier est de ne pas trop t'attacher au bétail, lui expliqua Dakota en s'effondrant sur le canapé.

Il retira ses bottes et posa les pieds sur la table basse, avant de tendre une bière à Phillip.

— Quand j'avais dix ans, mon père m'a donné un veau dont je devais m'occuper. Je l'ai nourri, j'ai joué avec lui, je lui parlais même. En un rien de temps, je me suis mis à l'aimer comme un animal de compagnie. Je l'ai même emmené à une foire et il a gagné un ruban. J'étais tellement fier, une vraie maman poule.

Dakota sirota sa bouteille avant de se lever et de revenir avec une photo encadrée qui reposait sur le manteau de la cheminée.

— C'est moi et Clyde à la foire. Mais ce qu'on ne voit pas sur cette photo, c'est l'expression de mon visage quelques minutes plus tard quand mon père m'a annoncé que Clyde allait être vendu aux enchères. J'ai traité mon père de tous les noms, et il m'a laissé faire, parce qu'il savait que j'étais en train d'apprendre une leçon. Le bétail n'est pas comme les animaux domestiques, c'est un outil de travail.

Dakota prit une autre gorgée de sa bière.

— Et qu'as-tu fait ? demanda Phillip en buvant sa bière et en savourant le réconfort de l'alcool après toutes les mésaventures de la soirée.

— J'ai pleuré, jusqu'à ce que mon père me remette le chèque de la vente aux enchères en me disant que c'était le mien.

Phillip regarda Dakota avec un air outré et le frappa sur le bras.

— Salaud ! dit-il en souriant malgré lui. J'ai failli te croire.

— C'est la vie d'un ranch, Phillip. Il faut que tu le comprennes. Bien sûr, j'espère que le veau va s'en sortir, mais on ne peut pas se permettre d'avoir des réactions aussi émotionnelles. Haven le sait également. Sinon on deviendrait dingue chaque fois qu'on doit vendre une bête.

Dakota finit sa bière et la posa sur la table.

— C'est difficile à concevoir.

— Je sais, mais c'est quelque chose que tu apprends vite quand tu vis sur un ranch. Sauf si tu t'appelles Wally, bien entendu.

Comme s'il avait entendu son prénom, Wally choisit ce moment pour entrer, l'air épuisé.

— Tout s'est bien passé. Je lui ai donné un autre sédatif, il va dormir pendant un bon moment, et d'ici quelques jours, il devrait gambader comme si de rien n'était.

Il bâilla et Dakota se leva, jeta sa bouteille à la poubelle et attrapa Wally par la main pour le conduire à leur chambre.

Phillip tira son téléphone de sa poche et appela Haven.

— C'est Phillip, dit-il lorsqu'Haven décrocha. Le veau va bien, il sera sur pieds dans quelques jours.

— Merci de m'avoir tenu au courant...

Haven devint silencieux et Phillip l'entendit bouger à l'autre bout du fil.

— J'ai passé un bon moment ce soir. Merci pour le dîner, et merci d'avoir été là.

— De rien. On se voit demain pour notre promenade, dit Phillip en souriant avant de raccrocher.

Il termina sa bière, jeta la bouteille et éteignit toutes les lumières avant de rejoindre son lit en pensant à Haven.

V

QUELLE NUIT, pensa Haven en se forçant à ouvrir les yeux. L'aube commençant à peine à éclairer la pièce. Sa première pensée après ça fut pour Phillip. Il sourit en se rappelant son expression indignée devant l'attitude de Dakota. Comment ne pas s'attacher à un homme qui était tellement préoccupé par un veau blessé qu'il était monté à l'arrière d'un camion avec lui, simplement pour s'assurer qu'il ne soit pas trop bousculé ? En regardant le plafond, Haven se remémora également le contact des lèvres de Phillip sur les siennes, l'excitation qui s'était déversée dans ses veines comme une vague de feu alors que le corps de l'autre homme s'était pressé contre le sien. Haven ferma les yeux, ses doigts glissant de son torse à son ventre, avant de s'enrouler autour de son sexe. Après des années de célibat, il avait développé une imagination fertile. Des images de Phillip envahirent son esprit. Il l'imagina debout, au pied de son lit, sa chemise glissant de ses épaules, révélant une peau bronzée qui disparaissait sous la ceinture de son jean. Un sourire étira ses lèvres lorsqu'il s'imagina avancer jusqu'au Phillip imaginaire pour l'aider à défaire son pantalon et découvrir ce qu'il y avait en dessous…

— Haven, lève-toi maintenant !

Son petit fantasme vola en éclat dans son esprit avec un bruit comique de disque qui saute, et Haven soupira en rejetant ses couvertures.

— C'est bon, je suis debout ! cria-t-il à travers la porte. Pour l'amour du ciel…

Il poussa un large bâillement en s'étirant.

— On ne répond pas à son père jeune homme, entendit-il derrière sa porte.

Ignorant la remarque infantilisante, Haven bâilla de nouveau et enfila ses vêtements avant de se diriger vers la salle de bain. Il ne savait pas comment il allait tenir toute la journée vu son état de fatigue, mais ce n'était ni la première, ni la dernière fois que ça arrivait, et le travail ne se ferait pas tout seul. Il fallait s'occuper du bétail. Haven entendit vaguement des mouvements dans la maison en rejoignant la salle de bain. Il referma la porte derrière lui et cligna des yeux en allumant la lumière. Il se rinça le visage à l'eau froide et se rasa rapidement. Après ça, il se sentit mieux réveillé, presque prêt à affronter sa journée.

En arrivant dans la cuisine, son père était déjà assis à table et il regardait le rapport agricole à la télévision.

— Tu ne crois pas que tu aurais pu préparer le petit déjeuner pour une fois ? rouspéta Haven en regardant son père siroter tranquillement son café.

— C'est moi qui donne les ordres ici, mon garçon.

Il éteignit la télévision, se leva et posa sa tasse dans l'évier. Haven se servit un bol de céréales en lui lançant un regard mauvais.

— Tu as quelque chose à dire ? le défia son père.

Haven envisagea un instant d'exprimer ses frustrations, mais il décida de tenir sa langue. Il était tellement conditionné à obéir à son père. Il plongea le nez dans son bol en grommelant, et termina rapidement de déjeuner avant de sortir travailler.

— Bonjour Kade, salua-t-il lorsqu'il vit le pick-up de son ami se garer sur le parking.

— Salut Haven, répondit son ami en sortant du véhicule. Qu'est-ce qui est prévu pour aujourd'hui ? demanda-t-il en bâillant et en plissant les yeux contre les rayons du soleil levant. Tu as une sale tête, on dirait que tu n'as pas dormi de la nuit. Tu es sorti avec une fille ?

Haven ignora la question.

— Je n'ai pas dormi parce que l'un des veaux s'est blessé dans la prairie Nord et on l'a retrouvé empêtré dans des barbelés.

— Qu'est-ce que tu faisais à la prairie Nord ? Attends un peu… sourit malicieusement Kade. Tu étais à Hump Hill avec une fille, petit cachotier !

— Kade, dit-il en levant les yeux au ciel.

— Alors, raconte ! insista-t-il.

— Je n'étais pas là-bas avec une fille, d'accord ? expliqua patiemment Haven pour couper court aux insinuations de Kade. Les pattes arrière du

53

veau sont en assez mauvais état. Il a fallu appeler Dakota et Wally. Le veau est chez eux et je dois aller le récupérer avant que mon père fasse une crise.

L'interrogatoire de son ami le mettait mal à l'aise.

Kade fronça les sourcils en jetant un regard en direction de la grange, puis de la maison, avant d'attirer Haven avec lui dans la grange, à l'abri des regards.

— Tu n'aurais pas quelque chose à m'avouer ?

— De quoi parles-tu ? demanda bêtement Haven en priant pour que Kade arrête de le cuisiner comme ça.

Il n'avait vraiment pas envie d'avoir cette discussion maintenant. Son cœur battit la chamade et sa vision se troubla.

— Haven, appela doucement Kade. Ça m'est égal tu sais, tu es mon meilleur ami, rien ne pourra jamais changer ça.

Kade le fixait de ses yeux perçants, comme s'il attendait quelque chose.

— Tu étais à la colline avec l'ami de Dakota qui vient d'arriver, pas vrai ? Et je parie que ce n'était pas pour regarder les étoiles, ajouta-t-il taquin.

— Pour être honnête si, nous avons littéralement regarder les étoiles, répondit Haven d'une petite voix.

— Alors tu es gay, murmura Kade. Je le savais.

— Quoi ? Comment ? demanda Haven paniqué.

Tout le monde était-il au courant ?

— Tu n'es jamais sorti avec personne, et tu as toujours été nerveux et timide auprès de Penny et de ses amies. Au début, j'ai pensé que tu avais peur des filles…

Kade lui sourit gentiment.

— Tout va bien, Haven. Je ne le dirai à personne. Est-ce que ton père le sait ?

— Mon Dieu, non !

Haven eut presque une attaque en pensant à la façon dont son père réagirait. L'homme n'était pas vraiment un modèle de compréhension et de soutien paternel.

— Je pense que je le lui dirai dans dix ou vingt ans, lorsqu'il sera trop vieux pour m'en coller une.

— Tu veux que j'aille chercher le veau ?

— Non, j'irai dans l'après-midi. On a du boulot sur le ranch et je n'ai pas envie d'entendre mon père se plaindre encore. On va d'ailleurs commencer par aller jeter un coup d'œil sur les clôtures de la prairie Nord je voudrais bien comprendre comment ce veau a atterri là.

— D'accord, je vais seller un cheval et j'irai voir ça une fois que j'en aurai fini dans la grange.

Kade s'éloigna et Haven se dirigea vers l'enclos de Jake. Il n'arrivait pas à croire que Kade ait si bien réagi. Il sourit et le nœud dans son estomac se desserra un peu. Il avait sincèrement cru qu'il allait perdre ses amis s'ils le découvraient. Et même s'il n'avait pas l'intention de le crier sur les toits, c'était rassurant de savoir que certaines personnes l'acceptaient tel qu'il était. Menant Jake dans sa stalle, Haven commença à le seller en essayant de se vider la tête. Il devait aller vérifier les troupeaux et il restait encore beaucoup de travaux de maintenance à faire. La journée allait encore être bien remplie et il avait besoin de s'y mettre s'il voulait faire une balade à cheval avec Phillip.

PLUS TARD dans l'après-midi, épuisé, Haven reconduisit Jake dans sa stalle. Le cheval se dirigea immédiatement vers le seau d'eau avant de se jeter sur le foin dans sa mangeoire. En lui caressant l'encolure, Haven murmura :

— Je te laisse te reposer un petit peu.

Après une dernière caresse, il quitta la stalle et referma la porte derrière lui.

En se dirigeant vers la maison, il remarqua que le pick-up de son père n'était plus là. Avec un petit soupir de soulagement, Haven entra dans la maison. Il ouvrit le réfrigérateur et s'apprêtait à prendre une bière, mais au dernier moment, il choisit une canette de soda. Il la descendit d'un trait, et entendit la voix de Kade à travers la porte grillagée.

— Haven, l'appela ce dernier en entrant. J'ai trouvé une petite ouverture dans la clôture de la prairie Nord.

Kade était en sueur. Haven lui tendit une boisson fraîche.

— Je l'ai réparée, mais…

Kade le regarda étrangement.

— On aurait dit que la clôture avait été coupée. Je sais que ça à l'air fou, mais je ne suis presque sur que ce n'est pas de l'usure, Haven. Quelqu'un a fait ça volontairement.

— Mais qui aurait intérêt à détruire nos clôtures ? demanda Haven frustré, sans vraiment attendre de réponse.

— Si tu demandais à ton père, il te répondrait sans doute les Holden, mais ce serait stupide. Tu as dit toi-même que Dakota et Wally s'était précipités pour t'aider la nuit dernière. Pourquoi t'auraient-ils aidé si c'était eux qui avaient coupé la clôture ? Je sais bien que la querelle qui oppose ton père et Monsieur Holden dure depuis des années et fait partie des légendes de la ville, mais Jefferson Holden est confiné au lit depuis des années.

— Peut-être que quelqu'un veut raviver des vieilles rancœurs, réfléchit Haven à voix haute. Tu as pu réparer le trou ?

— Oui, c'est fait. J'ai également vérifié le reste, tout est solide.

Kade finit son soda et jeta la canette, puis il leva les yeux vers son meilleur ami.

— Qu'est-ce que c'est que cette tête ? On dirait que tu portes le poids du monde sur les épaules.

Haven secoua la tête.

— Non, non, ça va. Mais, je pense qu'on devrait vérifier toutes nos clôtures, jusque au cas où. Si quelqu'un est à l'origine de nos problèmes, nous devons nous assurer qu'il n'a rien saboté d'autre.

— Laisse-moi le temps de me rafraîchir et je m'y mets, déclara Kade.

Haven regarda l'horloge.

— Il est presque l'heure d'arrêter le travail pour aujourd'hui. Ça peut attendre jusqu'à demain. Je vais aller récupérer le veau.

— Tu veux que je m'en occupe ?

— Non, répondit Haven en regardant par la fenêtre. Je vais faire une promenade avec Phillip.

Kade sourit.

— C'est bien pour toi. Je te couvre si jamais ton père commence à poser des questions.

Il attrapa une autre boisson dans le réfrigérateur et sortit. Haven était en train de regarder le courrier sur la table lorsque son téléphone sonna. Il décrocha.

— Haven, c'est Phillip. Tu es toujours d'accord pour cette promenade ? demanda-t-il avec enthousiasme.

— Je suis sur le point de partir, je serai là dans quelques minutes.

Haven raccrocha et glissa son téléphone dans sa poche. Il fit le tour du ranch une dernière fois pour s'assurer que tout était bien rangé, puis il retourna chercher Jake.

Le trajet jusqu'au ranch Holden n'était pas long. Il pouvait emprunter les petits sentiers entre leurs terres, plus rapides que les grands axes.

Lorsqu'il arriva enfin, tout semblait calme. Il descendit de cheval et une petite troupe de chiens se dirigea droit sur lui. Ils lui reniflèrent les jambes avec excitation, avant de s'asseoir pour le regarder avec des grands yeux plein d'espoir.

— Phillip va bientôt arriver, lança Wally en émergeant de la grange.

Les chiens se précipitèrent vers lui en se chamaillant dans leur enthousiasme pour attirer son attention.

— Tu n'as qu'à attacher ton cheval à la barrière et venir avec moi voir le veau si tu veux. Il va très bien, je te rassure.

Haven le suivit jusqu'au fond de la grange.

— Il est encore un peu raide, mais ses muscles n'étaient pas endommagés, il devrait cicatriser rapidement. Il suffira de le garder séparé du reste du troupeau pendant quelques jours.

— Merci, Wally, dit Haven en lui serrant la main.

— Hé, vous deux !

Haven entendit Dakota les saluer derrière lui.

— Salut Dakota, répondit-il en regardant les deux hommes échanger un baiser rapide. Kade a vérifié la clôture au nord, et il a trouvé une portion qui semblait avoir été coupée.

Dakota et Wally le fixèrent.

— Mais qu'est-ce que c'est que cette histoire ? demanda Wally en secouant la tête.

— Je pense que quelqu'un veut semer le trouble. Si c'était mon père qui avait trouvé la clôture abimée, il vous aurait blâmé haut et fort auprès de tous ceux qui auraient été prêts à l'entendre. Et à mon avis, c'était le but de la manœuvre. Kade et moi allons vérifier tout le reste de nos clôtures demain pour être sûrs.

— Nous allons en faire autant, ajouta Dakota avec un hochement de tête.

Phillip s'approcha d'eux en souriant.

— Profitez bien de votre promenade tous les deux. Quand vous reviendrez, nous t'aiderons à ramener le veau.

— Merci beaucoup, dit Haven avant de se tourner vers Phillip.

— J'ai sellé Sophie pour toi, Phillip. Elle est dans la première stalle, indiqua Wally.

Phillip le remercia avant de se diriger vers le box pour amener le cheval dans la cour. Haven lui tint les rênes pendant qu'il montait sur le cheval, puis il détacha Jake et monta à son tour.

— Il y a un sentier qui part de l'arrière de la maison, qui longe le pré et qui descend vers la rivière, leur proposa Dakota. Ne passez pas trop près de Schian sinon il va rugir à l'approche des chevaux. Bonne promenade.

— Heureusement que tu nous préviens, plaisanta Haven avant d'ouvrir la marche.

— J'espère que ton père ne t'a pas posé trop de problème, lui dit Phillip derrière lui.

— Non. Il dormait quand je suis rentré. Les problèmes arriveront quand je ramènerai le veau à la maison et qu'il me demandera comment il s'est blessé. Je ne suis pas trop inquiet, ce sont des choses qui arrivent assez souvent, espérons qu'il n'y pensera pas trop.

Haven ralentit l'allure.

— Je ne suis jamais venu ici auparavant, dit-il en regardant autour de lui. Moi qui pensais que notre ranch n'était pas trop mal, ce n'est rien comparé à ce que les Holden ont fait.

Phillip indiqua un petit groupement d'arbres.

— C'est là que se trouve le lion de Wally. Je l'ai vu hier, c'est vraiment quelque chose.

— Je n'arrive toujours pas à croire qu'il garde un lion, dit Haven.

Presque aussitôt, un rugissement retentit et il sentit Jake se raidir sous ses jambes.

— Tu devrais essayer de te réveiller à cinq heures du matin avec le rugissement d'un lion. Ce matin, pendant quelques secondes, j'ai cru que j'étais au Kenya, plaisanta Phillip.

Haven sourit, amusé.

— Wally m'a emmené avec lui pour le nourrir l'autre jour. Tu aurais du voir ça, Schian a dévoré son repas et puis il a roulé sur le dos comme un gros chat pour qu'on lui gratte le ventre.

— Tu plaisantes ! s'exclama Haven en secouant la tête, incrédule.

— Et attends, il y a mieux. Wally lui a frotté le ventre, et ce gros bébé s'est mis à ronronner. On pouvait l'entendre à une vingtaine de mètres !

Phillip se mit à rire en y repensant et Haven songea qu'en effet, il aurait bien aimé voir ça.

Ils traversèrent la prairie et se dirigèrent silencieusement vers la rivière. Haven affectionnait particulièrement cette vue : les rives, les arbres au bord de l'eau, le sommet des montagnes qui se découpait contre le ciel au loin. Sa selle grinça lorsqu'il se retourna brièvement pour lancer un regard complice à Phillip. Il aimait être à cheval juste devant lui, il pouvait presque sentir le poids rassurant de son regard dans son dos. En se rapprochant de l'eau, ils trouvèrent un peu d'ombre à l'abri des arbres et l'air était plus frais. Haven retira son chapeau avant de s'essuyer le front.

— Nous pouvons nous arrêter ici un moment, si tu veux, dit-il en descendant de cheval.

Il caressa le flanc de Jake et le laissa paître dans l'herbe.

Phillip descendit beaucoup moins gracieusement de sa monture, et Haven eut la délicatesse de ne pas faire de remarque. L'eau coulait vivement entre les rochers mais le niveau avait commencé à baisser, la pluie qui était tombé pendant la tempête n'étant déjà plus qu'un lointain souvenir.

— Dakota m'a raconté qu'il avait l'habitude de venir nager ici quand il était gamin, déclara Phillip en s'accroupissant au bord de l'eau pour y plonger sa main. C'est un peu froid.

Puis il se redressa et s'avança vers Haven, jusqu'à ce qu'il soit assez près pour sentir la chaleur émise par son corps.

— Et toi, tu veux nager ou…

Il enroula ses bras autour du cou du jeune homme qui le dépassait presque d'une tête, et l'embrassa doucement. Avec tout ce qui s'était passé, Haven avait presque craint que ces baisers sous les étoiles ne soient que le fruit de son imagination, mais maintenant, chaque détail lui revenait en mémoire. Et cette fois, il ne comptait pas rester passif. Il attira Phillip plus près de lui et approfondit le baiser. Les lèvres de Phillip avaient le goût du ciel. Haven n'arrivait pas à croire qu'il avait passé tant d'années à se priver d'une chose pareille.

— Haven, souffla Phillip en rompant le baiser. Où sont les chevaux ?

Il regarda autour de lui, les deux animaux étaient tranquillement en train de paître quelques mètres plus loin.

— Ne t'en fait pas pour eux, on peut les laisser sans surveillance pendant quelques minutes.

Il avait à peine finit sa phrase que Phillip capturait de nouveau ses lèvres dans un baiser fougueux. Haven sursauta légèrement lorsqu'il sentit les mains de Phillip glisser sur ses fesses, avant de les serrer. Il paniqua brièvement, mais les lèvres de Phillip continuaient de l'embrasser, chassant ses inquiétudes pour les remplacer par le goût addictif de ses baisers. Finalement, Haven eut besoin de reprendre son souffle et il rompit le baiser, haletant.

— Tu embrasses bien, tu sais ? lui sourit narquoisement Phillip.

Haven écarquilla les yeux.

— Quoi ? Personne ne te l'a jamais dit ? demanda Phillip en le serrant un peu plus fort contre lui.

— Je n'avais jamais embrassé personne. Sauf mes tantes, sur la joue. Ça ne compte pas vraiment, confessa Haven en regardant ses pieds.

— Tu n'avais jamais…

Phillip se figea et Haven craignit qu'il ne s'éloigne.

— Tu n'as jamais rien fait alors ?

Haven secoua négativement la tête, son humiliation était complète. Ce n'était pas qu'il n'aurait pas voulu, mais il vivait dans le Wyoming rural et ce n'était pas comme s'il avait eu des tonnes d'opportunités.

— C'est bon, Haven.

Il sentit un doigt glisser sous son menton.

— Il n'y a pas de quoi avoir honte.

Il leva les yeux et vit que Phillip souriait.

— Tu ne trouves pas ça bizarre ?

— Non.

Phillip secoua lentement et s'avança lentement, pour l'embrasser à nouveau.

— Pas du tout.

Le bruissement léger des feuilles dans la brise bercèrent Haven et il laissa ses soucis s'envoler en se perdant dans le baiser. Cette fois, il laissa ses mains se balader et caressa timidement le dos de Phillip.

— nous ferions peut-être mieux de remonter à cheval, murmura Haven.

Il n'en avait aucune envie, mais il pouvait entendre les chevaux qui commençaient à s'impatienter derrière lui.

— Je suppose, répondit doucement Phillip.

— Tu as déjà fait du camping quand tu étais petit ? demanda Haven, et Phillip secoua la tête. Quelques fois, mes amis et moi campions dans la prairie. On préparait quelques sandwiches et on partait à l'aventure. On ne s'éloignait jamais très loin, mais pour nous c'était tout comme. Ça fait des années que je n'ai pas dormi à la belle étoile, ça pourrait être amusant.

Phillip le regarda, les yeux écarquillés.

— Est-ce que tu es en train de me demander de faire du camping avec toi ?

— Oui. Je sais, c'est nul. Oublie ce que je viens de dire.

Haven se détacha de lui et se dirigea vers Jake pour attraper ses rênes.

— J'adorerais, Haven, répondit Phillip en le rattrapant et en le tournant pour lui caresser doucement la joue. Dis-moi simplement quand.

Il l'embrassa à nouveau avant de remonter sur son cheval. Haven en fit de même et ils regagnèrent le ranch. Haven ne put s'empêcher de sourire bêtement tout le long du chemin.

Une fois arrivé dans la cour, Phillip descendit de cheval et emmena Sophie dans la grange. Wally sortit, la meute de chiens sur les talons.

— Si tu préfères, je peux ramener le veau directement chez toi, proposa-t-il.

— Ce serait super, répondit Haven.

— Je te retrouve là-bas dans un instant.

Phillip les rejoignit et Haven se pencha pour qu'ils puissent partager un baiser rapide.

— Allez bourreau des cœurs, file vite chez toi, Phillip et moi te retrouvons tout de suite.

Haven leur adressa un petit signe de la main et repartit sur son cheval en direction de chez lui. En arrivant à la grange, il constata que le pick-up de son père était toujours manquant et il se détendit imperceptiblement. Au moins, il n'aurait pas à se justifier. Il descendit de cheval et ramena Jake à son étal. Il le dessella, et le laissa manger et boire en attendant Wally. Dehors la nuit était sur le point de tomber.

Il entendit un bruit de pneus sur l'allée en gravier, donna une carotte à Jake et sortit de la grange. Le pick-up de Wally était garé juste devant, une petite remorque accrochée derrière.

— Merci, dit Haven en s'approchant pour les aider à décharger le veau.

— Pas de problème. Je suis heureux d'avoir pu aider.

Phillip sourit à Haven avant d'ouvrir le hayon de la remorque. Le veau s'avança immédiatement vers eux et il utilisa la corde que Wally avait préalablement passée autour du cou du veau pour le guider vers un enclos vide.

— Il va falloir garder un œil sur lui pendant quelques jours. Tu pourras le remettre avec le reste du troupeau dès que tu le sens suffisamment en forme, conseilla Wally.

— D'accord, acquiesça Haven.

Ils s'accoudèrent tous les trois sur la barrière de l'enclos pour observer le petit veau qui découvrait son nouvel habitat.

Un bruit d'un autre véhicule qui s'approchait se fit entendre et Haven se tendit en se retournant pour découvrir le pick-up de son père.

— Que se passe-t-il Haven ? aboya son père alors qu'il venait à peine de poser un pied sur le sol. Qui sont ces gens et que font-ils ici ? Qu'est-ce que ce veau fait tout seul dans cet enclos ?

Haven sentit son estomac se serrer et il lui fallut une seconde pour retrouver sa voix. Pourquoi son père le faisait réagir de cette façon, il n'en avait aucune idée.

— Je l'ai trouvé blessé la nuit dernière et Wally a pris soin de lui. Lui et Phillip viennent juste de le ramener.

Comme pour le soutenir, le veau s'approcha et on pouvait parfaitement voir ses jambes blessées.

— Il était pris dans du barbelé.

— Monsieur Jessup, le salua Wally en s'avançant et Haven admira son calme alors que lui-même se sentait sur le point de s'effondrer, terrorisé par la réaction de son père. Haven nous a appelés à temps et le veau n'a pratiquement aucun dommage musculaire. Il devrait aller mieux dans quelques jours. J'ai laissé les instructions à Haven.

Sur ces mots il regagna son pick-up, et juste avant d'ouvrir la portière, il se tourna vers Haven.

— S'il y a le moindre problème, appelle-moi.

Haven s'avança vers les deux hommes, serrant d'abord la main de Wally, puis celle de Phillip, la tenant un peu plus longtemps que nécessaire. Il aurait voulu ajouter quelque chose, mais il savait qu'il n'en serait pas capable avec son père juste à côté. Il espéra que Phillip pouvait lire tout ce qu'il ressentait dans son regard.

— Combien je vous dois ? demanda le père d'Haven en s'approchant de Wally.

— Rien du tout, répondit ce dernier en souriant. Geste de bon voisinage.

Phillip et lui grimpèrent dans le pick-up et Haven regarda ses amis partir le cœur serré. Il avait passé un moment merveilleux avec Phillip cet après-midi. Il se redressa, les épaules rigides, et se tourna pour faire face à son père. Wally et Phillip s'étaient montrés patients et courtois, alors que son père avait frôlé l'impolitesse.

— Tu as intérêt à t'expliquer mon garçon ! rugit son père. Je rentre à la maison et qu'est-ce que je trouve ? Ce couple de pédés qui trimballe un de mes veaux et personne n'a pris la peine de me prévenir ! Je t'interdis de parler avec qui que ce soit du ranch Holden, et encore moins avec ce pédé de vétérinaire et son ami…

Haven se sentit fléchir sous l'intensité du regard de son père.

— Papa, je t'en prie, qu'est-ce que tu t'imagines ? Que Wally va contaminer le veau et le rendre gay ? Ils nous ont aidés, sans même te facturer quoi que ce soit.

La colère était en train de la gagner et de prendre le pas sur la peur.

— S'ils n'avaient pas été là, nous aurions perdu un veau. Grâce à eux, il est en sécurité, entier et dans notre enclos. Alors quel est le problème exactement ? demanda-t-il en élevant la voix. C'est ta fierté et ta jalousie, pas vrai ? Tu es jaloux parce que leur ranch est plus prospère. Évidemment que leur ranch est plus prospère ! Il est deux fois plus grand et ils ne pinaillent pas quand il faut réparer quelque chose ou acheter du nouveau matériel ! Regarde-nous, la moitié du ranch tombe en ruines !

Son père se rapprocha, se tenant debout juste devant lui et Haven s'attendait presque à ce qu'il le frappe.

— Si les choses ne te conviennent pas telles qu'elles sont, commença son père avec un rictus mauvais, tu n'as qu'à travailler davantage.

— Travailler davantage ?! explosa Haven. Tu ne fous rien de la journée à part t'asseoir dans ton bureau et attendre que ça se passe. On manque cruellement de main d'œuvre et tu n'as jamais remplacé le moindre équipement depuis presque vingt ans ! Si tu es jaloux du ranch de Monsieur Holden, tu ne peux t'en prendre qu'à toi-même !

— Écoute-moi bien mon garçon, le prévint son père, la voix tremblante de rage. Si tu n'es pas heureux ici, tu peux toujours aller voir ailleurs.

— Et te laisser la gestion de notre pauvre ranch ? demanda ironiquement Haven en indiquant d'un geste tout ce qui l'entourait. L'endroit s'effondrerait complètement, et je te rappelle que grand-père m'a légué une partie de ce ranch.

— Sous ma tutelle, corrigea son père, le regard courroucé.

— Jusqu'à mes vingt-et-un ans, rétorqua Haven, emporté par un vent de rébellion. Ça va faire un moment que je les ais.

— Haven ! vociféra son père, fais bien attention à ce que tu dis. Tu es toujours mon fils, et tu me dois le respect !

— Le respect, ça se gagne papa, répondit Haven, la voix lacée de non-dits.

Le vieil homme le dévisagea et Haven se prépara au coup à venir, mais rien ne vint, et finalement, son père recula, l'expression sur son visage sévère et impitoyable.

— Je ne plaisante pas, Haven. Reste loin des Holden. Je ne veux pas te voir là-bas ! Si je te prends en train de discuter avec un de ces dégénérés, alors que Dieu me vienne en aide, je te botterai le cul hors de ce ranch et hors de la ville si vite que tu n'auras pas le temps de comprendre ce qui t'arrive !

Puis il se retourna et se dirigea vers la maison à grandes enjambées. A mi chemin, il se tourna une dernière fois et pointa Haven du doigt.

— Que les choses soient bien claires, je refuse que mon fils traîne avec des pédés. Me suis-je bien fait comprendre ?

Haven ne répondit pas. Il en était incapable. Il aurait l'impression de devoir choisir entre ses amis et son père. Alors, sachant que son père prendrait son absence de réponse pour de l'obéissance, il se tut. Dégouté, il se précipita dans la grange et donna un grand coup de pied dans le seau près de la porte. Le tambourinement du métal se répercuta dans tout le bâtiment, mais il ne se sentit mieux pour autant. Juste au moment où il commençait enfin à comprendre ses propres sentiments, il avait fallu que l'étroitesse d'esprit et la haine de son père viennent encore tout gâcher. Il se souvenait encore avec une précision douloureuse de l'époque où il avait voulu jouer au basket au collège. Il adorait ce sport, mais son père avait refusé catégoriquement. '*Trop de noirs*', avait-il dit. '*Tu n'as qu'à jouer au football, comme moi à ton âge, ça fera de toi un homme*'. Il n'y avait bien que son père pour être aussi intolérant et obtus.

Haven soupira en songeant que si son père savait tout, il changerait peut-être d'avis sur le football. Il ramassa le seau, essaya de redonner au métal une forme à peu près correcte, et le reposa à sa place.

— Tu vas bien ? demanda Kade en apparaissant à la porte.

— Ça va, grogna Haven en regardant vers la maison. C'est juste…

Il serra les poings et la mâchoire. Il avait envie de frapper quelque chose, mais il savait au fond de lui que ce n'était pas la solution.

— Je sais, j'ai entendu une partie de votre conversation, avoua Kade penaud. Qu'est-ce que tu vas faire maintenant ? J'ai l'impression que tu l'aimes vraiment bien ce Phillip, hein ?

— Oui, répondit Haven découragé.

Il l'aimait vraiment, *vraiment* bien, et il ne supportait pas l'idée que son père puisse décider avec qui il avait le droit, ou non, d'être ami.

— Qu'il aille se faire foutre ! gronda Haven en faisant des gestes brusques vers la maison.

Puis il laissa mollement retomber ses bras le long de son corps et se tourna vers Kade.

— Qu'est-ce que tu fais encore ici ?

— J'ai décidé de commencer à vérifier les clôtures aujourd'hui quand même, répondit Kade en souriant. Je finirai demain. J'ai trouvé quelques points faibles, il nous faudra du fil de fer neuf pour les réparer correctement.

— On s'occupera de ça à la première heure, répondit Haven. Tu n'as pas autre chose à faire ce soir ? demanda-t-il en forçant un sourire.

Ce n'était pas de la faute de Kade si son père était un crétin fini.

— Si, je sors avec Penny !

Haven lui fit signe de s'en aller et regarda son meilleur ami s'éloigner le pas léger. Il l'entendit démarrer son pick-up et sortir du parking lorsque son téléphone sonna.

— Allo, dit-il en décrochant distraitement sans regarder le numéro entrant.

— Haven, c'est Phillip. Est-ce que tout va bien ? J'étais inquiet de te laisser tout seul avec ton père. Il ne t'a pas trop hurlé dessus après notre départ ?

Phillip semblait sincèrement inquiet.

— Comme d'habitude, ne t'en fais pas. Il débite toujours les mêmes conneries, répondit sarcastiquement Haven et il entendit Phillip grogner à l'autre bout du fil. Qu'est-ce qu'il y a ? demanda-t-il, anxieux.

Il aurait compris qu'après cette rencontre avec son père, Phillip préfère garder ses distances. La plupart de ses amis fuyaient son père. Il se prépara à la réponse fatidique.

— Quelqu'un devrait enseigner les bonnes manières à cet homme. Je suis désolé Haven, je sais que c'est ton père, mais c'est un crétin fini ! Wally l'a aidé et il l'a traité comme un moins que rien.

Phillip avait l'air très en colère, mais Haven comprit qu'il était aussi en train de prendre sa défense.

— J'avais presque envie qu'il dépasse les bornes et que Wally réagisse.

— Phillip, l'interrompit gentiment Haven en regardant nerveusement autour de lui pour s'assurer que 'le crétin fini' n'était pas dans les parages. Il est toujours comme ça, rien ne lui convient jamais. Je ne sais pas pourquoi, mais dès que ça concerne les Holden, il se met dans une colère noire. D'abord, j'ai cru que c'était parce qu'il était jaloux, et puis j'ai pensé que c'était parce que Dakota était gay, mais il n'y a pas que ça...

Haven grinça des dents à la pensée que son père puisse découvrir qu'il était gay. À la façon dont il avait craché les mots lorsqu'il avait parlé de Dakota, il ne pouvait qu'imaginer comment il réagirait avec son propre fils. Haven força son esprit à revenir sur la conversation.

— Je ne sais pas exactement ce qui s'est passé entre mon père et celui de Dakota, et je pense que toute cette haine remonte à trop loin pour qu'on comprenne.

À l'autre bout du fil Phillip ne répondit rien et Haven pensa une seconde qu'il avait raccroché.

— Écoute, Haven, si le fait de me voir risque de te causer des ennuis, je comprendrais que tu veuilles faire marche arrière.

Haven retint son souffle. Est-ce que c'était une manière déguisée pour Phillip de s'enfuir ? Il ne lui en voudrait même pas, son propre instinct de survie lui criait de faire profil bas. Mais une autre partie de lui, une partie de plus en plus importante, aspirait à la simple liberté d'être lui même, sans avoir à se cacher.

— Si c'est ce que tu veux, Phillip.

Un nouveau silence.

— Ce n'est pas ce que j'ai dit. Je ne veux pas te causer d'ennuis, c'est tout.

— Tu ne me causes pas d'ennuis, c'est lui qui en cause, répondit doucement Haven. Tu es toujours d'accord pour aller camper à la belle étoile avec moi ?

Haven ne laisserait pas son père lui dicter sa vie. Il appréciait sincèrement Phillip et ce dernier avait éveillé en lui des sentiments Inconnus. Peut-être qu'il était jeune, stupide et entêté, mais il voulait revoir Phillip. Le plus souvent possible.

— Oui, j'adorerais, mais je ne veux pas que ça t'attire des problèmes.

— Phillip, je ne suis plus un enfant. Je peux gérer mes problèmes.

En disant ces mots, Haven se sentit libéré et serein.

— On dit vendredi soir, si la météo le permet ?

— Je suis impatient d'y être, répondit Phillip avec un sourire dans la voix.

Puis son ton se fit plus grave, plus sensuel. Haven avait l'impression que sa voix glissait sur son corps, et il sentit son jean devenir désagréablement étroit.

— On va bien s'amuser. Tous les deux, tous seuls, sous les étoiles...

66

Phillip laissa sa phrase en suspend et Haven déglutit en étouffant un gémissement.

— Haven, tu viens manger ? interrompit la voix de son père qui l'appelait depuis le porche de la maison.

— Je dois y aller, je te rappelle plus tard.

Ils se dirent rapidement au revoir et raccrochèrent. Haven allait avoir beaucoup de mal à patienter jusqu'à vendredi.

VI

Phillip peinait à contenir son excitation à la pensée de ce qui l'attendait vendredi. Wally lui avait demandé de venir l'aider à nettoyer l'enclos à côté de celui de Schian, et il essayait tant bien que mal de se concentrer sur la tache.

— Pourquoi nous le nettoyons ? demanda-t-il avec curiosité en arrachant des mauvaises herbes.

— Je vais recevoir un tigre du Bengale provenant du même cirque que Schian. Ils seront dans la région dans quelques jours et ils m'ont appelé pour me demander si je pouvais prendre Kahn. Ils ont dit que son comportement devenait trop erratique pour qu'ils puissent le gérer lors des spectacles.

Wally se releva et regarda autour de lui.

— Laisse-moi deviner, soit tu le prenais, soit ils le faisaient piquer.

Phillip n'avait pas besoin de la confirmation de Wally, il le connaissait par cœur.

— Pourquoi s'embête-t-on avec les mauvaises herbes ? Un gros tigre caractériel comme ça, il va les écrabouiller de toute façon, non ?

— Si, sans doute, mais celles-ci sont toxiques pour le bétail et je ne veux pas qu'elles se propagent. Je ne veux pas non plus prendre le risque d'empoisonner les félins.

Wally retourna à son travail, retirant les mauvaises herbes pour les jeter dans la brouette située en plein soleil.

— Et si tu me racontais un peu ce qui se passe entre Haven et toi ? Je ne l'ai pas vu depuis quelques jours. Est-ce que tout va bien ?

Phillip releva la tête vers lui.

— Tout va bien. Nous avons prévu d'aller camper ce soir. Je ne sais pas où, mais je suis impatient d'y être.

Il lança une poignée de mauvaises herbes sur le tas, et scruta le terrain à la recherche d'autres herbes nocives.

— Tu… vas…

Wally grogna en essayant d'arracher une racine tenace, et finit par tomber sur les fesses dans un nuage de poussière

— Camper ? termina-t-il en ricanant. Jamais je n'aurais imaginé que ce jour arriverait. Pour être honnête, jamais je n'aurais imaginé que tu serais capable de passer toute une semaine sans porter de jean designer.

Phillip lui lança une touffe de mauvaise herbe pour se venger, et manqua complètement son objectif.

— Je te ferais dire que j'ai acheté deux de vos horribles jeans de cowboys exprès pour le voyage, se défendit Phillip en se contorsionnant pour regarder ses fesses. Et le résultat est catastrophique, ils ne mettent pas du tout mon postérieur en valeur.

Wally éclata de rire.

— Peut-être pas, mais l'essentiel, c'est qu'ils aillent très bien à Haven, pas vrai ? le taquina Wally en lui jetant à son tour une poignée de mauvaises herbes que Phillip esquiva de justesse, avant de perdre l'équilibre et de se retrouver lui aussi par terre.

— Qu'est-ce qu'on est gracieux.

Ils éclatèrent tous les deux de rire.

— Dis-moi, je pensais… commença Phillip en retrouvant son sérieux. Et si on construisait une aire d'exercices pour les félins ?

Wally cessa de rire et regarda Phillip d'un air intrigué.

— D'après ce que tu m'as expliqué, reprit-il, tu ne peux pas les sortir pour les promener, alors pourquoi ne pas leur construire un enclos pour qu'ils puissent faire des exercices ?

Phillip se releva et pointa un morceau de terre près des enclos.

— Jusqu'à présent, tu laissais Schian se dégourdir les pattes dans l'enclos qu'on est en train de nettoyer, mais ça ne sera plus possible avec l'arrivée du tigre. Mais si on construit un gigantesque enclos juste ici, qui communiquerait avec tous les autres enclos, tous les animaux pourraient l'utiliser, et tu pourrais facilement contrôler l'accès.

Wally lui donna une grande tape enthousiaste dans le dos.

— Je savais bien que tu finirais par servir à quelque chose ! déclara-t-il en riant.

Phillip se lança à sa poursuite pour lui faire regretter ce qu'il venait de dire, et s'arrêta net dans son élan lorsqu'un rugissement menaçant retentit.

— Ce n'est pas juste, rouspéta-t-il en reprenant son travail. Tu as un lion garde du corps.

— C'est bon Schian, le rassura doucement Wally en se dirigeant vers son enclos, parlant doucement au lion imposant. On était en train de jouer.

Phillip regarda l'énorme félin rouler sur le dos, les pattes en l'air, attendant que Wally lui gratouille le ventre en ronronnant plus fort qu'une locomotive.

— Pas maintenant mon beau, j'ai encore du travail, expliqua Wally en reculant, comme si l'animal pouvait le comprendre.

Ils scannèrent la zone une dernière fois pour s'assurer qu'il ne restait plus d'herbes dangereuses pour les animaux, et commencèrent à ranger leur matériel.

— Qu'est-ce que tu penses de mon idée alors ? demanda Phillip.

— C'est une très bonne idée, répondit Wally en hochant la tête. On pourrait commencer la construction quand tu reviendras de ton camping. Si tu n'es pas trop épuisé, bien entendu.

— Vraiment ?

Pris au dépourvu par l'enthousiasme de Wally, Phillip ne savait pas s'il devait râler d'avoir encore été embauché pour des travaux, ou être flatté que son idée ait été retenue si vite. Il décida qu'il était plus simple d'être flatté. Et puis il fallait bien qu'il abatte sa part de travail, le ranch Holden n'était pas exactement un camp de vacances, il l'avait appris à ses dépends l'année passée.

— Je suis très sérieux, confirma Wally. Je vais prendre les mesures et passer en ville pour acheter le matériel manquant. Ce n'est pas compliqué. Il faut juste un peu d'efforts et puis tous mes gros chats vont adorer.

Wally attrapa la brouette, charriant les mauvaises herbes dans un fossé à proximité pendant que Phillip ramassait les outils.

— Qu'est-ce que tu me conseilles d'emmener pour le camping ? demanda Phillip alors qu'ils revenaient vers la maison.

— L'essentiel : des vêtements de rechange, quelques couvertures, un oreiller, des préservatifs, du lubrifiant…

— Et plus sérieusement ?

— Tout ce dont tu as besoin pour la nuit. Je suis sûr qu'Haven aura plus que le nécessaire.

Wally déposa la brouette à l'extérieur de la grange.

70

— Mais je ne plaisantais qu'à moitié au sujet des préservatifs et du lubrifiant. J'ai l'impression qu'Haven n'a pas beaucoup d'expérience, il va falloir que tu le guides. Sois le mentor aimant que nous aurions tous aimé avoir quand nous sommes sortis du placard.

Phillip s'arrêta net, bouche bée.

— Je ne veux pas être son mentor. Je ne veux pas que ça se passe comme si… Mon Dieu, je ne sais pas ce que je veux. Mais je sais ce que je ne veux pas en revanche.

Wally se rapprocha de lui.

— Tu ne veux pas que ce soit comme avec Dakota ou avec Mario, c'est ça ? Tu veux quelque chose de différent, de sérieux et de sincère ? demanda gentiment Wally pour lui prouver qu'il comprenait et qu'il ne se moquait pas de lui.

— Je crois, oui. Mais, et si ce n'est pas ce qu'il veut, lui ? soupira Phillip. Je n'aie jamais rien ressenti de tel auparavant. On s'est seulement embrassés, mais à chaque fois c'était comme si le monde s'arrêtait.

Phillip s'interrompit brusquement en apercevant Mario qui sortait de la grange avec David à son bras. C'était agréable de le voir heureux.

— De quoi êtes-vous en train de parler tous les deux ? demanda malicieusement Mario. On dirait deux vieilles commères, penchés comme ça dans votre coin.

— On prévoit une aire d'exercices pour les félins, déclara Wally d'un ton neutre, au grand soulagement de Phillip.

— *Les* félins ? Tu veux dire qu'il va déjà y en avoir un autre ? demanda David, les yeux écarquillés.

— Pas tout de suite, mais un tigre doit arriver dans les prochains jours et Phillip a suggéré que nous construisions une aire de jeux qui communiquerait avec tous les enclos. On va sans doute commencer les travaux demain. Des volontaires ?

Mario regarda David, puis de nouveau Wally.

— Compte sur nous.

— Sur moi aussi, ajouta Phillip.

— Alors je ferais mieux d'aller en ville avant que tout ne soit fermé. Quant à toi, dit Wally en se tournant vers Phillip, tu dois aller te préparer pour ton aventure au fin fond de la nature sauvage du Wyoming.

Il lui adressa un clin d'œil avant de se diriger vers son pick-up.

— Tu veux un coup de main ? appela David.

Wally baissa la fenêtre, côté conducteur.

71

— Je ne dis pas non.

David embrassa Mario avant de grimper dans le véhicule aux côtés de Wally. Ce dernier démarra et leur adressa un petit geste de la main avant de disparaître dans un nuage de poussière.

— Je te laisse, j'ai quelques trucs à finir, dit Mario une fois le pick-up hors de vue, mais amuse-toi bien ce soir. On se verra peut-être plus tard, ajouta-t-il d'une voix monotone.

— Est-ce que tout va bien ? lui demanda Phillip, inquiet

— Très bien.

Il leva les yeux vers Phillip.

— C'est seulement un peu étrange de te revoir ici. Je ne t'accuse de rien, et tu as parfaitement le droit d'être là. C'est simplement bizarre, je trouve.

— Parce que maintenant tu es avec David ? demanda Phillip.

— Oui, je suppose, admit Mario en se rongeant les ongles, un geste que Phillip connaissait bien et qui trahissait sa nervosité.

Phillip ne savait pas quoi lui dire. Une partie de lui se réjouissait secrètement que Mario soit toujours affecté par sa présence.

— Je t'ai vu l'autre jour avec David. Vous avez l'air heureux, je suis très content pour vous.

Il fallait qu'il tourne la page avec Mario, c'était le moment ou jamais. Ils s'étaient évités depuis son arrivée, mais ça devenait ridicule, il était temps de crever l'abcès.

— Je ne suis pas venu ici dans l'espoir secret de me remettre avec toi. On s'est bien amusé l'été dernier, mais ce que tu as avec David semble sérieux.

Mario sourit à la simple mention du nom de David, le regard brillant.

— Tu vois, tu n'as jamais souri comme ça pour moi. Et c'est très bien, tu mérites d'être heureux et de sourire comme ça tous les jours.

— Je te souhaite la même chose, offrit Mario en hochant doucement la tête avant de repartir vers la grange.

Phillip attendit jusqu'à ce qu'il disparaisse dans le bâtiment avant de gravir les marches menant à la maison. Il devait encore préparer son sac de camping.

Il se rendit dans sa chambre et ouvrit tous les tiroirs de la commode en essayant de décider quoi emmener. Après plusieurs minutes d'indécision, il leva les bras au ciel et finit par jeter les premiers vêtements de rechange venus dans un sac. Il ajouta un sweat-shirt au cas où il ferait froid. Repensant à ce que Wally lui avait dit, il ajouta quelques précieux accessoires, puis déposa son sac dans la salle de séjour.

— Hé, Dakota, dit-il lorsqu'il l'aperçut debout devant la porte de la chambre de son père. Comment va-t-il ?

— Bien. Je vais l'installer dans le salon pour la soirée, déclara Dakota avant de disparaître dans la chambre.

Phillip s'affala sur le canapé et quelques minutes plus tard, Dakota réapparut en poussant le fauteuil roulant de père. Il l'installa à côté du canapé et abaissa les freins.

— Voulez-vous une bière ? demanda Phillip au vieil homme, et il obtint un grand sourire en guise de réponse.

— Il ne devrait pas boire, Phillip, gronda légèrement Dakota.

— Kota, le réprimanda gentiment Phillip en se levant. Ton père sait ce qu'il peut et ne peut pas faire.

Il ouvrit la porte du réfrigérateur et en sortit trois bières. De retour au salon, Phillip en tendit une à Dakota et posa une bouteille sur la table basse, avant d'en ouvrir une autre pour Jefferson et de la placer dans sa main. Enfin, il décapsula la sienne et se laissa tomber sur le canapé, à côté de Dakota, tremblant d'impatience.

— Il ne devrait vraiment pas boire, insista Dakota. C'est en contre-indication avec ses médicaments.

Il alluma la télévision et chercha une chaine avec un match de baseball pour son père.

— La dernière fois que je lui en ai donné une, il a mis toute la soirée à la boire et j'en ai vidé plus de la moitié, déclara Phillip à voix basse en prenant une gorgée de sa bouteille. Ça l'aide à oublier la vieillesse et la maladie de boire une bière en regardant un match comme au bon vieux temps, c'est tout. Mais je ne lui en donnerai plus si ça t'embête tant que ça, promis.

Dakota lui donna un petit coup d'épaule et lui coula un regard en coin en souriant.

— Quand es-tu devenu aussi intelligent ?

— Je l'ai toujours été, seulement la dernière fois que nous avons passé du temps ensemble nous étions un peu trop occupé pour avoir une discussion intellectuelle. Et puis après, tu es tombé dans les filets de notre vétérinaire préféré.

— J'ai cru comprendre que tu allais faire du camping, lança Jefferson d'une voix rauque.

— Avec Haven, oui, acquiesça Phillip en finissant sa bière, avant de poser la bouteille vide sur la table.

— C'est un gentil garçon, pas comme son enfoiré de père.

La véhémence contenue dans la voix de Jefferson surprit Phillip qui se tourna vers Dakota les yeux écarquillés. Mais Dakota se contenta de hausser les épaules. Il ne savait pas non plus ce qui avait bien pu se passer entre les deux hommes dans leur jeunesse pour qu'ils se détestent autant.

— Qu'est-ce qui s'est passé entre toi et le père d'Haven ? demanda Dakota, et Phillip se trouva subitement très intéressé.

Jefferson fit d'abord semblant de ne pas avoir entendu, mais lorsque Dakota fixa son père, le vieil homme finit par céder.

— Je ne veux pas en parler, grogna-t-il en se retournant vers la télévision, le visage fermé.

Un pick-up s'arrêta dans la cour et Phillip oublia tout le reste. Il bondit du canapé et alla vérifier à la fenêtre qu'il s'agissait bien d'Haven.

— Je vous dis à demain ! s'exclama-t-il en attrapant son sac.

Jefferson lui offrit un signe de main.

— Tu as ton téléphone, juste au cas où ? demanda Dakota.

— Oui, Maman, répondit Phillip en adressant un clin d'œil à Jefferson qui lâcha un reniflement amusé.

Il se précipita dehors, descendit les marches et rejoignit Haven à son pick-up. Il jeta son sac à l'arrière et grimpa dans le véhicule.

— J'ai juste pris quelques vêtements. Je ne savais pas si tu avais besoin de quelque chose.

— Non, j'ai tout ce qu'il faut, déclara Haven avec un sourire éclatant.

Incapable de résister plus longtemps, Phillip se pencha pour l'embrasser légèrement, puis Haven redémarra le pick-up.

— Où allons-nous ? demanda Phillip.

— Au même endroit que l'autre soir.

— Hump Hill ?

— C'est l'endroit idéal et ce n'est pas trop loin si jamais il fallait qu'on rentre rapidement, expliqua Haven en roulant à vive allure.

— Qu'est-ce que tu as dit à ton père ?

Haven lui jeta un regard préoccupé.

— Je lui ai dit que j'allais faire du camping. Il m'a demandé pourquoi, et je lui ai répondu que j'avais besoin de m'éloigner de lui. Ça fait des jours qu'on ne s'est pratiquement pas adressé la parole. Depuis notre dispute le jour où Wally et toi avez ramené le veau en fait.

Phillip hocha la tête, Haven lui avait déjà parlé de cette dispute.

— Au moins, il s'est mis à aider un peu au ranch. Mon père est un très bon bricoleur, il s'est occupé de petits travaux que je ne trouvais jamais le temps de faire, comme réparer la porte arrière de la grange, ou brancher une deuxième arrivée d'eau. Mais je ne m'attends pas à ce que ça dure.

Haven semblait résigné et Phillip ne lui posa pas de question. Il n'avait pas vraiment envie de parler du père d'Haven.

Ils quittèrent enfin la route pour emprunter le petit chemin qui menait au point de vue de la dernière fois. À la lumière du jour, le paysage semblait si différent que Phillip faillit ne pas le reconnaitre.

Haven coupa le moteur et s'apprêta à sortir, mais Phillip fut plus rapide. Il glissa sur la banquette pour se rapprocher de lui et posa une main sur son épaule. Lorsqu'Haven se retourna vers lui, Phillip glissa son autre main derrière le cou du jeune homme.

— J'ai attendu cette journée avec impatience, murmura-t-il avant de joindre leurs lèvres dans un baiser.

Haven entrouvrit instinctivement la bouche. Il était si sensible, et si réceptif, Phillip ne s'en lasserait sans doute jamais. Le jeune homme laissa échapper gémissement et Phillip approfondit le baiser. Haven enroula ses bras autour de lui pour le rapprocher, puis il utilisa l'avantage de son poids pour allonger Phillip sur le dos, contre le siège.

— Où as-tu appris à embrasser comme ça ? demanda Phillip, à bout de souffle.

— Avec toi, répondit Haven en souriant, les yeux voilés de désir.

— On ne s'est pas embrassé si souvent que ça, protesta faiblement Phillip avant de pousser à son tour un gémissement et de se cambrer lorsqu'Haven l'embrassa dans le cou.

— J'apprends vite, rétorqua Haven en le faisant taire avec un nouveau baiser passionné.

Ils s'embrassèrent ainsi longuement, jusqu'à ce que les fenêtres du pick-up s'embuent et que la chaleur de leurs corps devienne presque insupportable.

— Nous devrions aller nous installer avant que la nuit tombe, lui dit Phillip.

Les lèvres meurtries par les baisers, le dos, les jambes, et pour être honnête une autre partie de son anatomie, inconfortablement raides, il se redressa et ils sortirent tous deux du pick-up.

Haven fit le tour du véhicule pour rejoindre le plateau arrière, et Phillip le suivit en silence.

— Où est la tente ?

— Pas besoin de tente, répondit Haven. J'ai amené des couvertures et des duvets. J'ai pensé que nous pourrions dormir à la belle étoile.

Haven se retourna vers lui en se mordillant la lèvre inférieure.

— Ça ne t'embête pas ?

— C'est une merveilleuse idée, répondit Phillip, en attrapant les sacs qu'Haven lui tendait.

— Il faut construire un cercle de pierres pour le feu. Même s'il a plu pendant la tempête, il faut être prudent avec l'herbe sèche. J'ai amené tout le nécessaire pour cuisiner un petit bon dîner.

Haven sortit une glacière et un réchaud qu'il posa au sol.

— Tout le reste peut rester dans le pick-up.

Il referma le hayon et installa les pierres et le réchaud.

— Je peux faire quelque chose pour t'aider ?

— Je veux bien une bière s'il te plaît. Je vais m'occuper de la grille et commencer à préparer le dîner. Il ne faut pas qu'on tarde trop à manger, il va bientôt faire nuit.

Phillip ouvrit le couvercle de la glacière, en sortit deux bières, puis les décapsula avant d'en remettre une à Haven et de s'asseoir à quelques pas de lui. Cet homme était un modèle d'efficacité. Il ne fallut pas longtemps avant qu'il ait préparé un feu, posé la grille dessus et fait un lit à l'arrière du camion. Il revint ensuite à la grille, vérifia le feu, puis rouvrit la glacière et en sortit deux steaks qu'il déposa sur la grille. La bonne odeur qui s'en dégagea mit l'eau à la bouche de Phillip.

— Je n'ai que des assiettes en carton, dit-il en tendant un couteau et une fourchette à Phillip.

Ce dernier coupa un morceau de son steak et prit une première bouchée, ses papilles aussitôt assaillies par le goût du plus tendre et du plus juteux morceau de bœuf qu'il ait jamais goûté. Assis à même le sol, ils s'improvisèrent une petite table d'appoint avec la glacière et mangèrent tranquillement en regardant tomber le crépuscule.

— Est-ce que tu cuisines toujours comme ça ? demanda Phillip en indiquant son assiette.

— Comme quoi ? demanda innocemment Haven, mais Phillip sentit qu'il jouait au modeste.

Phillip avala une autre bouchée de son délicieux steak.

— Comme *ça*... dit-il en tendant son assiette vide, l'ultime morceau de steak planté sur sa fourchette. C'est le meilleur steak que j'ai mangé de toute ma vie.

Il engloutit son dernier morceau et prit bien soin de le mâcher très lentement, pour le savourer le plus longtemps possible.

— C'est le grand air, ça donne toujours un petit goût d'aventure excitant à l'assiette, plaisanta Haven, mais Phillip pouvait lire la satisfaction dans son regard.

Les derniers rayons du soleil caressaient doucement son visage en jouant à cache-cache derrière les montagnes.

Une fois leurs deux assiettes vides, ils ressemblèrent toute la vaisselle et jetèrent leur détritus dans un sachet. En quelques minutes à peine, l'obscurité les enveloppa et Phillip entendit Haven se déplacer autour de lui.

— Tu as ramené une lampe torche ? demanda-t-il doucement.

— Pas besoin, répondit Haven et Phillip sentit la chaleur d'un corps se presser contre lui pour le guider.

Haven le fit avancer jusqu'à l'arrière du pick-up et l'aida à se hisser sur le lit de couvertures qu'il avait préparé. Phillip sentit le pick-up bouger lorsqu'Haven le rejoignit et le tira tout contre lui. Cette fois, Phillip ne se retint pas, il dévora les lèvres d'Haven en laissant ses mains parcourir librement son corps. Haven avait un corps incroyable, Phillip sentit ses muscles trembler sous ses caresses.

L'air autour d'eux était encore chaud de la journée écoulée et Phillip glissa ses mains sous la chemise d'Haven, la relevant pour la faire passer par-dessus sa tête, ne rompant leur baiser que le temps de retirer le morceau de tissu. La peau sous ses mains était chaude, le parfum viril de sueur et le goût des lèvres d'Haven emplirent ses sens. Ce dernier l'aida à retirer sa chemise à son tour, puis leurs torses se pressèrent, peau contre peau, les faisant tous les deux soupirer. L'intensité de leur désir augmentait à chaque contact, chaque baiser.

— Phillip, appela Haven d'une voix incertaine en interrompant ses gestes, ses lèvres à quelques millimètres de celles de Phillip. Est-ce que... Est-ce que je m'y prends bien ? Est-ce que je fais ce qu'il faut ?

— Quoi ? demanda Phillip confus. Bien sur, pourquoi ? Qu'est-ce qui ne va pas Haven ?

Phillip se rassit en appuyant son dos contre le fond du pick-up.

— Rien. C'est juste... je n'ai jamais fait ça avant et...

Sa voix retomba, incertaine.

— Et si je n'étais pas doué ?

Phillip dut faire un effort incroyable pour se retenir de rire. Son corps tout entier était encore soûl des baisers et des caresses d'Haven. *Pas doué ?* Haven l'avait tellement excité qu'il avait l'impression d'être sur le point d'exploser.

— Tu n'as vraiment, *vraiment,* aucune inquiétude à avoir, le rassura Phillip en se rapprochant lentement de lui. Il n'y a pas de règles ou de mode d'emploi, quoi que tu fasses, ou que tu ne fasses pas, ce sera parfait, crois-moi. Tant que tu restes sincère et que tu suis tes désirs, tu ne peux pas te tromper.

Phillip toucha la jambe d'Haven pour resituer son corps dans l'obscurité, puis il passa une main sur son torse et glissa l'autre sur sa nuque. Il embrassa de nouveau Haven, plus lentement cette fois, laissant le plaisir les gagner lentement, progressivement.

— J'adore tes baisers, murmura Haven.

— Et moi, les tiens, sourit Phillip.

Il traça un chemin de baisers dans le cou d'Haven jusqu'à son épaule et embrassa le creux à la base de sa gorge.

— Ta peau a le goût du soleil, dit-il doucement en parcourant son torse de ses lèvres.

Il effleura un téton et arracha un gémissement à Haven.

— Philly, le supplia ce dernier en se cambrant lorsque Phillip mordilla son téton.

Phillip continua longuement de torturer le petit bourgeon de chair entre ses dents, puis il passa à celui d'à côté. Il poussa gentiment Haven pour qu'il se rallonge. Il pouvait à peine distinguer sa silhouette sous la lumière des étoiles. Puis il retrouva ses lèvres et l'embrassa de nouveau, en laissant courir ses mains sur la peau douce du jeune homme.

— Nous avons toute la nuit devant nous, Haven et je tiens à ce qu'elle soit spéciale, murmura Phillip, en longeant la gorge de son compagnon du bout de sa langue. Je veux découvrir et goûter chaque centimètre de ta peau.

Il lécha un chemin de son cou à son torse.

— Je veux te savourer, dit-il, en caressant avec attention les muscles définis du jeune homme pour les sentir onduler sensuellement sous ses doigts.

Il entendit le souffle d'Haven devenir erratique.

— Philly, qu'est-ce que tu me fais ? demanda Haven la voix rauque, en se contorsionner sous le poids de son corps.

Phillip sourit, embrassa le jeune homme, et descendit lentement le long de son abdomen, jusqu'à sa ceinture. Il défit la boucle, glissa le cuir hors des passants, et le souffle d'Haven devint plus haché. Il défit le bouton de son jean, descendit la fermeture éclair jusqu'en bas et écarta lentement les deux pans de tissu.

Phillip n'avait pas besoin de lumière pour savoir ce qu'il faisait. Le souffle court d'Haven, le tremblement de ses jambes, étaient tout ce dont il avait besoin. Lentement, écoutant attentivement chacune des réactions d'Haven, Phillip fit doucement glisser ses doigts sur l'érection du jeune homme, tendue sous le coton blanc de son caleçon. Le gémissement qu'il lui tira était sans doute la plus douce mélodie que ses oreilles avaient jamais entendue.

— Philly, l'appela doucement Haven.

Phillip lâcha son sexe et fit doucement remonter sa main sur le ventre d'Haven pour y tracer de petits cercles apaisants.

— Je veux prendre mon temps.

Il pouvait sentir qu'Haven essayait de s'asseoir pour mieux le voir, mais il appuya du plat de sa paume pour le forcer à se rallonger.

— Détends-toi et profite, Haven. C'est tout ce que tu as à faire. Concentre-toi sur ce que tu ressens.

C'était la première fois de son jeune amant et Phillip comptait bien lui laisser un souvenir inoubliable.

Il glissa ses doigts sous l'élastique de son caleçon, puis les ramena sur l'estomac d'Haven. Il redescendit pour taquiner le bord du sous-vêtement de coton, et embrassa la bande de peau tendre et fragile juste au dessus. Lorsqu'il sentit qu'Haven ne supporterait pas d'être torturé ainsi plus longtemps, il fit glisser le jean et le caleçon du jeune homme le long de ses jambes pour les lui retirer. Ne pouvant se repérer que par le toucher, il posa d'abord ses mains sur les mollets d'Haven, puis sur ses cuisses, avant que ses doigts se referment sur son érection turgescente. Aussitôt les hanches du jeune homme furent secouées d'un sursaut vers l'avant.

Il commença à le caresser lentement, tout en l'embrassant. Puis il sentit qu'Haven essayait de lui enlever son pantalon.

— Je veux te sentir aussi, Phillip.

Phillip se rassit, retira le reste de ses vêtements, et s'allongea à califourchon sur le jeune homme. Haven l'encercla aussitôt de ses bras pour serrer leurs deux corps nus l'un contre l'autre, et leurs hanches se mirent à danser sensuellement pour créer la friction délicieuse qu'ils recherchaient entre leurs deux sexes.

Avec chaque mouvement, Phillip pouvait entendre la respiration d'Haven s'accélérer, le mouvement de ses hanches devenant incohérent et frénétique. Phillip lui-même pouvait à peine reprendre son souffle. Partout où sa peau était en contact avec celle d'Haven, il ressentait des fourmillements de plaisir. Sur ses jambes, son torse, ses mains, ses pieds. Haven le tint serré contre lui, le souffle court. Phillip pouvait sentir que l'orgasme du jeune homme était imminent. Poussant un cri qui retentit dans toute la prairie, Haven jouit enfin entre eux en prononçant son nom. Personne n'avait jamais crié le prénom de Phillip de cette façon. Il pouvait presque entendre l'écho se répercuter dans la nuit. Sur cette dernière pensée enivrante, son orgasme l'emporta à son tour, et il serra Haven si fort contre lui qu'il craignit un instant de lui faire du mal. La tension de leurs corps retomba, et ils restèrent un long moment silencieux, à reprendre leur souffle, les mains d'Haven caressant paresseusement son dos.

— Est-ce que ça va ? demanda le jeune homme d'une voix hésitante.

— C'était… soupira Phillip. Extraordinaire.

— Tu n'es pas déçu qu'on n'ait pas…

Phillip écouta attentivement, attendant que le jeune homme termine sa phrase.

— Tu sais…

Phillip lui caressa la joue.

— Faire l'amour n'implique pas toujours de pénétration Haven. Il y a tellement de façons différentes de faire l'amour, et ce que nous venons de faire n'était que l'une d'entre elles.

Et Phillip avait bien envie de lui montrer toutes les autres façons, pendant le reste de sa vie.

— C'est ce qu'on a fait ? On a fait l'amour ? demanda Haven, un sourire dans la voix.

— J'espère, je ne pense pas que je survivrais à plus intense, plaisanta Phillip en serrant Haven contre lui, avant de l'embrasser.

Phillip n'avait pas envie de chercher à savoir si ce qui venait de se passer avait plus d'importance pour lui que pour Haven. Il ne pouvait pas empêcher les sentiments qu'il avait pour le jeune homme, et s'il s'avérait qu'Haven ne ressentait pas la même chose, Phillip gérerait ça en temps et en heure.

80

La sensation d'une serviette posée dans sa main le tira de ses pensées. Ils s'essuyèrent et Phillip se rallongea en posant sa tête sur l'épaule d'Haven pour regarder les étoiles.

— Elles sont belles ce soir, murmura Haven en caressant le bras de Phillip. Elles ont presque l'air de briller plus fort.

Phillip sourit en se blottissant contre lui pour se protéger de l'air de la nuit.

— J'ai juste une question, commença Haven.

— Laquelle ?

Phillip sentit Haven se déplacer pour attraper une couverture qu'il posa sur eux.

— Peut-on recommencer demain matin ? demanda-t-il en glissant sa main dans celle de Phillip.

Phillip sourit.

— J'espère bien.

Il se rapprocha d'Haven et ils regardèrent ensemble les étoiles briller dans le ciel. Haven roula sur le côté et embrassa Phillip. Ils discutèrent à voix basse de tout et de rien, jusque très tard dans la nuit, comme seuls deux amants pouvaient le faire, jusqu'à ce qu'ils s'endorment enfin dans les bras l'un de l'autre, sous le regard bienveillant des étoiles.

VII

HAVEN NE parvenait pas à s'endormir. C'était tout bonnement impossible. Chaque fois qu'il bougeait, il sentait Phillip près de lui, son odeur, le bruit de sa respiration.

Phillip roula sur le côté et Haven sentit une main glisser sur son torse.

— Tu n'arrives pas à dormir non plus ?

— Non, répondit Haven en bâillant.

Il se glissa au-dessus de Phillip, et pressa son érection matinale contre la sienne.

— Mets-toi sur le dos s'il te plaît.

— Pourquoi ? demanda Haven avec curiosité en cherchant le regard de Phillip dans la pénombre.

Il attendit, mais n'obtint aucune réponse. Au lieu de cela, il sentit les mains de Phillip glisser le long de son dos jusqu'à ses fesses. Puis, avant même de comprendre ce qui venait de se passer, il se retrouva sur le dos, Phillip au-dessus de lui. Il grogna de surprise en entendant Phillip rire légèrement, et sentit sa langue s'enrouler atour de l'un de ses tétons. Toute surprise oubliée, Haven s'abandonna aux sensations délicieuses de cette bouche experte.

— Dis-moi ce que tu veux, Haven, souffla Phillip, les lèvres à quelques millimètres de sa peau, lui donnant la chair de poule.

— Je ne sais pas, gémit doucement Haven.

Phillip était tellement doué, c'était presque comme s'il savait exactement comment le toucher.

— Haven, le cajola Phillip, tu dois avoir fantasmé là-dessus depuis des années. Lorsque tu fermais les yeux pendant la nuit et rêvais de ta première fois, de quoi rêvais-tu ?

Haven déglutit et sentit son corps se raidir. Jamais il n'oserait parler de ça à Phillip, il allait penser qu'il était bizarre.

— Haven, tout le monde a des fantasmes, c'est parfaitement normal. Allez, dis-moi.

Haven pouvait sentir le regard de Phillip fixés sur lui malgré l'obscurité.

— Je… Je… Non, tu vas trouver que c'est trop bizarre.

Haven laissa retomber sa tête contre l'oreiller froid. Allongé contre lui, Phillip attendit patiemment.

— J'ai toujours imaginé un homme grand et fort qui me tiendrait pour profiter de moi, avoua Haven, se sentant rougir.

— Tu aimes l'idée d'être tenu ?

Il entendit la voix de Phillip et sentit des mains glisser le long de ses bras pour capturer ses poignets.

— Ça te plait ?

— Humhum, approuva Haven. Mais dans mon fantasme, l'homme attache mes mains, admit-il en sentant le feu de l'excitation gagner son bas ventre.

— Peut-être pas tout de suite, il faut que tu apprennes à déterminer ce que tu aimes et ce que tu n'aimes pas. On va commencer doucement.

— Très bien, dis-moi ce que tu veux que je fasse.

Les mains de Phillip se resserrèrent autour de ses poignets et son sexe se durcit encore.

— Je veux que tu mettes tes mains au-dessus de ta tête. Est-ce que tu sens le métal derrière toi ?

— Oui, acquiesça Haven, la voix nouée de désir.

— Je veux que tu poses tes mains dessus et que tu les laisses là, ordonna Phillip d'une voix plus ferme, plus imposante. Ne les retire pas tant que je ne t'en ai pas donné l'autorisation.

— D'accord.

Haven obéit et posa ses mains contre le métal, savourant le contact quasi glacial contre sa peau brûlante. Les mains de Phillip glissèrent le long de ses bras, puis sur ses côtés. Haven se tortilla brièvement, mais il tint bon et ne bougea pas ses bras.

— Très bien, le félicita Phillip, et Haven sentit sa bouche parcourir son torse, s'attarder sur ses tétons, pour enfin descendre lentement jusqu'à son nombril.

Puis, Phillip s'éloigna, l'air du soir caressa la peau d'Haven et le pick-up bougea. Il ne pouvait rien entendre d'autre que la respiration de Phillip et son corps se tendit d'anticipation, se demandant d'où proviendrait la prochaine sensation.

Il sursauta lorsque la langue de Phillip glissa le long de sa cuisse. Il faillit libérer ses mains de surprise, mais se retint juste à temps.

— Tu m'as surpris, dit-il d'une voix tremblante.

— C'était l'idée. J'avais besoin de savoir si tu tiendrais ta promesse. Tes mains sont toujours où elles devraient être ?

— Humhum, répondit Haven en sentant la langue de Phillip se déplaça un peu plus haut. Tu vas… ?

La bouche de Phillip interrompit son exploration et un silence électrique s'installa entre eux, rompu seulement par le ballet erratique de leurs respirations. Le sexe d'Haven pulsait contre son ventre et il dut lutter contre l'instinct de donner un coup de hanche pour tenter de deviner où était Phillip. Puis, une main glissa le long de sa jambe et remonta plus haut, plus haut, toujours plus haut, effleurant l'échancrure de sa hanche, évitant délibérément, et de quelques millimètres à peine, son sexe dressé. Haven laissa échapper un gémissement frustré et entendit Phillip rire en réponse.

— Je t'ai demandé tout à l'heure de me dire ce que tu voulais, et tu m'as répondu que tu ne savais pas. Est-ce que tu sais maintenant ?

— Oui, répondit immédiatement Haven dans un souffle. Je veux tes lèvres sur moi.

Dans la seconde qui suivit, il sentit les lèvres de Phillip effleurer son sexe. Il donna un coup de hanche et elles disparurent. Haven tenta de retrouver ses esprits, de se calmer, et la bouche de Phillip regagna sa destination, chaude et humide. Elle l'enveloppa délicieusement et il ferma les yeux, tout son corps tendu vers cette sensation nouvelle et incroyable. Il se força à bouger le moins possible, de peur que Phillip s'arrête.

— C'est bien, tu as compris, déclara Phillip de cette voix à la fois affectueuse et autoritaire qui rendait Haven complètement fou. Concentre-toi sur ce que tu ressens et laisse-moi m'occuper de tout le reste. Abandonne-toi, ne t'inquiète de rien.

La sensation s'intensifia et Haven sentit les lèvres de Phillip se concentrer quelques instants sur son gland, sa langue taquinant la petite fente au sommet avant de s'éloigner. Puis il revint, effleura de nouveau le bout de son sexe, et Haven se figea, n'osant pas bouger, espérant que Phillip le prendrait plus profondément, mais les lèvres s'éloignèrent de nouveau.

— Phillip, arrête de me torturer, gémit-il en appuyant ses mains contre le métal.

— Je ne te torture pas, je t'apprends le contrôle, le corrigea Phillip et il recommença son jeu de baisers fuyants sur le sexe du jeune homme.

Haven était sur le point de se plaindre, il se retint au prix d'un effort incroyable, et fut récompensé lorsque les lèvres de Phillip se refermèrent enfin fermement sur son sexe, plus profondément cette fois. Il poussa un soupir satisfait qui le surprit lui-même.

— Oui, s'écria-t-il lorsque Phillip le prit en bouche plus profondément encore, exerçant une succion infernale qui faisait voir des étoiles au jeune homme.

Puis, Phillip glissa ses mains sous ses fesses pour le soulever légèrement, malaxant sans pitié les muscles sous ses doigts. Le monde entier disparut autour d'Haven, les grillons se turent, les étoiles s'éteignirent, le pick-up et les couvertures s'évaporèrent ; il ne restait plus que Phillip et les sensations qu'il faisait naitre en lui.

— Philly ! s'écria Haven, et aussitôt, la bouche de Phillip le quitta.

— Personne ne m'appelle Philly, dit-il fermement. Tu peux m'appeler Phillip ou Monsieur.

Haven déglutit et hocha vigoureusement la tête, oubliant que son compagnon ne pouvait pas le voir.

— D'accord, Phillip.

Il ne pouvait pas l'appeler Monsieur, c'était trop effrayant et trop étrange pour lui.

Phillip reposa sa bouche sur lui sans prévenir et Haven en eut le souffle coupé. Il sentit les mains de son amant presser ses fesses comme pour l'inviter à s'enfoncer plus loin dans sa bouche. Prenant le geste pour une autorisation, il donna un premier coup de hanches timide. Très vite, il s'enfonça avec abandon dans la moiteur étroite de la bouche de son amant, intoxiqué par le nuage de plaisir qui lui embrumait l'esprit.

— Phillip, gémit-il lorsqu'il sentit qu'il était sur le point de jouir.

Le corps arqué, le sexe emprisonné dans le fourreau irrésistible de sa bouche, Haven sentit sa conscience lui échapper.

LORSQU'IL ROUVRIT les yeux, il faisait toujours nuit noire. En revenant progressivement à lui, il sentit la main de Phillip sur son vente, qui le caressait tendrement.

— Est-ce que tu vas bien ? Tu es resté immobile et silencieux pendant un bon moment, je commençais à m'inquiéter.

— Tu m'as achevé, répondit Haven. Est-ce que je peux bouger mes mains maintenant ?

— Oui, mais laisse-les à tes côtés, répondit gentiment Phillip avant de l'embrasser avec fougue.

— Et toi ? Tu veux que je…

Haven déglutit.

— … retourne la faveur ?

— Tu en as envie ?

— Mon Dieu, oui, répondit Haven après un autre baiser.

— Alors laisse tes mains le long de ton corps, dicta Phillip en posant un doigt sur ses lèvres en grimpant à califourchon sur lui.

Haven ouvrit la bouche pour accueillir le doigt avec lequel Phillip lui caressait les lèvres, et se mit à le sucer, arrachant à Phillip un long gémissement satisfait. Puis, Phillip se déplaça plus haut sur son torse et Haven sentit son sexe contre ses lèvres. Il ouvrit la bouche pour le laisser entrer, la saveur unique de Phillip explosant contre sa langue. La sensation était tellement enivrante, il en voulait plus, et il commença à sucer plus fort. Il sentit la main de Phillip sur sa joue et ralentit.

— C'est bien. Prends ton temps.

Phillip s'avança un peu plus près et Haven le sentit commencer un mouvement de va et vient prudent dans sa bouche.

Haven sentit son corps réagir, son sexe était déjà en train de durcir de nouveau contre son ventre. Il sentit Phillip se contorsionner au dessus de lui pour attraper son sexe et le caresser. Haven redoubla d'enthousiasme, le prenant plus profondément, détendant sa gorge pour le laisser s'enfoncer aussi profondément que possible.

Les gémissements de Phillip ne faisaient qu'encourager davantage Haven qui voulait désespérément lui donner autant de plaisir qu'il en avait reçu.

La main de Phillip sur son sexe était sur le point de le conduire à un nouvel orgasme, il pouvait déjà le sentir monter en lui. Quelques secondes plus tard il éjaculait entre les doigts experts de Phillip, et sentit le corps de son amant se tendit brusquement, sous la puissance de son propre orgasme. Haven avala en savourant la saveur intense de l'essence unique de Phillip.

Lentement, Phillip se retira et Haven l'entendit se coucher à côté de lui à bout de souffle. Il roula sur le côté, tira Phillip contre lui sans se soucier des couvertures souillées, et l'embrassa passionnément.

— Est-ce que c'était à la hauteur de ton fantasme ? demanda Phillip, un sourire dans la voix.

— Tellement plus, répondit Haven en sentant Phillip lui caresser la joue avant de l'embrasser de nouveau.

Il ramena la couverture sur eux et cette fois, Haven sombra sans difficulté dans un sommeil profond, blotti dans les bras de Phillip.

IL PASSA la nuit à rêver de bras aimants et d'étreintes passionnées, jusqu'à ce que quelque chose vienne rompre sa quiétude. Pourquoi y avait-il un bruit de moteur et de freins qui crissent dans son rêve ? Et qu'est-ce que Dakota faisait ici ? Pourquoi le secouait-il en lui demandant de se lever ? C'est finalement la secousse sur son épaule qui le tira du sommeil, et lorsqu'il ouvrit les yeux ce fut pour trouver Dakota, qui était bien là, en chair et en os, debout à côté de son pick-up.

— Haven, il faut que tu te lèves. Toi aussi, Phillip.

Il crut d'abord que Dakota leur faisait une blague, mais sa voix ne contenait aucune trace d'humour. En fait, son expression nerveuse fit instantanément peur à Haven.

— Dakota qu'est-ce que tu fais ? Que se passe-t-il ? demanda-t-il en se redressant alors que Phillip remuait à côté de lui.

— Habillez-vous vite, et toi rentre chez toi dès que possible, déclara Dakota, et le ton de sa voix étant suffisant pour qu'Haven se mette à chercher activement ses vêtements.

— Est-ce que tout le monde va bien ? demanda Haven, mais Dakota se contenta de retourner à son pick-up.

— Je t'expliquerais quand nous serons rentrés.

Le regard de Dakota lui fit froid dans le dos. Il avait dû se passer quelque chose de terrible, et il faillit sauter du pick-up à moitié habillé pour exiger une réponse.

Au lieu de cela, Haven regarda Dakota monter dans son véhicule, faire démarrer le moteur et partir. Dès qu'il fut hors de vue, Haven rejeta les couvertures, enfila ses vêtements, le cœur battant à tout rompre.

— Ça va aller, Haven, dit Phillip à côté de lui en posant une main sur son épaule.

— Tu as vu la manière dont il m'a regardé ? Quelque chose ne va pas, je le sens.

Il finit de s'habiller à la hâte, enfila ses bottes et sauta du pick-up.

— Peux-tu t'occuper de ranger les couvertures ? demanda-t-il à Phillip, sans même le regarder pour voir s'il avait fini de s'habiller.

Étouffant les dernières braises et nettoyant grossièrement la grille, Haven réunit tout ce qu'il avait sorti pour la nuit dernière et une fois la literie rangée, il commença à hisser le tout dans son pick-up. À chaque mouvement, une nouvelle poussée d'adrénaline déferlait en lui et il se pressait davantage. Lorsqu'ils eurent tout chargé dans le camion, ses jambes tremblaient.

— Haven, tout va bien, calme-toi. Tu veux que je conduise ? demanda Phillip, et sans y penser, Haven lui tendit les clefs.

Le jeune homme se laissa tomber sur la banquette du pick-up côté passager et Phillip prit la route sans attendre une seconde de plus.

Phillip se rappela sans problème du chemin et très vite, ils arrivèrent chez Dakota. Haven se précipita hors du véhicule, vers les marches du porche et entra dans la maison, Phillip sur les talons. Wally et Dakota étaient assis sur le canapé, Dakota avait l'air furieux et Wally était blanc comme un linge. Mais c'est le shérif Harker qui attira son attention en se levant de sa chaise.

— Shérif, que se passe-t-il ? demanda Haven en regardant partout dans la pièce.

— Haven, fiston, j'ai de mauvaises nouvelles, commença le shérif et Haven sentit la main de Phillip sur son épaule. Ton père a été retrouvé mort ce matin. Il a été écrasé par son cheval.

Haven sentit ses jambes se dérober sous lui. Phillip l'attrapa à temps et le guida vers une chaise.

— Comment est-ce arrivé ? demanda machinalement Haven, mais il n'entendit pas la réponse.

Oui, son père était un homme raciste, un bigot et ils ne tombaient jamais d'accord sur rien, mais c'était tout de même son père, et en dépit de tous ces différends, Haven l'avait aimé.

— Haven, dit Dakota en s'approchant doucement de lui. Je sais que c'est difficile pour toi, mais est-ce que tu sais ce que faisais ton père sur un cheval au beau milieu de la nuit ?

Haven força son esprit à se concentrer.

— Quoi ? Il faisait quoi ?

Le shérif Harker s'avança, et Dakota retourna à son siège.

— Haven, appela le shérif d'une voix calme. Nous essayons toujours de reconstituer ce qui s'est passé et le médecin légiste n'a pas encore fourni l'heure de la mort. Il semblerait que ton père était à cheval lorsque celui-ci s'est pris la patte dans un trou et elle s'est cassée. Il est retombé sur ton père.

Haven lutta pour respirer. Il pouvait à peine croire ce qui était en train de se passer.

— Mario l'a retrouvé ce matin, ajouta Dakota, Wally a dû abattre le cheval.

Wally avança de quelques pas et Haven le regarda avec stupéfaction.

— Je suis désolé, Haven. C'était Jake.

Haven regarda fixement la pièce sans vraiment la voir. Il essayait d'écouter ce qu'on lui disait, mais les mots s'emmêlaient dans sa tête et il ne comprenait plus rien. Son père était mort. Le cheval qui avait été son ami et un compagnon constant depuis presque dix ans était mort.

— Est-ce que Kade est au courant ?

— Nous ne l'avons dit à personne pour l'instant. Il y a beaucoup de choses que nous ne savons toujours pas, expliqua le shérif. Ton père avait-il prévu de sortir ?

Haven secoua la tête.

— Est-ce qu'il avait souvent l'habitude de chevaucher de nuit ?

Haven secoua à nouveau la tête.

— Papa ne montait plus du tout à cheval depuis des années, répondit-il, l'esprit complètement flou, essayant de trouver une explication à ce qui s'était passé.

Il ferma les yeux pour bloquer l'extérieur, en rêvant d'un bouton qui lui permettrait de rembobiner les dernières terribles minutes.

— Je pense que vous devriez lui laisser un peu de temps pour encaisser, suggéra Phillip derrière lui.

— Il nous faut des réponses, protesta le shérif.

— Non, pas maintenant. Haven et moi faisions du camping ensemble la nuit dernière. Il n'était pas à la maison et n'a probablement pas vu son père depuis le début de soirée. Dakota était avec moi lorsque le pick-up d'Haven est arrivé, il pourra confirmer.

— Il y a des choses qu'il est peut-être en mesure de nous dire et il va devoir répondre à certaines questions, insista le shérif.

Haven ouvrit les yeux.

— Écoutez, dit Phillip d'un ton ferme en posant ses mains sur les épaules du jeune homme. C'était un accident, c'est bien ce que vous venez de nous dire ?

Le shérif hocha la tête avec réticence.

— Très bien, alors menez votre enquête et si vous avez des doutes, ou des questions, vous pourrez revenir. Il ne s'en ira nulle part.

Phillip lâcha les épaules du jeune homme, et fit le tour de sa chaise pour s'accroupir à sa hauteur et le regarder dans les yeux.

— Tout va bien se passer. Nous sommes tous là pour toi.

Haven hocha lentement la tête, retrouvant peu à peu ses esprits.

— Je n'ai jamais vraiment compris le comportement de mon père, déclara Haven. S'il vous plaît, faites-moi savoir tout ce que vous pourrez trouver.

— C'est promis, Haven. Je te contacterai plus tard dans la journée si j'ai quelque chose de nouveau.

Le shérif quitta la maison en refermant doucement la porte derrière lui. Ils échangèrent tous les quatre des regards confus, sans savoir quoi dire, lorsqu'enfin Wally rompit le silence.

— Je pense que nous avons tous besoin de manger quelque chose.

Haven ne savait pas de quoi il avait besoin au juste, mais la nourriture était bien le cadet de ses soucis.

— Vous pensez qu'ils me laisseront le voir ?

— Bien sûr, répondit Phillip. Ne t'inquiète pas pour ça, pour l'instant. Le shérif a besoin de comprendre ce qui s'est passé.

— Pourquoi ? Si c'était un accident, pourquoi ont-ils besoin d'enquêter comme ça ?

Haven regarda Phillip, puis Dakota, espérant une réponse qui donnerait un sens à tout ça.

— Haven, dit doucement Dakota en se penchant en avant, ils ont besoin d'enquêter parce que ton père est mort sur nos terres. Il n'était pas chez lui. Il était dans ma prairie, à l'est, et il chevauchait ton cheval.

Haven avait l'impression d'encaisser les mauvaises nouvelles à une vitesse trop élevée pour les gérer correctement. Est-ce que son père avait saboté les clôtures en emmenant Jake pour faire accuser son propre fils ?

— Allez ça suffit, tout le monde à table, interrompit Wally en se dirigeant vers la cuisine.

Dakota se leva et quitta le salon. Haven vit Phillip aller dans la cuisine, mais lui ne bougea pas. Il ne pouvait pas. Il avait les jambes engourdies et la simple idée de se lever lui semblait insurmontable.

— Haven, mon grand, l'appela doucement Wally en revenant près de lui, il faut que tu manges quelque chose.

Il le prit gentiment par le bras et l'aida à se lever de son siège. Il le guida vers la cuisine et l'assit sur une des chaises autour de la table.

Une assiette apparut devant lui, mais Haven l'ignora.

— Qu'est-ce que je vais faire maintenant ?

— Tu n'as pas à faire quoi que ce soit tant que tu ne t'en sens pas prêt, répondit doucement Dakota. Une fois que tu auras mangé, nous allons te ramener chez toi afin que tu puisses prendre quelques affaires et parler à Kade. Kade est quelqu'un de bien, il peut s'occuper du ranch pendant quelques jours.

Haven acquiesça distraitement et porta une bouchée d'œufs brouillés à sa bouche. Son estomac se révolta à l'idée d'avaler quoi que ce soit.

— Tu ne devrais pas rester seul dans les prochains jours, ajouta Dakota et Haven regarda autour de lui, confus. Tu es le bienvenu chez nous si tu veux. Nous serions heureux de t'avoir avec nous, mais il n'y a aucune obligation, si tu préfères aller ailleurs, c'est comme tu veux.

Haven ne savait pas ce qu'il devait faire. Rien qu'à la pensée de retourner chez lui, il se sentit submergé par la panique. Il savait qu'il devait y aller pour parler à Kade. Mais la maison était toute petite, tout lui rappellerait…

— C'est bon, Haven, intervint Phillip à voix basse en apparaissant à côté de lui. Mange ce que tu peux, on te conduira chez toi juste après. Ensuite tu pourras rester avec moi.

Haven hocha la tête et prit une autre bouchée avant de repousser son assiette et de rester assis, prostré. Il eut vaguement conscience des mouvements autour de lui alors que la table était débarrassée, puis Phillip s'approcha et lui prit le bras.

— Dakota et moi allons te ramener chez toi.

Haven se leva et le suivit d'un air absent, sortant de la maison et se dirigeant vers le pick-up de Dakota. Il monta dans le véhicule et s'assis entre eux sur la banquette avant. Dakota quitta le ranch, puis s'engagea dans le virage qui menait à leur... à *son* allée.

Kade vint à la rencontre du pick-up et d'après l'expression de son visage, il était évident qu'il savait déjà ce qui s'était passé.

— Y a-t-il quoi que ce soit que je puisse faire ?

— Haven va rester avec nous pendant quelques jours. Pouvez-vous gérer le ranch tout seul ? demanda Dakota alors qu'Haven sortait du pick-up et se dirigeait vers la maison avec Phillip.

Ils entrèrent ensemble et traversèrent les pièces silencieuses jusqu'à sa chambre.

— Il y a un sac dans le placard, dit-il calmement et il entendit la porte du placard coulisser.

Haven ouvrit les tiroirs de sa commode, et jeta quelques vêtements en vrac dans son sac avant de le refermer. Faisant une halte dans la salle de bain, il saisit sa trousse de toilette et y rangea le nécessaire avant de retrouver Phillip et Dakota dans le salon.

— Kade prendra soin du ranch et je lui ai dit d'appeler s'il avait besoin d'aide. J'enverrais un de mes hommes lui prêter main forte.

— Merci Dakota, dit Haven en regardant le cœur lourd la maison dans laquelle il avait passé toute sa vie.

Tout lui semblait si différent maintenant.

— Je suis seul, se murmura-t-il à lui-même, réalisant pour la première fois de sa vie qu'il ne restait plus personne d'autre, qu'il était le dernier membre de sa famille.

Et même si Haven s'était souvent disputé avec son père, il avait toujours su qu'il prendrait soin du ranch et de lui. Et maintenant il n'y avait plus personne pour prendre soin de lui.

— Allons-y, dit doucement Phillip en glissant sa main dans celle du jeune homme comme s'il essayait de lui communiquer un peu de sa force.

Haven hocha lentement la tête, jeta un dernier regard au salon en le traversant, et suivit Dakota jusqu'à la porte, Phillip toujours à ses côtés, une présence constante.

En revenant chez Dakota, Haven ne put s'empêcher de se demander ce qu'il était sensé faire à présent. En entrant dans le salon, il trouva Jefferson assis tranquillement près du canapé qui regardait la télévision. Haven s'assis sur le canapé et laissa libre cours à toutes les pensées qui se bousculaient dans sa tête. En temps normal, il aurait pris son cheval pour aller faire une promenade, c'était toujours ce qu'il faisait quand il se sentait perdu. Mais ce n'était plus possible. Il sentit les larmes menacer pour la première fois.

— C'est normal, lui dit Jefferson, tendant une main pour toucher la sienne.

— Non, protesta Haven frustré en s'essuyant les yeux.

— Bien sur que si mon garçon, c'est normal de pleurer. Tu viens de perdre ton père, déclara gentiment Jefferson en le regardant.

En luttant pour refouler ses larmes, Haven songea ironiquement qu'il ressentait la perte de Jake beaucoup plus vivement que la mort de son propre père. Quelle espèce de monstre pensait des choses pareilles ?

Phillip s'assit à côté de lui en déposant une cannette de soda sur la table. Haven plongea ses yeux dans le grand regard brun de Phillip, et sentit deux bras le tirer dans une étreinte. Il se blottit contre son compagnon et céda à son chagrin, laissant enfin les larmes couler. Il enfouit son visage dans l'épaule de Phillip, et laissa libre cours à sa tristesse. Il pleura pour son père, pour Jake et un peu pour lui-même. Il ne savait pas combien de temps il resta agrippé à Phillip, mais lorsqu' il releva la tête, la chemise de ce dernier était trempée au niveau de l'épaule.

Dans l'après-midi, Haven se laissa convaincre par Phillip de faire une promenade. Il le conduisit le long d'un des sentiers derrière la maison. Ils se retrouvèrent près de l'enclos de Schian et Haven regarda le lion longer sa clôture, la tête baissée, étrangement silencieux. Le monde lui semblait plat, tout avait perdu de sa saveur et de son éclat.

Des bruits de martèlements attirèrent son attention et Haven se dirigea dans la direction du bruit, pour découvrir les ouvriers qui étaient en train de construire la zone d'exercices pour les félins avec Wally. Haven retira sa chemise et leur proposa son aide.

— Tu n'es pas obligé Haven, lui dit gentiment Wally en stabilisant un poteau pour que Dakota l'enfonce dans le sol à l'aide d'une masse.

Haven ne répondit rien, il se contenta de regarder Dakota qui s'écarta aussitôt en lui tendant la masse, comme s'il avait compris quelque chose, et Haven prit sa place. Il souleva l'outil et le laissa s'abattre de toutes ses forces sur le poteau. L'activité physique l'aida à s'éclaircir l'esprit. Des trous avaient été pré-creusés tout autour du périmètre de la zone d'exercice. Se plaçant devant le suivant, Phillip tint cette fois le poteau pour lui. Haven fit ça tout l'après-midi. À plusieurs reprises, des ouvriers lui proposèrent de prendre le relais, mais Haven les envoya balader, enfonçant poteau après poteau dans le sol, attendant que le béton soit coulé autour de la base, avant de passer au suivant. Il avait l'impression de devenir une machine et aussi longtemps qu'il travaillait, il pouvait empêcher ses émotions de refaire surface.

— Haven.

La voix de Wally traversa le brouillard de ses pensées et il s'arrêta pour le regarder.

— C'est assez pour aujourd'hui.

Wally lui toucha le bras et Haven écarta les doigts, laissant la masse tomber sur le sol.

— Tu as planté tous les poteaux, je crois que tu peux t'arrêter maintenant.

Haven hocha la tête et regarda autour de lui. Tous les poteaux avaient été posés et renforcés à la base avec du ciment. La structure entière de l'enclos était déjà presque terminée.

— Désolé, je crois que je me suis laissé emporter.

— Allez viens, il est temps de rentrer, l'encouragea Wally.

C'est seulement à cet instant qu'Haven réalisa que Phillip était toujours là lui aussi. Il ne l'avait pas quitté de la journée, et Haven lui en était reconnaissant.

— Nous allons préparer le dîner et Phillip te mettra de la crème pour les courbatures après manger, tu risques d'être raide demain.

Haven ne s'en souciait pas vraiment. Pendant des heures, il avait réussi à oublier tout ce qui s'était passé, et rien que pour ça, la douleur en vaudrait la peine. Phillip le prit par le bras alors qu'ils marchaient vers la maison et Haven lui offrit un faible sourire en retour.

Wally prépara le dîner et Haven mangea, sans vraiment avoir d'appétit. Une fois le dîner terminé, quelqu'un frappa à la porte et Dakota se leva pour aller ouvrir C'était le shérif.

— Comment vas-tu, Haven ? demanda-t-il en entrant dans la cuisine et en s'asseyant à côté de lui.

— Aussi bien que possible étant donné les circonstances, je suppose, répondit le jeune homme.

Il aperçut vaguement Wally qui répondait à son téléphone et qui se précipitait vers son pick-up aussitôt après avoir raccroché. Une urgence vétérinaire, sans doute.

94

— Il y a quelques petites choses dont j'aimerais discuter avec toi, déclara le shérif Harker d'une voix calme et rassurante. Nous avons déterminé l'heure de la mort de ton père et malheureusement, cela ne fait que soulever davantage de questions. Il semblerait que ton père soit mort entre minuit et une heure du matin, la nuit dernière. Ce que nous ne savons toujours pas, c'est ce qu'il faisait sur un cheval à cette heure de la nuit.

— Qui plus est sur les terres de Dakota, ajouta Haven. J'aimerais bien le savoir aussi, shérif. Nous avons retrouvé des clôtures vandalisées la semaine dernière, et une partie du troupeau de Dakota est entré sur nos terres. Et il y a quelques jours, quelqu'un a coupé une partie de la clôture nord, et un veau s'est pris les pattes dans le barbelé. Tout ça n'a aucun sens pour moi. Je sais que mon père et Monsieur Holden ne s'entendaient pas, mais pourquoi se retrouvait-il sur leurs terres au beau milieu de la nuit ?

Haven releva les yeux vers le shérif.

— Que suis-je censé faire avec le corps de mon père ?

Il n'avait pas cessé de penser à cette terrible question toute la journée.

— Je vais aller voir quelqu'un des pompes funèbres et leur demander qu'ils t'appellent dans la matinée. Ils pourront s'occuper de tout à ta place, expliqua le shérif Harker. Je sais qu'il y a beaucoup de choses auxquelles tu dois penser, mais ne t'inquiète pas pour ça, il y a beaucoup de gens prêts à t'aider.

— Merci, déclara Haven, et le shérif se leva pour partir. Savez-vous ce qui est arrivé à Jake ?

Haven ne pouvait s'empêcher de penser à son cheval.

— Wally s'est occupé de tout quand nous l'avons appelé ce matin, expliqua le shérif. Je passerai demain pour m'assurer que tout va bien et s'il te plaît, n'hésite pas à appeler si tu as besoin d'aide.

Le shérif se tourna brièvement vers Dakota pour lui dire quelque chose qu'Haven ne comprit pas, et s'en alla.

— Est-ce Wally qui a dû abattre Jake ? demanda Haven et Dakota hocha la tête.

— Où est-il ?

— Après que Wally s'en soit occupé, nous ne savions pas où tu étais, ni quand tu reviendrais.

Haven hocha la tête pour l'inviter à continuer.

— Alors, au lieu de l'envoyer à l'équarrissage, nous l'avons enterré près du grand arbre, juste en dehors du pré sud, où ta propriété longe la nôtre. J'espère que ça ne te dérange pas, il fallait prendre une décision rapidement.

Cela ne dérangeait pas Haven. Il savait exactement de quel endroit parlait Dakota, et il sourit en y pensant. C'était un bon endroit pour Jake. Il se promit de lui rendre visite dès le lendemain. Puis il se leva de table, se dirigea vers le salon et se laissa tomber sur le canapé. Phillip le suivit et ils s'assirent ensemble, avec le père de Dakota, à discuter en regardant le baseball.

— Haven, l'appela doucement Phillip, et il se rendit compte qu'il s'était pratiquement endormi, appuyé contre lui. Tu devrais aller au lit.

Haven hocha la tête et se leva, laissant Phillip le guider jusqu'à sa chambre. Il se déshabilla rapidement et se glissa sous les couvertures.

— Où vas-tu ? demanda-t-il à Phillip quand il le vit sur le point de quitter la chambre.

— Je vais dormir sur le canapé ce soir.

— Pourquoi ? demanda Haven en sentant une boule se former dans sa gorge et les larmes menacer de couler.

— Je ne veux pas que tu te sentes obligé de quoi que ce soit, répondit tendrement Phillip en se rapprochant. Tu as besoin de repos et je ne veux pas t'empêcher de dormir.

Haven ne voulait pas rester seul et il se cramponna désespérément à Phillip, jusqu'à ce que ce dernier ne cède et se déshabille pour grimper dans le lit avec lui. Il éteignit la lumière et Haven se rapprocha de lui en se demandant comment il avait pu s'attacher comme ça à Phillip en si peu de temps, et pourquoi il se sentait aussi perdu sans lui.

— Mets-toi sur le ventre, lui dit Phillip et Haven obéit sans poser de question.

Phillip passa ses mains sur ses épaules qui commençaient à lui faire mal après tous les efforts de l'après-midi. Ses mains glissaient sur sa peau, apaisant la douleur de ses muscles ainsi que celle de son cœur. Haven savait que rien ne pourrait la faire disparaître totalement, à part le temps, mais les mains de Phillip semblaient l'y aider, et lorsqu'il se rallongea à côté de lui dans le silence et l'obscurité, lorsqu'il tira Haven tout contre lui, le jeune homme fit de son mieux pour se détendre et se laisser aller autant qu'il le pouvait.

VIII

PHILLIP OUVRIT les yeux avec réticence, tiré de son sommeil par les premiers bruits de la maison. Il avait très peu dormi, Haven n'avait pas cessé de s'agiter durant la nuit, s'accrochant tantôt désespérément à lui, ou s'écartant brusquement en marmonnant. Phillip laissa son regard s'attarder sur le jeune homme qui dormait enfin à poings fermés. L'annonce de la mort de son père l'avait effondré, et Phillip n'était pas pressé de le réveiller et de le voir traverser une autre journée de deuil et de douleur.

La porte de la chambre s'entrouvrit et Wally glissa sa tête dans l'interstice. Lorsqu'il vit que Phillip était réveillé, il lui sourit, puis il recula en refermant doucement la porte. Phillip décida de ne pas bouger tout de suite, même si son besoin de caféine commençait à se faire pressant. La porte s'ouvrit de nouveau et Wally entra cette fois avec un mug fumant dans la main, qu'il posa sur la table de chevet avant de les laisser de nouveau. Phillip lui était tellement reconnaissant en cet instant qu'il aurait pu l'embrasser. Il se redressa prudemment, en prenant bien soin de ne pas trop faire bouger le matelas, et attrapa la tasse. Il savoura lentement son café en regardant les murs couleur crème de la chambre d'un air songeur. Il savait qu'il ne pourrait pas rester terré ici indéfiniment. Il avait des choses à faire. Certes, il n'avait plus d'emploi, pas d'obligations officielles, mais il avait la désagréable impression de se cacher, de fuir sa vie parce que c'était plus facile que de sortir sa tête du sable et prendre les problèmes à bras le corps. Haven se tourna vers lui dans son sommeil et glissa son bras en travers des hanches de Phillip qui sentit son corps réagir au quart de tour. Il réprima un son de détresse lorsque le bras d'Haven effleura son érection. Il était dans cet état depuis le milieu de la nuit. À chaque mouvement d'Haven contre lui, la sensation de sa peau et son parfum semblaient ne faire qu'attiser le désir de Phillip. Ce qui en temps normal n'aurait pas posé problème, mais Haven était en *deuil*. Tournant la tête pour le regarder, il observa le visage calme et détendu, les lèvres légèrement entrouvertes, les yeux fermés, quelques mèches de cheveux devant les yeux. Il avait l'air tellement jeune et tellement fragile. Phillip résista à l'envie de le caresser de peur de le réveiller, et se cramponna à sa tasse pour ne pas céder.

Il termina son café, reposa le mug sur la table de chevet et Haven remua dans son sommeil, se tournant dans l'autre sens, loin de lui. Phillip sortit du lit avec précaution, attrapa un pantalon et une chemise propre dans la commode, et se glissa hors de la pièce, en jetant un dernier regard au jeune endormi avant de fermer silencieusement la porte derrière lui. Il s'habilla rapidement dans le couloir, et se dirigea vers les senteurs célestes qui s'échappaient de la cuisine. Wally se tenait devant la gazinière.

— Bonjour, murmura Phillip comme s'il avait encore peur de réveiller Haven. Où est Dakota ?

— Il est déjà sorti travailler avec Bucky et Mario, répondit Wally en bâillant. Désolé, j'ai dû répondre à un appel cette nuit. Le cheval va bien, Dieu merci, mais il nous a fait une sacrée frayeur.

Wally bâilla de nouveau et cette fois, il ne fit aucun effort pour le masquer.

— Les chevaux sont de magnifiques créatures, fortes et fragiles à la fois, dit-il songeur. Nous avons d'abord pensé que l'animal souffrait de coliques, et puis j'ai commencé à craindre qu'elle souffre d'une obstruction, mais…

Wally s'arrêta en voyant Phillip secouer la tête avec une expression terrorisée.

— Désolé. J'ai tellement l'habitude de discuter de tout ça avec Dakota, j'ai tendance à oublier que tu as les oreilles beaucoup plus délicates, s'excusa-t-il malicieusement.

— C'est bon, c'est juste qu'il est un peu tôt pour des coliques et une obstruction gastrique, grogna Phillip en se versant une autre tasse de café avant de s'asseoir à table.

— Je me disais qu'il allait falloir que je songe à rentrer chez moi.

Il leva les yeux vers Wally, mais son ami se retourna vers la gazinière sans rien répondre.

— Je ne peux pas rester dans cette situation, il faut que je retrouve du travail. C'est l'enfer d'être au chômage.

Un bruit violent de casserole fit sursauter Phillip sur son siège.

— Tu es vraiment un crétin fini, tu le sais ça ? s'emporta Wally en le fusillant du regard.

— Qu… quoi ? demanda Phillip hébété.

— Tu es en train de refaire exactement les mêmes erreurs que par le passé. La situation devient difficile, alors tu t'enfuis.

Wally se retourna de nouveau vers les casseroles sur le feu.

— Et ne t'imagine pas une seule seconde que je n'ai pas remarqué les regards que tu lançais à Mario quand tu es arrivé. Tu as peut-être réussi à lui faire croire que ça ne te dérangeait pas qu'il se soit mis en couple, mais ne me prends pas pour un imbécile. En venant ici, tu espérais que vous pourriez reprendre là où vous en étiez tous les deux.

Wally s'approcha et Phillip se laissa aller contre le dossier de sa chaise avec une mine dépitée.

— Qu'est-ce que tu es en train de faire avec Haven, Phillip ? Tu t'en sers comme remplacement temporaire le temps d'oublier Mario ?

— Non, dit Phillip en déglutissant, démuni face à la colère soudaine de son meilleur ami.

— Alors à quoi joues-tu ? Chaque fois que quelqu'un t'approche, tu recules. Avec Dakota, avec Mario, chaque fois tu te caches derrière l'excuse 'c'est seulement pour le plaisir, le temps des vacances'. Heureusement pour moi, ça m'a permis de rencontrer Dakota, ajouta Wally d'un ton glacial. Mais c'est à cause de tes excuses bidon que tu as perdu Mario, et si tu continues avec tes conneries, tu risques de perdre Haven aussi.

Wally regarda en direction de la chambre et une partie de sa colère sembla s'évaporer.

— Excuse-moi, soupira-t-il. Je n'ai pas de leçon à te donner. C'est ta vie, pas la mienne.

— Tu as peut-être raison, reconnut Phillip d'une voix éteinte. Mais j'ai tellement l'habitude que les hommes que je rencontre se contentent de profiter d'un peu de bon temps avant d'aller voir ailleurs…

— Est-ce que c'est vraiment ce qui se passe Phillip ? Ou bien est-ce que c'est toi qui a voir ailleurs ? demanda Wally en retournant à sa cuisine. Si tu ne changes pas ton attitude, tu ne changeras rien du tout.

Phillip leva sa tasse de café, s'arrêtant à mi-chemin de ses lèvres. Et si Wally avait raison ? Et s'il était en train de refaire exactement les mêmes erreurs avec Haven ? Il refusait de laisser ça arriver, les choses étaient *différentes* avec Haven.

— Et si ça ne marche pas entre nous ?

Wally éteignit la gazinière, et posa la casserole de côté.

— Laisse-moi te poser une autre question : et si ça marche ?

Wally n'ajouta rien de plus, mais le regarda pendant quelques secondes avant de se diriger vers la porte d'entrée. Phillip ne l'entendit pas les appeler, mais il revint avec Dakota, Mario et David juste derrière lui. Quelqu'un d'autre frappa à la porte, et Dakota se leva pour ouvrir à l'infirmière de son père et discuter un peu avec elle dans le salon. Puis Phillip entendit s'ouvrir la porte du couloir et Haven entra dans la cuisine, l'air un peu plus reposé que la veille.

— Tu as faim ? demanda Wally, mais Haven secoua la tête en s'installant sur l'une des chaises vides.

— Vous avez réussi à dormir un peu ? demanda Mario en attrapant la cafetière et en versant une tasse pour Haven avant de remplir la sienne.

— Un peu, je suppose, répondit Haven, la tête dans son café. Il faut que je me prépare, j'ai beaucoup de choses à faire.

Haven se leva en abandonnant sa tasse encore pleine, et disparut dans le couloir. Phillip avala la dernière gorgée de son café avant de se lever à son tour pour le suivre.

— Tu n'as qu'à prendre la salle de bain, proposa-t-il gentiment au jeune homme. Je te retrouve dans le salon dès que tu es prêt, nous irons chez toi ensemble.

Phillip avait précipité la fin de sa phrase en se rendant compte qu'il s'était imposé sans vraiment demander à Haven s'il était d'accord.

— Ne te sens pas obligé, répondit doucement Haven avant d'ouvrir la porte de la chambre.

— Je ne me sens pas obligé, j'ai envie de t'accompagner, mais si tu préfères rester seul, je comprendrai.

La décision appartenait entièrement à Haven, mais Phillip espérait sincèrement qu'il accepterait sa compagnie. Haven ne devait pas rester seul dans un moment pareil.

Le jeune homme hocha la tête.

— Merci, dit-il simplement.

La porte de la chambre se referma et quelques minutes plus tard, Haven ressortit avec ses vêtements en boule dans les bras pour aller dans la salle de bain. Phillip en profita pour se changer. Lorsqu'Haven ressortit, Phillip prit sa suite dans la salle de bain avant d'aller l'attendre dans le salon. Haven le rejoignit quelques instants plus tard, passa devant lui avec cet air égaré sur le visage, et sortit de la maison.

Wally entra dans le salon et sourit à Phillip.

— Il n'y a rien de plus sexy qu'un homme qui vous écoute et vous fait confiance alors qu'il est en position de vulnérabilité.

Phillip ne répondit pas immédiatement. Il vérifia qu'il n'avait rien oublié et se pencha sur son meilleur ami en souriant.

— Merci, dit-il finalement en l'embrassant sur la joue. Tu avais raison, ajouta-t-il avant de sortir et de rejoindre Haven à son pick-up.

LA MATINÉE s'avéra difficile pour Phillip, et plus encore pour Haven. Rendre visite aux pompes funèbres ramena Phillip à l'époque où il avait dû s'occuper seul des funérailles de son propre père quelques années plus tôt. Il fit de son mieux pour chasser ces souvenirs, en épaulant Haven qui semblait incapable de prendre la moindre décision. Le jeune homme n'avait aucune idée des dernières volontés de son père, il ne savait pas par où commencer.

— Qu'est-ce que tu veux, toi ? lui demanda Phillip lorsque le directeur des pompes funèbres quitta la pièce pendant quelques minutes afin de leur permettre de se prononcer sur un cercueil.

Haven le regarda, les yeux rempli de larmes.

— Je veux l'enterrer sur le ranch mais ils ont dit que ce n'était pas aussi simple que ça.

— Il y a une autre option, déclara doucement Phillip. Tu peux le faire incinérer. Ensuite, tu pourras répandre ses cendres où tu le voudras.

Le directeur revint dans la salle.

— Avez-vous décidé ?

Haven releva la tête, et Phillip put presque lire dans ses yeux le moment où il se décida. Le jeune serra la mâchoire et son regard s'éclaircit.

— Oui.

Et même sa voix semblait plus confiante.

— Je voudrais le faire incinérer et avoir un service commémoratif à l'église.

Haven regarda les urnes debout sur un piédestal, dans un coin.

— Et je voudrais cette urne pour ses cendres, dit-il en montrant une urne en bronze.

— Oh.

L'homme eut l'air surpris pendant une fraction de seconde, puis son expression retrouva sa neutralité.

— Nous allons nous mettre en rapport avec le prêtre pour que vous puissiez vous rencontrer.

Haven hocha la tête et quitta la salle. Après s'être chargé du reste des arrangements, Phillip le suivit à l'extérieur. Il aurait aimé voir le soleil déblayer les nuages de son esprit, mais Mère Nature semblait aussi triste qu'Haven, et le ciel était gris et couvert, rempli de gros nuages bas.

— Est-ce qu'on peut aller voir Jake ? demanda Haven en remontant dans le pick-up.

— Bien sûr, lui répondit Phillip.

Il sortit son téléphone portable de sa poche pour appeler le ranch et leur faire savoir qu'ils étaient sur le chemin du retour et pour demander à Dakota s'ils pouvaient emprunter l'un des 4x4.

Une demi-heure plus tard, en dépit de l'absence de soleil et du brouillard qui s'était levé, Phillip se retrouva assis à l'arrière de l'un des véhicules tout terrain de Dakota, secoué comme un prunier sur les chemins de campagne. Haven se gara à quelques mètres d'un gigantesque et très vieil arbre, au pied duquel un rectangle de terre fraichement retournée se démarquait très visiblement. Haven coupa le moteur et descendit. Phillip resta volontairement en retrait afin de laisser au jeune homme quelques minutes d'intimité. Phillip avait du mal à croire que le beau cheval plein de vie qu'Haven avait pris pour leur promenade seulement quelques jours plus tôt, reposait dans la terre sous cet arbre.

Une bruine légère se mit à tomber.

— Haven, dit-il doucement, on devrait peut-être…

Mais la fin de sa phrase mourut sur ses lèvres lorsqu'il réalisa que le dos du jeune homme était secoué de sanglots. Il se dirigea vers lui et posa ses mains sur ses épaules. Haven les recouvrit des siennes en tournant légèrement la tête et Phillip vit que ses joues étaient inondées de larmes.

— Il était comme mon meilleur ami, il était à mes côtés quoi qu'il arrive. Depuis mes treize ans, il était toujours avec moi et maintenant, il est parti.

Phillip ne dit rien. Tout ce qu'il aurait pu dire n'aurait ressemblé qu'à de ridicules platitudes. Alors plutôt que d'offrir des mots vides de sens, il se tint à côté d'Haven et l'écouta lui parler de Jake et des aventures qu'ils avaient vécues ensemble. Et à mesure qu'Haven lui révélait leurs anecdotes, Phillip comprit ce que le cheval avait représenté pour le jeune homme. La pluie s'intensifia et Phillip sentait les gouttes couler dans son dos, plaquant ses vêtements contre sa peau, mais Haven ne fit aucun mouvement pour partir. Comme hypnotisé, il regardait l'eau assombrir le monticule de terre et détremper le sol.

Enfin, Haven se retourna vers lui, avec des yeux interrogateurs, comme s'il venait de réaliser qu'ils étaient debout sous la pluie.

— Rentrons vite au chaud dans le 4x4, on va attraper la mort, protesta-t-il. Pourquoi n'as-tu rien dit ?

— Parce que tu avais besoin de ce moment avec Jake plus que je n'avais besoin de me mettre à l'abri.

Phillip grimpa derrière Haven.

— Je ne suis pas en sucre Haven, ce n'est que de la pluie.

Ils rentrèrent à la maison pour se sécher, et Phillip se dirigea vers le salon pour laisser Haven se changer en paix pendant qu'il essuyait la flaque d'eau qu'ils avaient laissée sur le sol à l'entrée. En rentrant, Phillip avait immédiatement dirigé Haven vers la salle de bain et lui avait sorti quelques vêtements secs, sans se soucier des traces d'eau sur leur passage. Il tendit l'oreille, et il lui sembla entendre Haven qui se déplaçait dans le couloir. Du moins il pensait que c'était Haven, ça pouvait tout aussi bien être l'infirmière de Jefferson.

— Phillip, il faut que je rentre chez moi.

Il releva les yeux et vit Haven pieds nus près de l'entrée du salon, vêtu d'un vieux pantalon de survêtement qui tenait à peine sur ses hanches. Si le jeune homme n'avait pas eu l'air aussi misérable, Phillip l'aurait attiré dans la chambre pour chasser ce froncement de sourcils d'un baiser et lui faire oublier le reste du monde. Mais son besoin de le protéger était plus fort que tout le reste.

Phillip sentit un frisson le parcourir malgré la chaleur de la pièce.

— Bien sûr, quand tu veux. Tu veux que je t'accompagne ?

— Je ne sais pas ce que je veux. Je suis bien ici avec toi, chez Dakota, et je me sens en sécurité, mais j'ai l'impression que je ne suis pas là où je devrais être. Le ranch et Kade ont besoin de moi. Je ne peux pas simplement les ignorer parce que j'ai mal.

Haven se mit à trembler comme une feuille et Phillip lâcha brusquement la serpillère pour se précipiter vers le jeune homme et le prendre dans ses bras.

— Bien sur que si tu peux, pendant quelques jours au moins.

Des bruits de pas dans le couloir attirèrent leur attention.

103

— Phillip a raison. Tu as traversé beaucoup d'épreuves. Tu peux rentrer chez toi si tu veux, bien entendu, mais nous sommes tous inquiets pour toi, dit Dakota en les rejoignant dans le salon.

— Je sais. C'est juste que…

Haven soupira et Phillip voyait bien qu'il luttait de toutes ses forces pour ne pas s'effondrer.

— Retourne chez toi si c'est ce dont tu as besoin. De toute façon, nous sommes juste à côté s'il y a quoi que ce soit.

Phillip ne voulait pas le laisser partir, et comme pour le manifester, il le serra plus fort entre ses bras. Il voulait faire sentir à Haven qu'il n'était pas seul.

Dakota hocha la tête, puis il disparut un instant, avant de revenir avec trois manteaux.

— Il pleut des cordes dehors.

— Tu viens aussi ? demanda Haven, toujours dans les bras de Phillip, qui voulait le garder pendant très, très longtemps.

— Je vais discuter un peu avec Kade pour m'assurer qu'il n'a besoin de rien. Nous sommes tous là pour toi, Haven, n'oublie jamais ça. Tout ce que tu as à faire, c'est de tendre la main. Même si c'est juste parce que tu te sens seul, je veux que tu nous appelles.

Phillip relâcha son étreinte et enfila sa veste pendant qu'Haven et Dakota mettaient les leurs. Ils se hâtèrent sous la pluie pour rejoindre le pick-up de Dakota et se rendirent chez Haven.

Lorsqu'ils arrivèrent, Haven resta un long moment assis dans le véhicule à regarder sa maison.

— Personne ne t'oblige à faire ça maintenant, le rassura Dakota, mais Haven ouvrit sa portière.

Il descendit lentement du camion, se dirigea vers la porte d'entrée, inséra sa clef et l'ouvrit.

— Vous voulez quelque chose à boire ? demanda-t-il.

Phillip songea d'abord que son attitude était étrange, mais il comprit rapidement qu'Haven essayait simplement de faire les choses normalement. Et accueillir des invités et leur proposer une boisson était normal, rassurant.

— Ce serait super, merci, répondit Dakota.

Haven revint avec trois bières qu'il ouvrit, en tendant une à chacun d'eux.

— Je ne sais pas à quoi je m'attendais, dit Haven en se tenant debout au milieu du salon, l'air totalement perdu. Je pensais que tout serait différent, mais non, rien n'a changé. Tout est au même endroit. Les odeurs sont les mêmes. C'est juste que papa n'est pas sur le point de sortir de son bureau pour m'énumérer tout ce que j'ai fait de mal.

Haven prit une gorgée de sa bière.

— Papa, répéta pensivement Haven. Tu m'as laissé avec un beau bordel...

— Pourquoi dis-tu ça ? demanda Dakota. L'endroit est bien entretenu et propre. Le ranch est assez vieux mais il fonctionne bien. Tu as pas mal de terres et un troupeau en bonne santé.

— C'est parce que c'est dû à tout le travail que j'ai fait. Mon père ne s'occupait que des papiers et de la comptabilité, mais ça signifie que je n'ai aucune idée précise de l'état de nos finances. Je ne sais pas si les affaires marchent ou bien si je suis sur le point de perdre le ranch parce que nous avons trop de dettes à payer.

Haven prit une autre gorgée de sa bière, la terminant avant de prendre celle que Phillip n'avait pas encore touchée.

— Doucement avec la bière, le réprimanda gentiment Dakota. Ce n'est pas une solution. Phillip est comptable. Il pourrait probablement regarder vos livres de comptes, si tu veux bien. Et tant que le ranch en a besoin, nous pouvons te soutenir. Bon sang Haven, la moitié de la ville le ferait si tu leur demandais.

Haven reposa la bière au grand soulagement de Phillip et se dirigea vers le couloir.

— Le bureau est là. Je ne sais pas comment il s'organisait ni où il rangeait ses affaires, mais tu peux fouiller, dit-il à Phillip. Je ne saurais même pas par où commencer.

— Tu n'as qu'à venir avec moi, proposa Phillip. Comme ça je pourrais commencer à t'expliquer comment fonctionnent les livres de compte.

— Je vais essayer de trouver Kade, voir si je peux lui donner un coup de main. Je reviendrai après, leur dit Dakota en sortant.

Haven conduisit Phillip jusqu'à une porte fermée et l'ouvrit, le faisant entrer. Le bureau était d'une propreté méticuleuse, avec un ordinateur, des étagères et des classeurs bien rangés.

— On va commencer par jeter un œil à l'ordinateur, suggéra Phillip en s'asseyant dans le fauteuil derrière le bureau.

Il déplaça la souris et poussa un petit soupir de soulagement lorsque le bureau s'afficha. Il avait eu peur d'avoir besoin d'un mot de passe. Il reconnut immédiatement le programme de comptabilité installé et l'ouvrit, se perdant dans les chiffres pendant un long moment.

— D'après ces comptes, il semble que le ranch ait rapporté de l'argent, beaucoup d'argent, à une époque, expliqua Phillip à Haven en montrant les chiffres. Les archives de ton père sont impeccables.

Phillip baissa les yeux vers les tiroirs à dossiers sous le bureau, et tira sur celui qui portait l'étiquette 'relevés bancaires', mais il ne voulut pas bouger.

— Ils sont fermés à clef.

Phillip essaya d'ouvrir les autres, mais aucun ne céda.

— Pourquoi aurait-il verrouillé des tiroirs dans sa propre maison ?

Haven haussa les épaules sans savoir quoi répondre.

— As-tu une idée de l'endroit où il aurait pu mettre les clefs ? On peut toujours forcer les serrures, mais je ne préférerais pas.

Haven ouvrit le petit tiroir superficiel sans serrure, en haut à droite du bureau et se mit à tâtonner au fond de celui-ci.

— Je ne suis pas censé savoir où il les mettait, mais je l'ai vu les ranger là une fois. Il ne faisait même pas confiance à son propre fils...

Haven ressortit une chaîne avec deux petites clefs suspendues au bout qu'il tendit à Phillip.

Phillip tourna l'une des clefs dans la serrure sans attendre et ouvrit le tiroir des relevés bancaires. Tout avait été classé par trimestre et par exercice. Il rechercha le dossier le plus récent et étudia les relevés bancaires du mois dernier. Il les sortit du dossier et les étala sur le bureau.

— C'est le compte qu'il a utilisé pour les paies.

Phillip vérifia les montants avec les écritures comptables pour le confirmer.

— Et ça c'est un compte pour les dépenses générales du ranch, mais si on en croit les archives sur l'ordinateur, il devrait y avoir beaucoup plus d'argent sur ce compte.

Phillip compara les relevés bancaires et les tableaux des archives pendant un moment, un peu confus, puis il découvrit l'existence d'un autre compte et poussa un long sifflement.

— Je crois que je viens de retrouver l'argent manquant, déclara–t-il en tendant un relevé de compte à Haven.

Le jeune homme siffla également lorsqu'il regarda le solde.

— Quatre-vingt-dix mille dollars ?

— Oui, mais regarde l'intitulé du compte, souligna Phillip. Ton père a mis le compte à son nom. Pas à celui du ranch, mais au sien seulement.

Phillip étudia les autres relevés.

— Et il y en a d'autres comme ça, dit-il en tendant à Haven d'autres relevés. Depuis au moins cinq ans et ils sont tous à son nom.

Il regarda de nouveau l'écran d'ordinateur, son esprit bouillonnant avec les implications de ce qu'il venait de découvrir. Il jeta un coup d'œil à Haven et ses doigts se suspendirent au dessus du clavier.

— Est-ce que mon propre père essayait de me voler ?

— Pas nécessairement, répondit Phillip. Le ranch était à lui et mettre de l'argent sous son nom aurait simplement pu être une façon de séparer les comptes du ranch de ses comptes personnel.

Il se sentit passer en mode expert-comptable, les chiffres se révélant à lui comme un mystérieux langage codé que lui seul pouvait déchiffrer. Haven lui toucha le bras et cette fois, et lorsqu'il leva les yeux vers le jeune homme, il lut dans son regard l'irrémédiable peine que toutes ces nouvelles informations étaient en train de lui causer.

— Mais le ranch n'était pas qu'à lui, Phillip. Lorsque mon grand-père est décédé, il m'en a légué la moitié. Ma part était sous tutelle jusqu'à ma majorité, donc en plaçant de l'argent sous son seul nom, il me volait, parce que la moitié au moins devait me revenir. Est-ce que tu as trouvé des comptes à mon nom ?

Phillip entendit le désespoir dans sa question et se lança dans une recherche frénétique ; il ouvrit tous les classeurs, dépouilla tous les relevés bancaires, ouvrit tous les tiroirs.

— Il *doit* y avoir des comptes à mon nom.

Phillip se leva de sa chaise et attira Haven dans ses bras.

— S'il y en a, on les trouvera, je te le promets.

Dans l'immédiat, sa priorité était Haven. Il regrettait d'avoir décidé de mettre le nez dans les comptes de son père dès aujourd'hui, il était trop tôt.

— Ça ne t'embête pas si j'emporte une partie des dossiers avec moi ? J'aimerais les regarder plus attentivement.

Il avait tenté de rassurer Haven, mais la vérité c'était que ce qu'il avait trouvé jusqu'ici ne lui disait rien de bon. Son père semblait s'être mis de côté un joli petit pécule aux dépens d'Haven. L'idée rendait Phillip malade de colère, et si Haven n'avait pas été dans la pièce avec lui, il serait probablement en train d'insulter le vieil homme décédé à voix haute.

— Prends tout ce que tu veux, répondit Haven la tête enfouie contre son épaule. Je veux juste sortir d'ici.

Phillip songea que c'était une excellente idée. Il relâcha Haven après une dernière étreinte, puis le prit par la main et le fit sortir du bureau. Haven l'entraina jusqu'à sa chambre.

— Je veux te montrer quelque chose, dit-il en cherchant sous son matelas.

À la surprise de Phillip, il sortit une vieille photo.

— Il y a quelques années, mon père a fait un grand tri pour se débarrasser des choses qui trainaient à la maison depuis des années. Quand il avait le dos tourné, je suis allé voir ce qu'il avait jeté, et j'ai trouvé ça.

Haven lui tendit la photo.

— Je me souviens encore de lui. C'était mon premier poney. Il s'appelait Caramel et là, indiqua Haven en montrant une femme debout à côté de lui, c'est ma mère. C'est la seule photo d'elle qui me reste. Elle est partie quand j'avais sept ans. Parfois, j'arrive à peine à me souvenir des traits de son visage, mais je me souviendrai toujours du jour où cette photo a été prise.

— Est-ce qu'elle te manque ? demanda doucement Phillip en étudiant la photo. Tu as ses yeux, dit-il en caressant la joue d'Haven. Elle est magnifique.

Haven haussa les épaules.

— Je ne peux pas vraiment dire qu'elle me manque, j'ai à peine eu le temps de la connaitre. Pendant quelques années après son départ, elle m'a manqué. Je me souviens d'avoir pleuré, mais ça mettait mon père hors de lui, alors j'ai vite sécher mes larmes.

Haven posa la photo sur sa commode.

— Au moins maintenant, je n'ai plus à la cacher.

Le claquement de la porte d'entrée tira Haven de ses pensées.

— Tout va bien, les gars ? leur parvint la voix de Dakota.

— Tout va très bien, répondit Phillip avant de se retourner vers Haven.

— J'aimerais revenir demain pour étudier correctement tous les dossiers.

Il aurait préféré taire le sujet, ne pas avoir à en reparler à Haven, mais cette histoire lui laissait un goût amer et il refusait de laisser tomber tant qu'il n'aurait pas compris ce que manigançait le père du jeune homme. Il espérait également pouvoir donner quelques réponses à Haven pour qu'il retrouve un semblant de paix.

— Bien sûr, répondit Haven.

— Tu veux rester ici ou tu préfères revenir avec Dakota et moi ? demanda Phillip.

Haven se mordilla la lèvre inférieure, l'air inquiet.

— Je ne peux pas continuer à m'imposer chez Wally et Dakota.

Les yeux d'Haven parcoururent la pièce. Phillip savait ce qu'il ressentait. Il n'avait jamais vécu dans cette maison, mais dans l'esprit d'Haven elle devait maintenant lui sembler souillée, empoisonnée par la personne qui avait vécu entre ses murs.

— Tu ne t'imposes pas, déclara Phillip en regardant Haven dans les yeux. Je veux que tu reviennes. Tu n'es pas obligé et je comprendrais que tu préfères rester ici. C'est ta maison et si tu te sens mieux ici, c'est ce qui est le plus important.

Haven secoua sa tête.

— J'ai l'impression d'avoir vécu toute ma vie avec un étranger.

Haven quitta la pièce et ouvrit la porte de la chambre suivante, manifestement celle de son père. Phillip regarda à l'intérieur. La chambre semblait presque stérile. Elle ne contenait qu'un lit, une commode et une penderie. Il y avait quelques objets posés sur la commode, mais les murs étaient nus, sans même une photo d'Haven ou de chevaux. On aurait presque dit une cellule de prison, plutôt que la chambre d'un homme dont c'était la maison.

— Je comprends ce que tu veux dire, murmura Phillip en entrant dans la chambre.

La maison sentait l'humidité et il frissonna en regardant les murs blanc sale de la pièce.

— Sortons d'ici. Tu as besoin de prendre des affaires ?

Haven secoua la tête.

— Si j'ai besoin de quelque chose, je pourrais revenir.

Haven se retourna et sortit de la chambre. Phillip le suivit, et referma la porte derrière eux. Ils retrouvèrent Dakota qui les attendait dans le salon avec Kade. Ils étaient tous les deux assis dans le canapé, les pieds sur la table basse.

— Ne t'inquiète pas pour le ranch, Haven, le rassura aussitôt Kade en se levant. Est-ce que je peux faire quelque chose pour t'aider ? demanda-t-il en prenant le jeune homme dans ses bras.

— Non, merci, c'est déjà très gentil de ta part de t'occuper du ranch.

— Ce n'est pas un problème. Je vais faire un dernier tour pour vérifier que tout est en ordre et je vais rentrer. Je serais de retour demain matin à la première heure, ça te va ? Tu as pu t'occuper de l'organisation des funérailles de ton père ?

— Oui, j'ai décidé d'opter pour l'incinération. Le service commémoratif aura lieu lundi matin et les visites, une heure avant, répondit Haven. Je ne voulais pas en faire trop.

— Si tu as besoin de quoi que ce soit, n'hésite surtout pas, insista Kade en se dirigeant vers la porte. Et merci pour l'aide, Dakota, j'ai vraiment apprécié.

— Pas de problème.

Dakota lui serra la main et Kade les quitta.

— On devrait rentrer aussi, conclut Dakota. Qu'est-ce que tu veux faire Haven, tu rentres avec nous ?

Le jeune homme hocha la tête en enfilant son manteau et les suivit dehors avant de refermer à clef derrière eux.

Phillip se tint sous le porche pendant quelques secondes en regardant la pluie ruisseler sur le toit. Il était sensé être en vacances et voilà qu'il se retrouvait à construire une zone d'exercices pour des fauves et à aider un homme à surmonter le décès de son père et de son cheval.

— Quel bordel, soupira-t-il en levant les yeux vers le ciel gris.

Le plus étrange était qu'après sa discussion avec Wally le matin même, l'idée de rentrer chez lui ne lui avait plus jamais traversé l'esprit. Wally avait totalement raison. Les sentiments qu'il avait pour Haven étaient chaque jour un peu plus profond. Et lorsque les funérailles seraient terminées, Phillip avait bien l'intention de découvrir ce qu'Haven ressentait exactement pour lui.

— Tu viens ? appela Dakota et Phillip se hâta de les rejoindre au pick-up.

Une fois de retour chez Dakota, ils dînèrent et Phillip remarqua qu'Haven était étrangement calme. À bien y réfléchir, le jeune homme était resté très apathique depuis l'annonce de la mort de son père. Il resta dans la cuisine pour aider Wally à vider les assiettes et Haven rejoignit Dakota et son père dans le salon pour regarder le match de baseball.

— Comment va-t-il ? demanda Wally en empilant les plats pour les mettre dans le lave-vaisselle.

— Il fait de son mieux.

Phillip raconta à Wally ce qu'il avait trouvé chez Haven.

— Je ne sais pas exactement ce qui se tramait, mais j'ai l'impression que le père d'Haven a essayé de détourner de l'argent. On va retourner chez lui demain, j'espère réussir à éclaircir un peu tout ce petit mystère.

La sonnerie du téléphone fit sursauter Phillip et Wally se mit à rire avant de répondre.

— Venez vous asseoir avec nous, appela Dakota depuis le salon.

Phillip les rejoignit et prit place aux côtés d'Haven. Wally raccrocha le téléphone et entra dans la pièce quelques minutes plus tard.

— Vous êtes mignons, tous assis là sagement, les taquina Wally en s'approchant du canapé pour s'asseoir de l'autre côté d'Haven.

Mais Dakota bondit de son fauteuil, l'attrapa par la taille et le tira sur ses genoux.

— Voilà, comme ça au moins je serais sur que tu resteras assis plus de cinq minutes, déclara Dakota fier de lui. Alors, quelles sont les nouvelles ?

— Kahn arrive demain. Les gens du cirque voulaient savoir si on pouvait également héberger Sheba. Ils les ont achetés en même temps, il y a quelques années mais les deux félins n'ont jamais vraiment réussi à s'intégrer. Ce sont de magnifiques animaux, mais plus aucun dresseur ne veut travailler avec eux.

— Il va te falloir un nouvel enclos ?

— J'en ai déjà trois, nous serons donc au complet pour l'instant, mais ça veut dire qu'on doit à tout prix finir la zone d'exercice avant leur arrivée. Ça ne devrait pas nous prendre trop de temps, à condition que la météo soit de notre côté. Il ne nous reste plus qu'à poser le grillage.

Dakota serra Wally contre lui.

— Je sais que tu veux prendre soin d'eux, mais est-ce que ce n'est pas dangereux ? Ils sont plus jeunes et plus énergiques que Schian.

— Mais contrairement à Schian, je ne compte pas les garder de façon permanente. Je m'occuperais d'eux le temps de faire un bilan de santé et de les remettre sur pieds, mais par la suite, je contacterai les zoos des environs. Les tigres sont une espèce en danger, et je soupçonne le cirque de les avoir achetés de façon plus ou moins illégale, probablement de l'autre côté de la frontière, expliqua Wally en glissant une main sous la chemise de Dakota.

Phillip détourna son regard des deux tourtereaux et chercha les yeux d'Haven. Le jeune homme passa tendrement une main dans son dos et le tira plus près de lui en bâillant.

— Dis-le si je t'ennuie, plaisanta gentiment Phillip.

Il savait pertinemment qu'Haven devait être complètement épuisé. Le jeune homme leva les yeux au ciel, puis se leva du canapé.

— Bonne nuit, dit-il aux autres en se dirigeant vers le couloir.

Phillip remarqua alors que Jefferson s'était déjà endormi dans son fauteuil roulant. Wally quitta les genoux de Dakota et le grand cow-boy fit rouler le fauteuil de son père jusqu'à sa chambre pour le mettre au lit.

— À demain, le salua Wally avant de suivre Dakota. Éteints bien les lumières avant d'aller te coucher.

Phillip hocha la tête et lui souhaita bonne nuit à son tour. Il attrapa la télécommande, éteignit la télévision, redressa les coussins sur le canapé et écouta les bruits de la maison. Il avait vécu seul presque toute sa vie. Mais là, debout dans le salon, il tendit l'oreille et écouta : un rire étouffé, l'eau qui coulait, des bruits de pas dans une chambre, une porte qui se refermait et des 'bonne nuit' échangés. Il commençait à réaliser tout ce qu'il avait manqué.

— Tu viens te coucher ? demanda Haven en s'appuyant à l'encadrement de la porte du couloir.

Il était torse nu et suffisamment proche pour que l'odeur fraiche de son gel douche parvienne jusqu'à Phillip.

— Je me disais que ce serait peut-être mieux si je dormais sur le canapé ce soir.

Il ne pensait qu'au bien être du jeune homme. Phillip était en train de s'attacher à lui et il n'était pas sûr d'être capable de passer une autre nuit entière avec d'Haven sans le toucher. Après tout ce qu'il venait de traverser, la dernière chose dont le jeune homme avait besoin, c'était d'être bousculé.

Haven ne dit rien, se contentant d'un regard implorant avec ses grands yeux tristes, puis il disparut de nouveau dans le couloir. Phillip ferma les yeux et appuya sur ses paupières closes dans un geste de frustration. Il se sentait perdu, il ne savait pas quelle attitude adopter. Instinctivement, ses jambes le menèrent devant la porte de la chambre d'Haven. Il la poussa doucement et découvrit le jeune homme assis sur le bord de son lit.

— Est-ce que j'ai fait quelque chose de mal ? demanda-t-il d'une petite voix.

Ça n'était pas du tout la réaction à laquelle Phillip s'était attendu. Il n'avait absolument pas eu l'intention de blesser Haven. Il entra complètement dans la chambre et referma la porte derrière lui.

— Non Haven, tu n'as rien fait de mal, le rassura-t-il d'une voix douce en s'asseyant sur le lit à côté de lui. Mais c'est compliqué pour moi d'être près de toi. J'ai envie de toi, tout le temps. Je suis conscient que ce n'est pas du tout le bon moment pour penser à ça, et j'ai peur que si je passe une autre nuit allongé près de toi, ta peau contre la mienne…

Haven ne répondit pas, mais il tourna la tête vers lui et l'embrassa.

— J'ai envie de toi aussi, Phillip, murmura-t-il en le poussant sur le dos contre le matelas. J'ai besoin de penser à autre chose, besoin de tout oublier pendant un moment.

— Est-ce que tu es sûr ?

Haven hocha la tête, les yeux brillants d'espoir.

— Je voudrais lâcher prise, mais je ne sais pas si j'en suis capable. Je vais avoir besoin que tu m'aides, que tu me montres… Tu veux bien ?

Phillip se leva pour éteindre la lumière principale, laissant la pièce baignée dans la lueur intime de la petite lampe de chevet.

— Enlève tes vêtements et allonge-toi sur le dos, au milieu du lit.

Phillip regarda Haven retirer son tee-shirt. Il déboutonna sa propre chemise sans jamais quitter Haven des yeux. Le jeune homme retira son pantalon de survêtement gris en le faisant glisser le long de ses jambes, révélant des kilomètres de peau douce qui animaient en Phillip un désir presque incontrôlable. Il se ressaisit aussitôt. Il ne s'agissait pas de *son* désir, mais de celui d'Haven. Il posa sa chemise sur le dossier d'une chaise, retira ses chaussures et déboucla sa ceinture pour enlever son pantalon. Ils avaient déjà couché ensemble, mais dans une obscurité presque totale ; c'était la première fois qu'ils se découvraient nus.

— Pose ta tête sur l'oreiller et garde les bras le long du corps, ordonna Phillip. Respire profondément et ne pense à rien. Détends-toi, respire calmement. Concentre-toi sur ma voix.

Phillip essayait de rester calme et serein, mais la vue du corps nu d'Haven sur le lit ne l'aidait pas à se concentrer. Le corps du jeune homme était magnifique. Des années de dur labeur et de plein air lui avait forgé un corps musclé, fort et puissant.

Phillip grimpa sur le lit et s'installa à califourchon sur les jambes d'Haven. Il posa ses mains sur les genoux du jeune homme, et les laissa lentement, sensuellement remonter le long de ses cuisses musclées.

— Ta tête ne doit jamais quitter l'oreiller, pas même pour me regarder. Garde les yeux fermés et respire lentement.

Dans l'idéal, Phillip aurait aimé avoir de l'huile de massage, mais il se contenta du tube de crème pour les mains posé sur la commode.

— C'est très bien, l'encouragea-t-il d'un ton égal, ne pense à rien d'autre que mes mains sur ta peau.

Il massa les jambes d'Haven, s'attardant longuement sur l'intérieur de sa cuisse et sur ses hanches.

Le souffle d'Haven s'arrêta brusquement, puis reprit à nouveau.

— Ça fait du bien...

— C'est le but de la manœuvre. Je veux que tu te sentes suffisamment bien et en sécurité pour oublier tout le reste.

Phillip lui caressa ensuite le ventre, puis redescendit vers ses hanches, effleurant volontairement son sexe sans le toucher vraiment. Haven laissa échapper quelques grognements impatients, mais Phillip poursuivit son massage, impassible. Ses gestes se firent progressivement plus longs et plus intenses. Ses mains passèrent sur les tétons d'Haven, il les pinça brièvement entre deux doigts, et continua ses caresses comme si de rien n'était. Il passa inlassablement ses mains sur toutes les parties du corps du jeune homme, sauf celle qui demandait le plus d'attention. Phillip sentit le corps d'Haven se tendre peu à peu.

— Mets-toi sur le ventre, dit-il en se soulevant légèrement pour qu'Haven puisse se retourner sous lui. Je vais te donner quelques règles auxquelles il faudra obéir, tu es prêt ?

— D'accord, répondit doucement Haven.

— Tu ne bouges pas tes hanches à moins que je ne t'en donne la permission, et je veux que tu me préviennes immédiatement si je fais quelque chose qui ne te plait pas, d'accord ?

— D'accord.

Phillip se remit un peu de crème sur les mains et commença à masser les larges épaules du jeune homme. Il descendit progressivement, faisant de son mieux pour détendre tous les nœuds de muscles sous ses doigts, et Haven gémit. Il ajouta encore un peu de crème et ses mains se déplacèrent sur ses fesses, massant avec force les muscles qui roulaient sous la peau.

— Phillip... gémit Haven d'une voix hésitante, mais il ne l'arrêta pas, et Phillip écarta ses fesses pour les malaxer plus intensément, avant d'effleurer de ses doigts l'ouverture du jeune homme.

— Tu aimes ?

— Oui, murmura Haven en se cambrant.

— Tes hanches Haven. Rallonge-toi et ne recommence pas ou j'arrête.

Phillip retira ses mains et Haven se recoucha docilement. Phillip lui écarta de nouveau les fesses, fit délicatement passer ses doigts le long de la fente, et effleura son entrée avant de s'éloigner encore. Puis il se pencha en avant, posa ses lèvres sur la nuque du jeune homme et fit lentement glisser sa langue le long de sa colonne vertébrale, jusqu'entre ses fesses.

— Phillip, qu'est-ce que tu fais ? demanda Haven d'une voix tremblante, mais il resta immobile, obéissant.

— Ça te plait ? demanda simplement Phillip, son souffle à quelques millimètres à peine de la peau fine et fragile de l'entrée du jeune homme.

Haven hocha la tête, incapable de parler.

— Souviens-toi bien des règles, lui rappela Phillip avant de plonger sa langue pour desserrer un peu les muscles de son ouverture.

— Tu me fais perdre la tête, protesta faiblement Haven.

— Tant mieux, déclara Phillip en laissant sensuellement glisser ses doigts sur la peau délicate entre ses fesses.

Phillip humidifia un de ses doigts dans sa bouche, avant de le replacer à l'entrée d'Haven. Il taquina brièvement les bords du petit anneau de muscles, avant d'enfoncer lentement son doigt à l'intérieur. Haven prit une inspiration précipitée, mais il resta calme, comme s'il retenait son souffle en attendant de voir ce qui allait arriver.

— Respire profondément et lentement, lui rappela Phillip d'une voix apaisante en glissant son doigt plus profondément.

Haven écarta plus largement les jambes et Phillip souleva légèrement ses hanches pour saisir son sexe et le masturber lentement de son autre main.

— Phillip, s'il te plaît…

— Vas-y, l'encouragea Phillip, et Haven initia un mouvement de hanche pour tour à tour s'enfoncer dans sa main, puis s'empaler plus loin contre sa langue.

— Je vais jouir, Phillip ! lâcha Haven d'une voix rauque, et presque au même moment, il éjacula entre les doigts de son amant.

Phillip ramassa aveuglément un tee-shirt par terre pour essuyer sa main, puis il fit gentiment rouler le jeune homme sur le dos et l'essuya lui aussi avec des gestes tendres, avant de sortir du lit et d'éteindre la lumière.

— Et toi ? demanda Haven en se blottissant contre lui.

— Ne t'inquiète pas, essaie de dormir un peu.

Phillip poussa un soupir, conscient de chaque point de contact entre sa peau et celle du jeune homme avec une acuité presque douloureuse. Il

115

entendit sa respiration s'approfondir progressivement et sut qu'il s'était endormi. Peu lui importait l'état d'excitation dans lequel il était encore, s'il était parvenu à lui faire oublier sa douleur pendant quelques heures, c'était tout ce qui comptait.

IX

HAVEN SE réveilla, les yeux fixés au plafond de sa chambre, chambre dans laquelle il avait dormi presque toute sa vie. Il savait pertinemment qu'il ne parviendrait jamais à se rendormir, et rester là à regarder les taches d'humidité sur le plafond n'était pas très constructif. Il se leva, enfila un pantalon de survêtement et erra à travers la maison, pour finalement pousser la porte du bureau de son père. Il s'assit dans le fauteuil, alluma l'ordinateur et regarda l'écran comme s'il espérait que toutes les réponses à ses questions se révéleraient enfin.

Avant les funérailles, Phillip et lui avaient eu l'intention de passer tout le disque dur de son père au peigne fin, mais le destin, les voisins et de vieux amis en avaient décidé autrement et à peine Phillip et lui avaient-ils démarré le PC, qu'un coup à la porte avait annoncé le défilé solidaire de plats cuisinés maison, et de personnes qui tenaient à lui présenter leurs condoléances et à rendre hommage à son père. C'était agréable de savoir que ce dernier était apprécié et d'écouter les gens raconter leurs histoires à son sujet. Mais, malgré leur bienveillance et leurs paroles de réconfort, Haven ne parvenait pas à s'ôter de la tête que son père avait essayé de le voler. C'était presque comme si l'idée entachait à jamais ses souvenirs.

Les funérailles avaient eu lieu la veille et s'étaient déroulées dans un flou total pour Haven. Des dizaines et des dizaines de personnes qu'il connaissait à peine était venues au service commémoratif, insistant tous pour lui parler, avant et après le service. Le moment le plus dur avait été lorsqu'il avait invité les gens à dire quelques mots s'ils le souhaitaient. Beaucoup d'entre eux avaient accepté et avaient raconté leurs anecdotes à propos de son père. Haven savait que son père n'était pas un saint, mais il avait souri malgré lui en entendant ses vieux amis parler de l'époque où il jouait au football, quand il était jeune. L'émotion et la sincérité de tous ces mots étaient parvenus à lui faire oublier pendant un temps sa rancœur, mais assis là devant l'ordinateur, les doutes l'assaillirent de nouveau. Il avait désespérément besoin de réponses, il avait besoin de savoir si son père était malgré tout l'homme aimant qui lui avait acheté son premier poney, ou s'il avait menti et joué un rôle toute sa vie.

Après le service, Haven avait insisté pour rentrer chez lui. Il ne pouvait pas se cacher toute sa vie, il avait des responsabilités auxquelles il devait faire face. Mais assis seul dans le bureau de son père au beau milieu de la nuit, il commençait à regretter amèrement cette décision. Durant les funérailles, Phillip avait été à ses côtés à chaque pas. Il avait pris le temps de saluer toutes les personnes qui étaient venues et de leur parler pour éviter à Haven de le faire. Et tous les soirs depuis la mort de son père, il l'avait ramassé à la petite cuiller, prenant soin de lui et s'assurant qu'il dorme au moins quelques heures. Haven savait qu'il fallait qu'il se réhabitue à la solitude, parce qu'après tout, c'était sa vie maintenant ; il était seul, il allait devoir vivre seul, et gérer le ranch seul. Bien sur, il appréciait la présence de Phillip, mais il savait qu'il était stupide de penser qu'il resterait pour toujours. Phillip finirait bien par rentrer chez lui, il avait une vie là bas, et alors il devrait laisser Haven seul. C'est ainsi qu'Haven s'était retrouvé assis, seul, dans le bureau de son père à deux heures du matin, au lieu d'être au lit dans les bras de Phillip.

— Il va falloir t'y habituer, se réprimanda-t-il à voix haute. Phillip ne sera pas toujours là.

Il laissa tomber sa tête sur le bureau, à côté du clavier. En se levant, il s'était dit qu'il allait éplucher quelques dossiers, continuer à chercher des indices qui expliqueraient les agissements de son père, mais la vérité, c'était que même s'il croisait une anomalie dans les chiffres, il ne serait sans doute pas capable de la reconnaitre.

Dépité, il se releva, quitta la pièce et se rendit dans le salon où il se laissa lourdement tomber sur le canapé. Il alluma la télévision, se recroquevilla sous une couverture et laissa les images défiler sur l'écran sans vraiment les voir, hypnotisé par la lumière bleutée du téléviseur qui faisait danser des ombres sur les murs de la pièce. Il avait dû s'endormir sans s'en rendre compte, car lorsqu'il rouvrit les yeux, Phillip était penché sur le dossier du canapé et le regardait.

— Tu es tellement mignon quand tu dors, murmura ce dernier. Tu plisses un peu ton nez de temps en temps, comme si tu rêvais que tu étais un lapin.

— Ça fait longtemps que tu es là ? demanda Haven, incapable de décider s'il était vexé ou flatté d'avoir été comparé à un lapin.

— Un petit moment. Tout le monde est debout, répondit-il en penchant la tête sur le côté. Kahn a décidé de feuler toute la nuit. Mais ce n'est pas de sa faute, il a simplement du mal à s'habituer à sa nouvelle maison, d'après Wally.

Les yeux de Phillip brillaient de malice.

— Dakota a dit que s'il recommençait cette nuit, ils auraient un beau tapis en peau de tigre devant la cheminée.

Haven repoussa la couverture et s'assit.

— Je suis sur que Wally a apprécié, railla-t-il en inspirant profondément et en détectant l'odeur du café.

— Il connait Dakota par cœur, il sait qu'il plaisantait. J'ai préparé le café, ajouta Phillip.

— Merci, dit Haven en se dirigeant vers la cuisine.

Il sortit deux tasses du placard, les servit et en tendit une à Phillip en bâillant.

— J'ai très mal dormi, admit-il, en bâillant à nouveau.

— Moi aussi, lui dit Phillip, et Haven ne put réprimer un sentiment de satisfaction, il n'était donc pas le seul. Il semblerait que je dorme mieux avec ma fournaise personnelle dans le lit.

— Ta fournaise personnelle ? répéta Haven en haussant les sourcils.

Phillip se rapprocha de lui, posa sa tasse sur le comptoir, et Haven fit de même pour venir à sa rencontre, incapable de penser à autre chose qu'aux lèvres de Phillip sur les siennes. Le souvenir de leurs deux dernières nuits, le simple souvenir de la bouche de Phillip sur l'endroit le plus intime de son corps accéléra son rythme cardiaque et son corps se tendit.

— Oui, déclara Phillip contre ses lèvres, tu génères plus de chaleur que n'importe quel autre homme que j'aie pu rencontrer.

Haven sentit l'érection de Phillip contre sa hanche, et la sienne réagit aussitôt.

— Tu m'as tellement manqué cette nuit, murmura Phillip, son souffle chaud tout contre sa peau.

Puis il l'embrassa enfin, glissa la langue entre ses lèvres sans attendre et posa une main sur sa nuque pour approfondir le baiser. Lorsqu'il le rompit, Haven, hébété, se sentit vaguement tiré hors de la cuisine, et lorsqu'il retrouva l'usage complet de son cerveau, Phillip le poussait sur le canapé. Il lui ôta son pantalon de survêtement et saisit immédiatement son sexe. Haven poussa un petit gémissement plaintif, mais son compagnon le fit taire d'un baiser. Il essaya de retirer les vêtements de Phillip, mais chaque fois qu'il était sur le point de réussir, ce dernier le distrayait avec un baiser.

Il glissa son autre main derrière Haven, taquinant son ouverture. Puis il retira sa main, porta ses doigts à sa bouche pour les humidifier, avant de les reconduire entre ses jambes. Lentement, Haven sentit un doigt le pénétrer tandis que l'autre main le masturbait avec des gestes sûrs et rapides. Au début, il essaya instinctivement de s'éloigner en se cambrant, confus, effrayé, pas certain d'aimer ces sensations nouvelles, mais quelques secondes plus tard, Phillip toucha quelque chose en lui et des étoiles dansèrent derrière ses paupières fermées.

— Voilà, on y est, le cajola Phillip avant de l'embrasser à nouveau.

Retirant sa main du sexe d'Haven, il se laissa légèrement glisser le long de son corps pour être à la hauteur de son entrejambe, et passa sa langue tout autour de son gland tout en enfonçant plus profondément son doigt en lui.

Haven sentit la chaleur humide et étroite de la bouche de Phillip se refermer sur lui, touchant cet endroit magique à chaque fois. Il se détendit peu à peu, et ses hanches se mirent à suivre et épouser le va et vient de son doigt. Le mélange des sensations était étourdissant et Haven ne savait plus sur laquelle se concentrer. La frustration l'emporta sur sa volonté et il s'abandonna au plaisir en enfonçant son sexe dans la bouche talentueuse de Phillip.

— Encore, s'il te plaît, gémit-il, mais Phillip ne céda pas, maintenant le rythme tortueux de sa bouche et de son doigt pour garder Haven au bord de l'orgasme, sans jamais le laisser plonger.

Puis il recula la tête et leva les yeux vers lui.

— Maintenant, je veux que tu jouisses pour moi, juste comme ça. Je veux te goûter.

— Je ne peux pas, gémit doucement Haven.

— Si, tu peux. Fais-le pour moi.

Phillip n'ajouta rien et le reprit dans sa bouche. Haven sentit sa frustration et son désir augmenter, le menant plus haut, toujours au bord du précipice jusqu'à ce qu'enfin, il bascule. Il sentit le plaisir embraser son esprit avec une intensité qui lui fit presque perdre connaissance, puis il jouit dans la bouche de Phillip.

Haven sentit sa tête heurter le bras du canapé lorsqu'il se cambra violemment, et dans l'instant suivant, son corps se relaxa complètement. Reprenant son souffle, il ouvrit les yeux pour regarder Phillip et le vit qui lui souriait. Sans attendre davantage, il s'extirpa de sous son amant, se mit à genoux devant le canapé et l'attrapa par les hanches pour ouvrir son pantalon et défaire sa chemise. Il caressa son ventre avec révérence, se pencha et prit le sexe lourd et tendu de Phillip aussi profondément qu'il le put, faisant glisser sa langue le long de la veine du gland à la base. Phillip gémit, ce qui ne fit qu'encourager encore plus Haven.

— Mon Dieu, Haven, murmura Phillip en donnant un bref coup de hanche incontrôlé. Tu deviens sacrément doué.

Le jeune homme ne répondit pas, mais le compliment attisa son désir et il intensifia la fellation en se gorgeant des petits bruits de satisfaction et des mots d'encouragements qui échappaient à son amant. Puis Phillip glissa ses doigts dans ses cheveux et se mit à aller et venir dans sa bouche, tout en lui tenant la tête.

— Haven, prévint-il doucement avant de jouir avec force.

Phillip recula, tira Haven avec lui sur le canapé et les installa allongés pour le tenir dans ses bras.

— Ça t'a plu ? demanda Haven incertain.

Phillip secoua lentement la tête, comme pour reprendre ses esprits.

— Tu as été incroyable. Incroyable.

Rassuré et réconforté par les mots de Phillip, Haven ferma les yeux. Lorsqu'il les rouvrit, la lumière du soleil baignait le salon et Phillip ronflait légèrement. L'agitation d'Haven ne tarda pas à le réveiller, et il lui sourit avant de relever la tête et de regarder autour de lui.

— On a fait fort, dit-il en constatant l'état dans lequel ils étaient.

Haven était presque nu, son pantalon baissé au niveau de ses genoux.

— Je suis simplement content que Kade n'ait pas décidé de venir voir ce que je faisais, sinon on l'aurait probablement traumatisé à vie, déclara Haven.

Ils se mirent à rire et Phillip se rhabilla tant bien que mal.

— J'adorerais passer le reste de la journée au lit avec toi, ou sur le canapé, n'importe où du moment que tu es nu, mais à l'origine j'étais venu voir si je pouvais t'aider avec les comptes du ranch.

Haven se redressa et remonta son pantalon.

— Je m'en doutais, mais j'avoue que c'était agréable de pouvoir oublier tout ça pendant un moment.

— Je sais bien, mais dis-toi qu'on trouvera peut-être l'indice manquant aujourd'hui.

Haven n'y comptait pas vraiment, mais il hocha la tête et accompagna Phillip jusqu'au bureau avant de continuer vers la salle de bain. Il se doucha, s'habilla et passa voir où en était Phillip. Il le découvrit en train de taper sur le clavier de l'ordinateur et de prendre des notes sur un bloc à côté de lui.

Il ressortit sans faire de bruit pour ne pas le déranger, et quitta la maison.

— Salut la marmotte, l'appela Kade alors qui était en train de changer la paille dans les stalles. Je commençais à penser que tu allais dormir toute la journée.

— Non, seulement la moitié, plaisanta Haven. Phillip est dans le bureau, il regarde les comptes. Je ne sais pas combien de temps ça va lui prendre, mais je dois vérifier les troupeaux.

Kade hocha la tête.

— Il y a une section de clôture d'un enclos qui doit être réparée une fois que j'en aurais terminé ici, ajouta Kade en attrapant les poignées de la brouette. Je me demandais ce que tu voulais que je fasse avec la selle de Jake.

— Mets-la de côté pour le moment. Quand tout ça sera réglé, j'espère que j'aurais encore les moyens de m'acheter un cheval.

Il détestait l'idée de remplacer Jake, mais ils avaient besoin d'un autre animal pour faire le travail.

— Pas de souci, répondit Kade, mais au lieu de s'éloigner, il continua à le regarder comme s'il avait quelque chose à ajouter.

— Qu'est-ce qu'il y a ?

— Eh bien, commença Kade en retirant l'un de ses gants pour se passer une main sur la nuque. J'aimerais m'absenter quelques temps. Pas maintenant, tout de suite, bien entendu, mais la sœur de ma mère et son mari ont un ranch au Montana et ils m'ont demandé de venir travailler pour eux. Ils ont besoin de quelqu'un pour les aider à gérer les troupeaux. Ils souhaitent que je prenne en main toute l'opération. Ils n'ont pas d'enfant à eux et ils aimeraient que le ranch reste dans la famille…

Kade se dandina maladroitement d'un pied sur l'autre. Haven ne savait pas quoi lui répondre, il était pris de court.

— Je les ai prévenus que ce ne serait pas pour tout de suite, mais ils aimeraient que je vienne visiter le ranch une première fois d'ici quelques semaines, histoire de peaufiner les détails ensemble. J'espère que tu ne m'en veux pas trop...

Une myriade d'émotions assaillit les sens d'Haven. Il était content pour son meilleur, mais il était également terrorisé ; comment allait-il s'en sortir si Kade le quittait lui aussi ?

— Bien sûr que non, je ne t'en veux pas. Je suis heureux pour toi. C'est une grande opportunité, tu ne peux pas la laisser passer, le rassura-t-il en essayant de sourire malgré sa tristesse. Tu penses que tu reviendras ?

— Bien sûr ! Et puis... on va se voir au mariage, annonça Kade d'un ton grave, avant d'éclater de rire. J'espérais que tu accepterais d'être mon témoin.

Le sourire d'Haven cette fois, était grand et sincère.

— J'en serais honoré.

— Bien. Le mariage aura lieu à l'église en ville au printemps prochain. La famille de Penny est toujours dans le coin, donc je reviendrai souvent. Tu ne vas pas te débarrasser de moi aussi facilement.

Kade sourit, l'excitation évidente dans le son de sa voix.

— Passe à la maison ce soir après ta journée, on fêtera ça.

Kade acquiesça, ramassa la brouette et retourna au travail, d'un pas enjoué. Haven retourna à l'intérieur et suivi le bruit de pianotage frénétique sur le clavier.

— Phillip, je vais m'occuper du bétail, dit-il en passant sa tête dans le bureau. Si tu as besoin de moi, appelle-moi sur mon téléphone portable.

— D'accord, lui répondit Phillip sans relever la tête, et Haven retourna à la grange.

Son premier instinct fut d'aller à la stalle de Jake. Il s'arrêta lorsqu'il se rendit compte de ce qu'il était en train de faire, et se dirigea vers une autre stalle. Il sella le cheval de son père, Dusty, et se rendit à la prairie Est, où la majeure partie de son troupeau paissait. Lorsqu'il montait Jake, il avait pris l'habitude de bavarder à voix haute, comme si son fidèle cheval pouvait comprendre. Mais assis sur Dusty, il était silencieux et contemplatif. Il pensait à Phillip, à son père, et au ranch. Travailler à l'extérieur l'avait toujours calmé, mais aujourd'hui, la terre ne semblait pas parvenir à lui faire trouver la paix intérieure. Il se sentait agité et inquiet. Son père était mort, et voilà qu'il découvrait qu'il avait essayé de...

— Et merde ! dit-il à voix haute.

Il était fatigué de ressasser sans cesse les mêmes idées noires. Phillip faisait tout ce qu'il pouvait, et quoi que son père ait fait, Haven ne pouvait rien y changer. Il ne servait à rien de se torturer en ruminant, la seule solution maintenant était de gérer les dommages collatéraux au fur et à mesure.

La prairie semblait calme et le bétail en parfaite santé, au grand soulagement d'Haven. Il resta assez loin du troupeau pour ne pas les effrayer, mais suffisamment proche pour avoir un bon aperçu général. Il longea l'extérieur de la clôture avec attention, à la recherche d'éventuelles traces de loup ou d'autres signes de prédateurs, mais ne trouva rien.

Haven leva les yeux vers le soleil qui brillait déjà haut dans le ciel, et rentra au ranch. Il conduisit Dusty dans l'un des paddocks, et fut surpris de trouver Phillip allongé sur le canapé, une bière à la main, en entrant dans la maison.

— Tu as trouvé quelque chose ? demanda Haven, déchiré entre son anxiété et son envie de comprendre enfin ce qui se passait.

— Oui, mais je ne sais pas comment tu vas réagir, répondit Phillip. Pourquoi ne vas-tu pas te chercher une bière ? Viens t'asseoir avec moi, je vais te dire ce que j'en pense.

Haven hocha la tête, ouvrit le réfrigérateur et prit une bière, ainsi qu'une assiette avec du fromage et un reste de viande qu'il amena avec lui.

— Alors ? demanda-t-il en s'asseyant dans le canapé, qu'est-ce qu'il a fait ?

— Je pense que ton père s'apprêtait à vendre le ranch, déclara Phillip en se redressant pour lui faire de la place.

— Il… quoi ? Ses grands-parents ont bâti cet endroit, il y a des décennies. Pourquoi aurait-il fait ça ? Tu dois te tromper, protesta Haven, mais même en prononçant ces mots, le doute s'emparait déjà de lui.

Phillip secoua lentement la tête.

— Je ne pense pas. Il était en train d'engranger de la trésorerie, comme tu l'as vu dans ces comptes et il semblait prêt à tout liquider. Au cours des dernières années, il a cessé d'acheter le matériel dont il avait besoin. Tu as dû le remarquer, non ?

Haven acquiesça. Il avait presque été obligé de supplier son père chaque fois qu'il avait besoin d'acheter quoi que ce soit.

— Il avait aussi fait estimer certaines parcelles de terrain, poursuivit Phillip. Je n'ai pas la liste exacte de toutes les terres qui vous appartiennent, mais à mon avis il voulait tout vendre.

— Mais il ne pouvait pas vendre, pas sans ma permission, expliqua Haven. Je suis propriétaire d'une partie du ranch.

— En fidéicommis seulement, le corrigea Phillip. J'ai également trouvé ces documents qui stipulent qu'il avait procuration jusqu'à ce que tu aies exercé tes droits. Ce qui signifie qu'aussi longtemps que tu ne disais rien et que tu ne les faisais pas révoquer, il pouvait vendre le ranch sans ton accord. Le temps que tu comprennes ce qui se passait, il aurait été trop tard pour faire valoir tes droits.

Phillip se pencha sur l'assiette posé sur la table basse et enroula un morceau de viande autour d'un bout de fromage.

— J'ai trouvé au moins un demi-million de dollars sur différents comptes et j'ai été capable de faire correspondre les dépôts sur ces comptes avec des retraits sur les comptes du ranch.

— Pourquoi aurait-il fait ça ? demanda Haven d'une voix faible.

Il avait l'impression qu'il allait être malade.

— Je ne connaissais pas ton père. Je ne l'ai rencontré qu'une fois, mais je pense qu'il considérait probablement le ranch comme étant le sien, et par conséquent tout l'argent comme étant sien également.

— Quel enfoiré ! s'écria Haven en se concentrant sur le plafond et en respirant calmement pour essayer de contrôler sa colère. Quel espèce de vieux salopard égoïste !

Il se laissa retomber contre le canapé en essayant tant bien que mal d'encaisser tout ce que Phillip venait de lui apprendre. Le pire dans cette histoire, c'était qu'il le savait, au fond de lui il le savait. Il pouvait le nier tant qu'il voulait, il savait que ce que Phillip avait dit était probablement vrai. C'était logique : les coupes franches sur les dépenses, sa réticence à remplacer quoi que ce soit, son absence presque totale d'intérêt pour quoi que ce soit concernant le ranch, sauf pour les livres de comptes.

— Depuis combien de temps avait-il planifié ce projet ?

— Il a commencé à faire estimer vos terres il y a plus d'un an, répondit Phillip.

Haven le dévisagea.

— Je suis désolé, Haven, mais on dirait qu'il avait tout prévu depuis un moment.

— Le sale menteur !

Phillip se leva et se mit à arpenter la pièce.

— Écoute, je pense que tu ferais mieux de consulter un avocat.

Haven donna un coup de poing dans un des coussins du canapé. Il aurait voulu crier, mais il savait que c'était inutile. Son père était mort, et il ne lui restait plus qu'à payer les pots cassés.

— Attends ! Un avocat ? Pourquoi j'aurais besoin d'un avocat ?

— Au moins pour faire authentifier son testament. J'en ai trouvé une copie dans le bureau. Il a eu la décence de tout te léguer, mais il faut que tu t'assures que tout est en règle d'un point de vue légal.

Phillip s'arrêta finalement de marcher et se tint debout face à lui.

— Comment peux-tu être si calme ? Je deviendrais fou à ta place.

Haven savait qu'il aurait dû être en colère, mais il était trop tard pour ça.

— Mon père est mort, et quelque part, j'ai toujours su que c'était un salaud. Je savais qu'il ne m'avait jamais vraiment aimé. Je ne sais pas pourquoi. J'étais son seul fils, mais il ne m'a jamais porté d'attention, soupira Haven.

Il était fatigué, physiquement et émotionnellement.

— Je suppose que je devrais être en colère c'est vrai, mais je n'en ai pas le temps, ni l'énergie. Je dois recoller les morceaux et décider de ce que je vais faire. J'ai encore le ranch et j'ai l'argent que Papa avait mis de côté. Tu as retrouvé tous les comptes sur lesquels il stockait l'argent ?

Le regard de Phillip s'éclaira.

— Oui. Il m'a fallu du temps pour comprendre comment il s'y était pris, mais j'ai été en mesure de déterminer les intervalles et la façon dont il a transféré l'argent. Il était méticuleux dans ses dossiers, et même s'il plaçait de l'argent dans ton dos, il a gardé des registres détaillés de toutes les transactions. Il avait apparemment des comptes dans toutes les banques de la région. Il avait aussi de l'argent dans certaines banques en ligne. Je les ai toutes identifiées, mais je n'ai pas les mots de passe pour accéder aux comptes. C'est quelque chose dont l'avocat pourra s'occuper. Qu'est-ce que tu vas faire maintenant ? demanda-t-il en se rasseyant à ses côtés.

— Ce que j'ai toujours fait, j'imagine.

Haven posa sa tête sur l'épaule de Phillip.

— Garder le ranch, je pense. Maintenant au moins, je sais que j'ai assez d'argent, mais ça va quand même être difficile. Kade s'en va aussi, lui annonça Haven.

D'abord son père, puis Jake et maintenant Kade. Haven ferma les yeux, il ne savait plus s'il avait envie de crier ou de pleurer. Sa vie n'avait pas été parfaite, mais jusque-là, elle lui était familière et il s'était senti relativement en sécurité et heureux. À présent tout volait en éclats.

— J'ai besoin de temps pour réfléchir, dit-il doucement, presque pour lui-même.

— Tu veux que je m'en aille ? demanda Phillip.

— Non ! Oui.

Il soupira.

— Et merde ! Je n'en sais rien.

Il releva la tête.

— De toute façon, tu vas me quitter comme tout le monde, dit-il se renfonçant dans le canapé. Tu n'es là que pour les vacances. C'est simplement un voyage pour toi, tu ne fais que t'amuser avec le gamin du ranch d'à côté. Dans une semaine ou deux, tu rentreras chez toi et tu me laisseras toi aussi.

Haven entendit le ton de sa voix augmenter, alors que ses pensées et ses sentiments se mélangeaient dans sa tête.

— Peut-être que tu ferais mieux de t'en aller maintenant, ça m'épargnera la douleur d'avoir à te dire au revoir.

Il se sentait à fleur de peau. Il sauta sur ses pieds, et s'éloigna, tournant le dos à Phillip tant qu'il pouvait encore le faire.

— Haven, appela Phillip, la voix nouée d'émotion.

Haven ralentit, prêt à céder, prêt à se tourner et à le regarder dans les yeux... Son cœur le suppliait de faire demi-tour, de faire face à Phillip. Et il savait pourquoi, il le savait ! Il avait commis l'irréparable. Il était tombé amoureux de Phillip comme un adolescent en mal d'amour, s'éprenant de la première personne qui lui montrait un tant soit peu d'attention. Il savait que Phillip n'était là que temporairement et pourtant, il s'était fait avoir et il était quand même tombé amoureux.

— Phillip, répondit-il la voix brisée, les genoux tremblants. On s'est bien amusé toi et moi, mais j'ai beaucoup de choses à faire, et il faut que tu rentres chez toi, les vacances sont finies. Je ne peux pas continuer comme ça, je suis désolé. Je ne peux pas jouer avec mon cœur comme ça, il est trop fragile en ce moment.

Haven pouvait presque sentir la main que Phillip lui tendait dans son dos, mais il s'éloigna.

— Haven, je ne pars que dans quelques jours, j'ai pensé...

Haven leva la main pour lui indiquer de se taire.

— Je ne peux pas, Phillip, tu comprends ? J'ai une vie et un ranch à rebâtir et…

Les émotions d'Haven franchirent la dernière barrière qui les retenait.

— Je suis tombé amoureux de toi Phillip, et si je n'ai aucun espoir de garder mon cœur intact, je ne peux pas continuer comme ça maintenant. Je ne peux pas nier ce que je ressens et je ne supporterais pas ton départ. Alors oui, on pourrait profiter de ces derniers jours pour nous amuser ensemble, mais je vais passer chaque minute qui nous reste à espérer que tu choisisses de rester, alors que je sais très bien que ça n'arrivera pas. Et je refuse de vivre ça, Phillip.

Haven regarda Phillip qui restait silencieux et immobile.

— Si tu ne pars pas, c'est moi qui m'en vais. J'ai des choses à faire en ville.

Haven se dirigea vers la porte, espérant de toutes ses forces que Phillip le retienne, qu'il lui dise qu'il l'aimait aussi. À chaque pas qu'il fit, il garda espoir, jusqu'à ce que la porte se referme derrière lui.

Il réussit à se rendre jusqu'à son pick-up sans s'effondrer et s'engagea sur la route avant que ses yeux s'embuent de larmes. Il se gara sur le bas côté, posa sa tête sur le volant et céda à la douleur qui menaçait de l'engloutir complètement depuis des jours. D'autres véhicules passèrent à côté de lui, mais Haven n'y prêta aucune attention, trop perdu dans ses sentiments pour s'en soucier. Il se pencha vers la boîte à gants, trouva une vieille serviette en papier et s'essuya les yeux. Il tenta sans succès de ravaler le nœud dans sa gorge, puis il reprit la route, se dirigeant vers la ville en prenant les routes familières dans une sorte de transe.

Il acheta tout ce dont il avait besoin pour le ranch, puis se réinstalla derrière le volant et appela l'avocat que Dakota lui avait recommandé. L'avocat l'écouta attentivement et lui promit qu'il allait étudier le dossier. Il avait l'air sincèrement choqué par cette histoire, ce qu'Haven prit comme un bon signe. Il redémarra et rentra au ranch en ouvrant en grand la fenêtre conducteur pour faire entrer un peu d'air frais. Il alluma la radio pour tenter de noyer ses pensées et se retrouva bientôt à fredonner la musique. Il s'arrêta à une intersection et mit son clignotant.

— Hé, pédé !

Haven regarda d'où provenait l'injure et vit le visage au nez tordu d'Herbie passer par la fenêtre de son pick-up, juste à côté.

— Oui, toi ! Alors qu'est-ce que ça fait d'en prendre plein le cul ?

128

C'était l'injure de trop. Toute la colère et la frustration qui bouillonnaient en lui depuis des heures jaillirent à la surface et Haven perdit tout son calme. Il bondit hors de son pick-up, courut vers Herbie et arracha pratiquement sa portière.

— C'est à moi que tu parles, espèce de petite merde au nez crochu ? grogna-t-il en le tirant hors de son véhicule.

Il était sur le point de lui envoyer son premier coup de poing lorsqu'il entendit un bruit sourd de pieds sur l'asphalte ; les deux compères d'Herbie sautèrent de l'arrière du pick-up.

Herbie ricana en se dégageant de l'emprise d'Haven.

— On va voir qui est la petite merde quand on en aura fini avec toi, sale pédé !

Haven ne vit jamais arriver le coup qui s'abattit dans son dos.

X

PHILLIP QUITTA la maison d'Haven complètement hébété, et retourna chez Wally et Dakota. Il avait désespérément espéré que Wally serait là pour lui parler, mais son pick-up n'était pas dans la cour, il avait dû recevoir un appel. En rentrant, il trouva Jefferson dans le salon, endormi dans son fauteuil devant un tournoi de golf. Il s'assit sur le canapé, mais ne prêta pas attention à la télévision.

— Qu'est-ce que c'est que cet air de chien battu fiston ? demanda Jefferson.

Comme s'il avait cru entendre parler de lui, l'un des chiens de Wally et Dakota poussa la porte d'entrée entrouverte avec son museau et sauta sur le canapé. Il s'installa les pattes arrière sur le bras du canapé, et les pattes avant sur la chaise de Jefferson pour qu'il puisse poser sa tête sur les genoux du vieil homme. Le père de Dakota posa sa main sur le dos du chien.

— Des problèmes, mon garçon ?

— On peut dire ça comme ça, répondit Phillip sans quitter la télévision du regard.

— Les choses ont changé, pas vrai mon petit ?

La voix de Jefferson était étonnamment claire et articulée ce jour là.

— Tes vieilles méthodes ne fonctionnent plus.

— Je ne crois pas vouloir revenir à mes 'vieilles méthodes', avoua Phillip sur un ton résolu.

Il se retourna sur le canapé pour faire face au vieil homme.

— Vous êtes sûr d'avoir envie d'entendre mes problèmes ?

Jefferson sourit en coin.

— Bien sûr, dis-moi tout. Après avoir prêté l'oreille à Wally et Dakota, je crois que plus rien ne pourra jamais me choquer. C'est incroyable ce que les gens peuvent faire ou dire quand ils pensent que vous êtes endormi.

— Jefferson, s'exclama Phillip en souriant, vous êtes un renard rusé !

Jefferson afficha une expression satisfaite et malicieuse.

— Dis-moi quel est le problème, je suis peut-être en fauteuil roulant, mais j'ai toujours mon cerveau, même si parfois il s'embrouille un peu, ajouta-t-il en caressant doucement le gros chien sur ses genoux.

— C'est Haven, confessa Phillip. Non, ce n'est pas ce que je voulais dire. Bien sur que non, Haven n'est pas le problème, c'est moi le problème, se corrigea-t-il. Je….

C'était beaucoup plus difficile d'en parler qu'il l'aurait imaginé.

— Jusqu'ici, tu passais d'homme en homme pour prendre du bon temps, comme un étalon, mais tu ne restais jamais bien longtemps, commença Jefferson sans le ménager.

— Oui, mais ce n'est pas ce dont j'ai envie avec Haven. Je sais que sa vie est ici, que le ranch *c'est* sa vie. Et je sais qu'il aime cette vite, je sais tout ça.

Ce qu'il ne savait pas, c'était comment expliquer qu'il avait parfois l'impression de ne pas trouver sa place dans cette vie.

— Et tu penses que tu ne peux pas – ou ne veux pas – te battre contre ça, continua Jefferson tandis que le chien poussait sa tête dans la main du vieil homme pour réclamer plus de caresses. J'ai toujours pensé qu'on menait une bonne vie ici, mais elle n'est pas faite pour tout le monde. La vie sur un ranch peut parfois paraître dure, mais elle est aussi pleine de beauté.

En disant ces mots, Jefferson tourna son regard vers la fenêtre.

— Il n'y a pas de spectacle semblable au Wisconsin, dit-il en éteignant la télévision. Permets-moi de te poser une question, est-ce que tu as déjà envisagé de rester ? Est-ce que tu en as parlé avec Dakota et Wally ?

— Non. Je n'y ai jamais vraiment pensé, répondit-il honnêtement. Pourquoi ? demanda-t-il en se rapprochant. Ils vous ont dit quelque chose ?

— J'entends peut-être beaucoup de choses, mais ça ne signifie pas que je suis une commère jeune homme, répliqua Jefferson, les yeux pétillants.

Il savait quelque chose, Phillip en aurait mis sa main à couper.

— Je vais te dire exactement ce que j'ai dit à Dakota l'année dernière. Tu n'as pas beaucoup de chance en amour, alors si tu penses l'avoir trouvé, tu devrais tout faire pour le garder.

La respiration de Jefferson se fit plus lourde, comme s'il était fatigué.

— Est-ce que tu l'aimes ? Et plus important encore, est-ce que tu crois qu'il t'aime ?

Phillip réfléchit une seconde. Il sursauta en repensant à ce qu'Haven lui avait dit, les mots résonnant dans sa tête. Il ne l'avait pas écouté, il était complètement passé à côté. Haven lui avait dit qu'il l'aimait.

— Qu'y a-t-il ? demanda Jefferson en laissant retomber sa tête contre l'appuie-tête du fauteuil roulant.

Phillip bondit hors du canapé.

— Je dois y aller. J'ai été un parfait imbécile, il faut que je répare mes erreurs avant qu'il ne soit trop tard.

Phillip passa la porte d'entrée au pas de course et descendit les marches du perron à toute allure.

— Qu'est-ce qui t'arrive ? demanda David en s'essuyant les mains sur un chiffon près du robinet.

Phillip se contenta d'un geste impatient de la main en regardant les pick-up du ranch. Il pensa à prendre sa voiture, mais il savait qu'elle ne survivrait pas aux routes de campagne.

— Je dois aller en ville, lui expliqua Phillip paniqué, et David lui lança un trousseau de clefs.

— Le pick-up à côté de celui de Mario.

— Merci, cria Phillip en grimpant dans le véhicule avant de démarrer le moteur.

Il s'apprêtait à quitter le ranch, lorsqu'il croisa le pick-up d'Haven qui tournait dans l'allée pour s'arrêter brusquement en plein milieu de la cour de Dakota. Phillip pila. Il vit la portière s'ouvrir et une jambe émerger. Le pied toucha le sol et une seconde plus tard, Haven s'écroula au sol. Phillip laissa son véhicule là où il était. Sans réfléchir, il se précipita dehors et courut vers Haven.

— Appelez une ambulance !

David fonça vers la maison et Mario sortit de la grange pour leur venir en aide.

— Appelle Dakota et Wally ! Il a besoin d'aide ! cria-t-il en baissant les yeux sur sa chemise couverte de sang.

Haven fut secoué d'une quinte de toux et du sang jaillit de sa bouche. Il arrivait à respirer, mais Phillip n'avait aucun moyen de savoir si ses poumons étaient remplis de sang ou non.

— L'ambulance va arriver, l'informa David en revenant. Qu'est-ce qui s'est passé ?

— Vu les traces sur son visage, je dirais qu'il a été battu, répondit Mario en posant une couverture sur Haven.

— Ne bouge pas, murmura Phillip en le tenant lorsque le jeune homme tenta de se relever. L'ambulance arrive. Où est cette putain d'ambulance ? explosa-t-il en relevant la tête, son cœur cognant à tout rompre contre sa poitrine.

Enfin, après ce qui sembla durer une éternité à Phillip, des sirènes se firent entendre au loin, se rapprochant de plus en plus. Un pick-up entra dans l'allée et Phillip vit Dakota en sortir, claquant la portière si fortement derrière lui que tout le véhicule fut secoué. David déplaça son pick-up qui était resté au milieu du chemin, et l'ambulance, un camion de pompiers et une voiture de police entrèrent dans la cour.

Les ambulanciers se précipitèrent hors de leur véhicule pour atteindre Haven et leur posèrent tout un tas de questions auxquelles personne ne pouvait malheureusement répondre. Les agents de police et les pompiers posèrent encore plus de questions, mais ils ne purent rien leur fournir de plus que l'identité d'Haven.

— Il est sorti comme ça de son pick-up, expliqua Phillip en pointant du doigt le véhicule encore au milieu de la cour. Et il est tombé. On pense qu'il s'est fait tabassé, mais je ne peux pas vous dire par qui, ni ce qui s'est passé exactement.

Phillip répondit aux questions des agents de police, sans jamais quitter des yeux le personnel médical qui s'occupait d'Haven.

— Comment va-t-il ? demanda Phillip.

Il se doutait que la police n'était pas plus à même de répondre que lui, mais il fallait qu'il demande.

— Je ne sais pas, monsieur, répondit l'un des agents.

Un ambulancier apporta une civière du camion et ils installèrent Haven dessus.

— Où vont-ils l'emmener ? demanda Phillip en regardant alternativement Dakota puis l'agent de police, espérant que l'un d'eux le saurait.

— Ils l'emmènent à l'hôpital du comté, répondit cliniquement l'agent. Phillip secoua la tête.

— Merci Inspecteur La Logique, je parie que vous êtes très bon dans votre travail, dit-il en regardant l'agent. Pourquoi êtes-vous encore ici ? Manifestement, vous ne pouvez rien faire pour personne.

— Phillip, l'interrompit Dakota en se plaçant à côté de lui. Calme-toi. Ça va bien se passer.

— Alors qu'il fasse quelque chose ! Haven est couvert de sang et tout ce qu'il fait, c'est poser encore et encore les mêmes questions stupides ! Il devrait déjà être parti pour chercher qui a fait ça.

Phillip était en train de perdre son sang froid. Il regarda les ambulanciers lever Haven du sol et le porter dans l'ambulance. Il s'avança un peu pour tenter de le voir. Il avait les yeux fermés et se tenait parfaitement immobile. Phillip ne savait même pas s'il respirait.

— Est-ce que je peux monter avec lui ?

— Êtes-vous de la famille ? lui demanda l'un des ambulanciers.

— Non. Son père est mort il y a quelques jours et il n'a pas d'autre famille dans la région. Je suis son ami.

Phillip dut se faire violence pour ne pas leur dire qu'il était le petit ami d'Haven. Après leur conversation plus tôt, il n'était plus très sûr de ce qu'ils étaient l'un pour l'autre. Mais ce dont il était certain, c'était qu'il refusait de perdre Haven.

— Il n'y a pas beaucoup de place, répondit l'autre ambulancier en montant dans le véhicule.

— Nous allons vous suivre, répondit Dakota et il guida Phillip vers son pick-up.

L'ambulance mit la sirène, suivie de la voiture de police, et Dakota leur emboîta le pas sans attendre.

L'ambulance roulait à vive allure et Dakota fit de son mieux pour les suivre. Ils arrivèrent à l'hôpital quelques minutes après l'ambulance. Ils se précipitèrent vers l'entrée des urgences et Phillip expliqua à la dame de la réception qu'il était là pour voir Haven Jessup.

— Ils viennent juste de l'amener. Les docteurs doivent d'abord évaluer son état. Je note sur son dossier que vous êtes là. Vous pouvez aller vous asseoir dans la salle d'attente.

Ils s'assirent côte à côte sur deux chaises en plastique.

— Que s'est-il passé aujourd'hui ? demanda Dakota. Je m'attendais à ce que tu sois avec Haven toute la journée.

Phillip tenta de lui expliquer le plus clairement possible.

— Haven m'a dit qu'il m'aimait et je n'ai rien entendu.

Il se tourna vers les doubles portes qui menaient aux salles d'opération.

— Et si je n'avais plus jamais la chance de lui dire ce que je ressens ?

— Qu'est-ce ce que tu ressens ? demanda doucement Dakota.

Phillip s'était posé la même question quelques heures plus tôt, lorsqu'il était parti de chez Haven.

— Je ne sais pas… Je n'ai jamais ressenti ça avec qui que ce soit auparavant.

— Que te dit ton cœur ? insista Dakota.

— Que j'ai été un imbécile, que j'aurais dû le retenir, et que maintenant, je pourrais bien le regretter pour le reste de ma vie.

Phillip appuya ses paumes sur ses yeux pour se reprendre.

— Que dois-je lui dire, si j'ai la chance de lui reparler ?

Dakota sourit et lui donna un petit coup d'épaule.

— Reste toi même, ouvre-lui ton cœur et tout ira bien. Tu dois juste être honnête avec toi, et avec lui.

La porte s'ouvrit et un médecin s'avança dans leur direction.

— Phillip Reardon ? demanda-t-il et Phillip se leva à toute vitesse.

— Comment va Haven ? Est-ce qu'il va s'en sortir ?

Les questions défilaient à toute vitesse.

— Nous n'en savons rien pour l'instant. Il a été pris en urgence. Il présente de multiples blessures internes. Nous en saurons plus dans quelques heures, lui expliqua calmement le médecin.

Phillip le remercia et se laissa retomber sur sa chaise en regardant le docteur s'éloigner.

Les heures s'écoulèrent avec une lenteur agonisante. Wally se joignit à eux dans la salle d'attente, et Dakota lui donna les dernières informations, puis il appela Kade pour le tenir également au courant. À peine avait-il raccroché que son téléphone se remit à sonner.

— Je dois y aller, c'est pour le travail. Vous m'appelez dès qu'il y a du nouveau ?

Phillip hocha distraitement la tête en fixant du regard la porte par laquelle le médecin était parti. Il espérait que lorsqu'il reviendrait, ce serait avec des bonnes nouvelles.

— Phillip, appela Dakota pour le sortir de sa transe. Je vais chercher du café, tu veux quelque chose ?

Phillip hocha la tête en guise de réponse et Dakota s'éloigna, le laissant seul. Il ne pouvait rien faire, il sentait inutile et impuissant assis là sur sa chaise. Il sursautait chaque fois que quelqu'un entrait ou sortait par la porte. Il se leva et commença à faire les cent pas, sa nervosité prenant le dessus. Tout ce dont il avait besoin, c'était que quelqu'un lui dise que tout allait bien se passer. Dakota revint, une tasse dans chaque main. Phillip prit celle qu'il lui offrait et la regarda comme s'il ne savait pas quoi faire avec.

— Il va s'en remettre, Phillip. Haven est fort.

Phillip hocha la tête.

— Je suppose, oui, mais…

La porte s'ouvrit et le médecin se dirigea vers eux, l'air épuisé.

— Est-ce qu'il va bien ? demanda Phillip pour ce qui lui semblait la millionième fois.

— Il vient de sortir du bloc. On l'a perdu pendant quelques minutes sur la table d'opération, mais nous avons réussi à le ranimer. Il vient d'entrer en soins intensifs. Ses poumons ont été endommagés, ainsi que ses reins. Il avait une hémorragie interne, mais nous avons réussi à la contenir, leur expliqua le docteur d'une voix fatiguée. Je suis prudemment optimiste, mieux vaut attendre demain pour en savoir un peu plus.

— Est-ce qu'on peut le voir ? demanda Dakota.

Derrière lui, Phillip hocha la tête pour appuyer sa demande, complètement engourdi par les nouvelles.

— Oui. Je vais dire à l'infirmière de vous laisser entrer, un par un, mais vous ne pouvez rester que quelques minutes. Il n'y a pas grand-chose à voir, je le crains. Il sera endormi au moins pour les douze prochaines heures, peut-être plus. Il vient de subir une très lourde intervention.

— Merci beaucoup Docteur.

L'homme s'éloigna à nouveau vers les portes, les laissant dans la salle d'attente. Presque avant de savoir ce qu'il faisait, Phillip se dirigea vers le bureau de la réceptionniste.

— C'est la porte juste là, dit-elle en la montrant du doigt. Montez au deuxième étage et suivez les indications jusqu'au service des soins intensifs.

Phillip était déjà en chemin, avant même qu'elle ait terminé sa phrase. Dakota le suivit, mais Phillip le remarqua à peine. Ils prirent l'ascenseur jusqu'au deuxième étage et arrivèrent à l'unité de soins intensifs, où ils furent redirigés vers une autre salle d'attente.

— Ils sont en train de vérifier ses signes vitaux, leur expliqua un infirmier avec la voix la plus grave que Phillip n'ait jamais entendu. Je viens vous chercher dans quelques minutes.

Phillip s'effondra dans un fauteuil.

— Je déteste cette partie.

Dakota se mit à rire.

— Tu n'as jamais été très patient, si je me souviens bien.

Phillip rendit son regard à Dakota.

— Excuse-moi mais je crois me souvenir d'un certain cow-boy qui sautait sur tout ce qui bouge lors d'une certaine croisière, il y a plusieurs années, il n'était pas particulièrement patient non plus.

Phillip sentit son sourire s'estomper lorsque l'infirmier revint pour leur faire signe de le suivre.

— Je vais attendre ici, dit Dakota en prenant un magazine.

Phillip hocha la tête pour le remercier et suivit l'infirmier à travers les portes et le long d'une série de lits séparés par des rideaux qui pendaient du plafond. Il s'arrêta devant un lit et Phillip découvrit le visage tuméfié d'Haven qui reposait immobile sur un oreiller. Il se plaça à côté du lit.

— Vous ne pouvez rester que quelques minutes, l'avertit-il avant de s'éloigner.

Phillip regarda tous les moniteurs. Des tubes étaient reliés au bras d'Haven et il en avait un dans le nez. D'autres venaient même de sous les couvertures. Il essaya de ne pas penser à l'endroit où ils allaient.

— Il y a tellement de choses que je veux te dire, commença-t-il en baissant les yeux vers la main du jeune homme, posée sur les couvertures.

Phillip l'effleura, priant silencieusement pour qu'il se réveille.

— S'il te plaît, guéris vite. J'ai besoin que tu ailles mieux.

Le moniteur clignotait en continu et Phillip vit quelque chose qui ressemblait à un soufflet monter et descendre, il réalisa alors que c'était l'appareil qui aidait Haven à respirer.

— Je t'aime, Haven, et je suis désolé qu'il ait fallu qu'une chose pareille t'arrive pour que je m'en rende compte. Je suis désolé que tu ne puisses pas m'entendre te le dire. Je n'ai jamais vraiment cru en Dieu, mais s'il y en a un, j'espère qu'il répondra à ma prière.

Il se pencha pour embrasser délicatement la main du jeune homme.

— C'est tout le temps que je peux vous accorder, dit l'infirmier à la voix grave derrière lui.

Phillip renifla et s'éloigna du lit. Il retourna dans la salle d'attente où il s'effondra sur une chaise. L'infirmier emmena Dakota à son tour et il ne sembla s'écouler que quelques secondes avant qu'il revienne.

— Nous devrions retourner au ranch. Il n'y a rien que nous puissions faire pour l'instant.

Phillip hocha la tête, se remettant sur ses pieds en regardant la porte.

— Je ne veux pas le laisser seul.

— Nous reviendrons à la première heure demain matin. Il a besoin de repos et il va encore dormir pendant plusieurs heures.

Phillip savait que Dakota avait raison et il obligea ses pieds à bouger. Il lui fallut quelques minutes, mais il finit par se retrouver dehors, dans le soleil de fin d'après-midi qu'il remarqua à peine. Il monta dans le pick-up, leva les yeux vers l'hôpital, sachant qu'Haven était là, quelque part. Il referma sa portière et ne dit rien de tout le trajet de retour jusqu'au ranch. Il était incapable de penser à autre chose qu'à Haven. Il entendit vaguement Dakota passer quelques coups de téléphone, mais il n'y porta pas attention. Seules les vibrations du pick-up, alors qu'ils arrivaient dans l'allée accidentées qui menait au ranch, le tirèrent de ses pensées.

Phillip monta les marches et entra dans la maison en autopilote. Wally avait déjà préparé le dîner. Il se dirigea vers sa chambre, referma la porte derrière lui et se laissa tomber sur le lit. Il serra l'oreiller qu'Haven avait utilisé contre lui. Il pouvait encore sentir son odeur sur le tissu. Un léger coup retentit à sa porte qui s'ouvrit et Wally entra.

— Est-ce que tu vas bien ?

— Non, je suis complètement stupide, répondit Phillip.

Wally s'assit sur le bord du lit.

— Tu n'es pas stupide. Tu es mon meilleur ami et je t'aime, dit doucement Wally et Phillip sentit sa main sur ses côtes. Et pour ce que ça vaut, je crois du fond du cœur que tout va bien se passer pour Haven.

Phillip ne savait pas quoi répondre. Il espérait sincèrement que Wally avait raison.

— Tu ne devrais pas rester tout seul ici, à broyer du noir, reprit Wally et Phillip sentit le matelas bouger lorsqu'il se releva.

— Dakota finit de s'occuper du dîner, j'ai besoin de ton aide, viens avec moi.

Phillip soupira et se redressa en se frottant les yeux.

— Qu'est-ce que tu veux que je fasse ?

— Allez, viens, insista simplement Wally en se dirigeant vers la porte. Nous avons des chatons à nourrir.

— Tu plaisantes, j'espère ? grogna Phillip, mais il sortit du lit et suivit Wally dehors.

— Ils ont besoin de viande fraîche, expliqua Wally en ouvrant la porte de l'un des grands réfrigérateurs dans son local vétérinaire. Mais comme je n'ai que de la viande de supermarché à leur donner, ils n'ont pas tous les apports nécessaires.

Wally sortit des morceaux de viande rouge qu'il déposa sur un plateau qui attendait sur le comptoir avant de sortir un énorme flacon de l'une des armoires à pharmacie. Il le secoua énergiquement.

— Qu'est-ce que c'est ? demanda Phillip en regardant Wally sortir et déposer six grosses pilules sur le plateau.

— Des vitamines pour remplacer ce qu'ils ne trouvent pas dans cette viande.

Wally lui tendit un grand couteau et Phillip se demanda ce qu'il était censé en faire.

— Fais une petite entaille profonde dans la viande et mets-y la pilule. Ils les mangeront avec le reste.

Wally fit une démonstration et Phillip suivit ses gestes.

— Tu veux en parler ? demanda Wally en insérant la dernière pilule.

— Pas vraiment. Je pense que je dois gérer ce que je ressens tout seul, répondit-il.

Il suivit Wally jusqu'aux enclos à l'arrière de la maison.

— Je te laisse nourrir Schian. Il est beaucoup plus facile. Fais un mouvement de la main et il se dirigera de l'autre côté de l'enceinte. Pose ensuite la viande sur son plateau et referme la porte.

Dis comme ça, ça n'avait pas l'air trop compliqué. Phillip s'approcha et Schian se dressa sur ses pattes. Phillip prit le temps de l'admirer. En le regardant il se dit qu'il comprenait pourquoi le lion était le roi de la jungle ; tout en lui était majestueux. Il fit le geste que Wally lui avait montré et Schian se dirigea lentement à l'autre bout de l'enclos. Phillip ouvrit la porte, posa la viande sur le plateau, et Schian ne bougea pas jusqu'à ce qu'il referme la porte.

Pour les tigres, ce fut une toute autre histoire. Phillip regarda les animaux rôder près de la porte de leurs enclos, sentant leur dîner. Au lieu de poser la viande directement dans leurs enclos, Wally la fit glisser à travers une fente prévue à cet effet. La viande tomba dans un bac et le tigre bondit sur son repas.

— Kahn pense qu'il est toujours dans la nature, mais Sheba n'est pas aussi difficile.

Wally utilisa le système de trappe pour la nourrir également, mais elle attendit à distance avant de venir la chercher.

— Sheba n'a pas un peu grossi ? demanda Phillip en les regardant manger. Est-ce qu'elle mange trop ?

— Non, dit Wally en se tenant à côté de lui.

— Mais regarde son ventre. Elle est plus grosse que Kahn, insista Phillip en la montrant du doigt.

Phillip la regarda manger un instant, puis elle se leva et se remit à arpenter son enclos. Après plusieurs minutes, elle s'assit et les fixa du regard.

— Tu vois ?

— Oh mon dieu ! murmura Wally dans un souffle. Non. Je veux dire oui, tu as raison… mais elle n'a pas grossi Phillip, Sheba est enceinte.

Wally la regarda de nouveau.

— Comment diable as-tu réussi à tomber enceinte jeune fille ? demanda-t-il doucement en s'approchant un peu plus près.

Sheba suivait attentivement chacun de ses mouvements.

— C'est étonnant que le cirque n'ait rien remarqué, continua Wally en se retournant vers Phillip. Des petits de tigres du Bengale sont rares et précieux.

Wally regarda les tigres une dernière fois avant de retourner vers la maison. Phillip le suivit, ses pensées dérivant déjà de nouveau vers Haven. Lorsqu'ils entrèrent, Dakota avait déjà mis le couvert.

— L'hôpital vient d'appeler. Je leur avais donné ton numéro à l'accueil. Ils ont dit que son état s'était légèrement amélioré. Il ne s'est pas encore réveillé, et il a encore du chemin à faire, mais il va mieux, expliqua Dakota avec un sourire alors qu'il posait les plats sur la table.

Il alla ensuite chercher son père pour l'installer à table avec eux. Phillip n'avait pas vraiment faim. Il laissa les autres discuter, perdu dans ses propres pensées.

— Je vais aller faire un tour.

— Prends l'un des pick-up, dit Dakota en lui jetant un jeu de clefs.

— Merci, je vous retrouve plus tard.

Il roula jusqu'à la colline où Haven et lui avaient passé leur première nuit ensemble. Il coupa le moteur, et sortit pour regarder les étoiles, les mêmes étoiles sous lesquelles ils avaient fait l'amour pour la première fois.

— J'ai été bête Haven. J'aurais dû te dire ce que je ressentais tout de suite, dit-il à voix haute. Voilà que je parle aux vaches maintenant, ajouta-t-il frustré.

Il s'assit sur le capot du pick-up réchauffé par la chaleur du moteur, et leva les yeux vers le ciel. Il perdit toute notion du temps en observant les petits points de lumière qui ornaient le rideau noir de la nuit. Il s'était peut-être assoupi un instant, il n'en était pas sûr. Enfin, il se laissa glisser du capot, remonta dans le pick-up et rentra au ranch. Lorsqu'il arriva, il n'y avait déjà presque plus aucune lumière allumée. Il gara le pick-up et regagna lentement sa chambre. Il se déshabilla et se glissa sous les couvertures en espérant trouver le sommeil. Il savait que cet espoir était mince.

XI

HAVEN CLIGNA des yeux avec la sensation désagréable d'avoir les paupières en papier de verre. Il les referma, et sombra de nouveau dans le sommeil. Il était heureux et au chaud, son esprit flottait sur un petit nuage et il avait des ailes. Haven sourit intérieurement, il était un ange.

Une douleur et une sensation d'inconfort le tirèrent de son nuage. Ses ailes s'évanouirent et il retomba sur terre. Ouvrant de nouveau les yeux, il vit des lumières et entendit des bips étranges tout autour de lui. Rien ne paraissait familier et il ne savait pas où il était. Secouant légèrement la tête pour essayer de chasser la brume qui obstruait son cerveau, il bougea instinctivement les jambes pour se mettre debout, mais une douleur brûlante le transperça. Il s'immobilisa instantanément et la douleur se dissipa. Désorienté et inquiet, il resta allongé en osant à peine respirer.

— Ah, vous revoilà parmi nous, dit une voix à côté de lui. Bienvenue. Nous étions inquiets à votre sujet.

Haven ouvrit la bouche pour poser la myriade de questions qui lui traversait la tête, mais la voix l'interrompit immédiatement.

— N'essayez pas de parler, détendez-vous, tout va bien se passer. Est-ce que vous avez mal ?

Haven réfléchit quelques minutes et hocha légèrement la tête en réalisant qu'il avait mal, qu'il avait même très mal. En regagnant peu à peu conscience, la douleur se réveilla elle aussi, et très vite elle devint insupportable.

— Mal, marmonna-t-il derrière le masque à oxygène.

— Calmez-vous, je vais vous donner quelque chose.

Havent se mit à trembler. La douleur était si intense qu'il se persuada que la mort était proche. Il ferma les yeux en espérant retrouver ses ailes et la quiétude de son nuage. Qu'importait la mort, au moins il ne souffrirait plus. Hélas, au lieu de réconfort, la douleur ne fit qu'augmenter.

— Là, voilà... Ça ne prendra qu'une seconde.

La voix ne plaisantait pas. En un rien de temps, la douleur s'évanouit et Haven ouvrit à nouveau les yeux et se retrouva à regarder les dalles du plafond. Une femme avec un visage agréable apparut dans sa ligne de mire.

— Ça va mieux ?

Haven acquiesça et fit de son mieux pour sourire.

— Bien. Vous nous avez fait peur, mais vous allez guérir. Je reviens vérifier votre état dans peu de temps. Vous avez un visiteur qui attend.

Elle quitta la pièce et le silence retomba. Haven essaya de se rappeler ce qui s'était passé en se concentrant autant que son esprit embrumé le lui permettait.

— Haven, appela une voix familière.

Il tourna légèrement la tête. Phillip se tenait à côté de son lit. Il cligna des yeux et tout lui revint mémoire : sa querelle avec Phillip, son trajet en ville, la bagarre et le chemin du retour jusqu'au ranch.

— Je suis désolé, dit doucement Phillip et Haven n'était pas certain de savoir de quoi il parlait, mais le médicament faisait son effet et il pouvait sentir ses yeux s'alourdir. J'ai été tellement stupide, continua Phillip.

Il sembla à Haven qu'il avait des larmes dans la voix, mais il n'en était pas sûr. Il sentit des doigts caresser sa main puis il referma les yeux et le sommeil l'emporta.

Lorsqu'il se réveilla de nouveau, la lumière du soleil traversait sa fenêtre. Il se sentait mieux. Il ressentait une douleur générale persistante, mais l'infirmière dont il se souvenait était là et elle lui souriait. En tournant légèrement la tête, il vit qu'elle était en train de manipuler les tubes et les machines à côté de son lit. Il tourna lentement la tête de l'autre côté et vit quelqu'un endormi dans le fauteuil.

— Vous avez bien dormi, dit-elle.

Haven cligna des yeux et elle se pencha sur le lit.

— Permettez-moi de vous retirer ce masque.

Haven resta immobile et la laissa faire. Elle remplaça le masque à oxygène par un tube fin qu'elle posa sous son nez. Quand elle eut fini, Haven tourna de nouveau la tête vers le fauteuil et comprit que la personne endormie avec une couverture sur les genoux n'était autre que Phillip.

— Ça fait des heures qu'il est là, l'informa gentiment l'infirmière avant de quitter la chambre.

Haven resta allongé et attendit un moment.

— Phillip, appela-t-il en combattant la douleur qui irradiait sa gorge.

Il déglutit et essaya de nouveau, mais c'était encore pire.

— Haven.

Phillip se redressa dans le fauteuil et lui sourit. Comment te sens-tu ?

— Mieux, je pense, grinça-t-il.

— C'est une bonne chose. Est-ce que tu te souviens de ce qui s'est passé ?

Haven se rappelait maintenant très clairement de tout ce qui lui était arrivé.

— Je me suis bagarré avec Herbie et ses copains.

Phillip hocha la tête.

— Mais tu seras vite sur pieds. Tes poumons et tes reins ont été endommagés et ils ont dû t'opérer, mais ils ont dit que tu allais te remettre.

La voix de Phillip semblait si douce et Haven regarda dans les yeux qu'il avait appris à aimer et les vit se remplir de larmes.

— Je n'arrive pas à croire que je t'ai laissé partir comme ça...

— Chhh, tout va bien.

— Non, tout ne va pas bien.

Phillip lui prit la main et embrassa délicatement ses phalanges.

— J'aurais dû te dire ce que je ressentais. Haven, j'aurais dû te dire que je t'aime.

Haven cligna des yeux plusieurs fois, s'assurant qu'il était bien réveillé et que Phillip avait bien dit ce qu'il avait cru entendre.

— Tu m'aimes ? demanda-t-il et il sentit une main glisser sur son front.

— Oui, je t'aime et je suis désolé qu'il ait fallu que tu frôles la mort pour m'en rendre compte.

Des larmes coulaient sur les joues de Phillip et Haven sentit qu'il allait également se mettre à pleurer.

— Je ne sais pas exactement ce que je vais faire, mais j'ai décidé hier soir que j'attendrais que tu te réveilles et que tu te sentes mieux. Si tu veux de moi, alors j'essaierai de trouver un emploi par ici. Je ne suis pas vraiment doué pour travailler dans un ranch, mais…

Haven serra les doigts de Phillip.

— Je t'aime aussi.

Il sentit les lèvres de Phillip effleurer les siennes et c'est seulement à ce contact qu'il comprit qu'il n'était pas en train de rêver. Phillip l'aimait vraiment.

— La nuit dernière, je suis allé sur cette petite colline où nous avons fait l'amour pour la première fois et j'ai pensé à toi. J'ai pensé à ce que serait ma vie si je restais ici et à ce qu'elle serait si je rentrais chez moi. Et j'ai compris que si je rentrais, je n'aurais plus de vie parce que tu ne serais pas avec moi.

— Je peux vendre le ranch et rentrer avec toi, chuchota Haven, sa gorge encore douloureuse.

— Non, j'ai des amis et quelqu'un qui m'aime ici. Si tu veux vendre le ranch, alors vends-le, mais seulement si tu veux le faire. C'est ta maison, et je voudrais que ça devienne la mienne aussi.

Haven bâilla et sentit ses paupières se faire lourdes. Il offrit à Phillip un sourire épuisé et laissa le sommeil l'emporter. En sombrant dans l'inconscience, il sentit la main chaude de Phillip se glisser dans la sienne. Il y avait encore tellement de choses à régler, mais pour l'instant, Haven était content et heureux. Phillip l'aimait et il était prêt à rester. Haven essaya de rester éveillé encore un peu. Il ne parvenait pas à se souvenir à quand remontait la dernière fois que quelqu'un lui avait dit qu'il l'aimait. Ce n'était certainement pas son père. Cherchant un peu plus dans sa mémoire, il se souvint enfin. Son grand-père lui avait dit qu'il l'aimait. Sa mère aussi. Ils le lui avaient dit tous les deux, mais il y avait tellement longtemps. En regardant Phillip une dernière fois, il songea que cette fois, il n'aurait plus à attendre aussi longtemps avant d'entendre à nouveau les mots si doux.

Il dormit d'un sommeil lourd et réparateur, et lorsqu'il se réveilla cette fois, il se sentait encore mieux. Il avait toujours un peu mal, mais il pouvait bouger sans crier à l'agonie. Haven regarda immédiatement dans le fauteuil à côté de son lit, mais il était vide. Il se demanda tristement s'il n'avait pas rêvé sa conversation avec Phillip.

— Tu es réveillé, dit Phillip en entrant dans la chambre avec une tasse de café. Tu as dormi pratiquement tout l'après-midi. Comment te sens-tu ?

— Bien, je crois, répondit Haven en tendant le bras vers le verre d'eau sur la tablette près du lit.

Phillip lui apporta le verre et dirigea la paille à ses lèvres pour qu'il puisse boire.

— Ça fait combien de temps que je suis ici ?

— Presque deux jours, l'informa Phillip en reposant le gobelet. Le docteur a dit que tu allais bien et qu'il était satisfait de tes progrès, et que tu devrais pouvoir sortir du lit d'ici quelques jours.

— Phillip, commença Haven en le regardant s'asseoir dans le fauteuil, est-ce que je peux te poser une question ?

— Bien sûr, répondit son compagnon en lui prenant la main.

— Est-ce que je me suis réveillé hier ? Parce que si ce n'est pas le cas, j'ai fait le meilleur rêve de ma vie.

Haven essaya de sourire et espéra du fond de son cœur que Phillip allait lui dire que ce n'était pas un rêve.

— Haven, dit ce dernier en lui serant la main, est-ce que tu es en train de me demander si tu as rêvé ma déclaration d'amour ? Si c'est le cas, je te rassure tout de suite, tu n'as *pas* rêvé.

Il s'approcha plus près, son visage juste à côté de celui du jeune homme, si proche qu'Haven pouvait sentir l'arôme du café dans son souffle.

— Je t'aime, Haven.

Haven ferma les yeux en remerciant le ciel.

— Que va-t-on faire maintenant ?

Phillip lui caressa tendrement le bras et Haven sentit tout son corps se réchauffer.

— La priorité, c'est que tu ailles mieux. On s'occupera du reste après.

Haven entendit des bruits de pas dans le couloir, et Dakota et Wally entrèrent dans sa chambre. Wally tenait un gros bouquet de ballons et Dakota portait un vase plein de fleurs.

— Avant que tu dises quoi que ce soit, avertit Dakota en posant le vase, c'était une idée de Wally. Moi, je voulais t'amener des steaks.

Wally lui donna un coup de poing dans l'épaule.

— Excuse-moi ? Qui a insisté pour des fleurs jaunes ? demanda Wally en levant les yeux au ciel avant de se retourner vers Haven. Comment vas-tu ?

— Mieux, répondit Haven et Phillip l'aida de nouveau à boire.

— Voilà une bonne nouvelle, dit Wally en s'asseyant à côté de Dakota sur le banc rembourré sous la fenêtre. Le shérif a appelé pour nous dire qu'Herbie et ses complices avaient été arrêtés. Personne n'a cru leur version selon laquelle ce serait toi qui a commencé. Ce n'est pas la première fois qu'ils se retrouvent au poste. Apparemment, ils ont tabassé quelqu'un à la sortie d'un bar de Cheyenne, le pauvre gars ne marchera plus jamais.

Haven regarda Phillip.

— C'est moi qui ai commencé. Ils m'ont insulté à une intersection pas loin du ranch et j'ai pété un plomb. J'ai tiré Herbie de son pick-up, je n'avais pas vu les deux autres à l'arrière. Je n'ai pas eu le temps de faire grand-chose avant qu'ils se jettent sur moi. Dieu merci, un autre véhicule est arrivé et ils se sont enfuis.

— Comment as-tu réussi à remonter dans ton pick-up et rouler jusque chez Dakota ? demanda Phillip en lui serrant la main.

— Je ne sais pas vraiment. Tout ce dont je me souviens, c'est que je me suis réveillé ici.

Il détestait cette sensation de trou noir, comme s'il lui manquait une pièce cruciale du puzzle.

— Ton pick-up est chez toi, c'est Kade qui est venu le chercher. Il a dit qu'il passerait te voir un peu plus tard dans la journée, expliqua Dakota. J'ai lui ai envoyé un mes hommes pour l'aider, alors ne t'inquiète pas, et concentre-toi sur ta guérison.

Dakota lui sourit et Haven se demanda comment il pourrait le remercier pour tout ce qu'il avait fait. Dakota, Wally et même le père de Dakota ; ils avaient tous été si bons avec lui.

— Je n'arrête pas de penser à la haine qu'il y avait entre nos pères… Maintenant qu'il est mort, ça me hante de ne pas comprendre, et je ne pourrais plus jamais lui demander de m'expliquer.

— J'en ai parlé à mon père, admit Dakota. Il a refusé de desserrer les dents. Peut-être qu'à toi il voudra bien répondre, mais pour ma part il a catégoriquement refusé d'aborder le sujet.

Tout le monde se regarda sans savoir quoi dire.

— J'ai quelques nouvelles, déclara Wally pour essayer de changer de sujet. Sheba est bien enceinte et il semblerait que Kahn soit le père. On ne pourra pas en être sûr tant que les petits ne seront pas nés, mais c'est l'explication la plus logique. Le zoo de Cheyenne a accepté de construire une enceinte spéciale pour elle et ses petits. Elle partira pour le zoo la semaine prochaine avant d'être à un stade trop avancé de sa grossesse, déclara Wally, rayonnant. Les tigres du Bengale sont une espèce en voie de disparition, c'est donc une excellente nouvelle pour le zoo et pour l'espèce.

— Le cirque ne risque pas de réclamer les petits ? Après tout, Sheba était à eux, demanda Phillip.

Haven sourit en les écoutant discuter, et il ferma les yeux. Il flotta entre la conscience et l'inconscience presque tout l'après-midi. À un moment, un plateau apparut avec de la nourriture insipide et gélatineuse et il mangea ce qu'il put. Chaque fois qu'il se réveillait, ses visiteurs changeaient. Dakota et Wally étaient partis. Kade était passé le voir, certains anciens camarades d'école également, et puis l'avocat chargé de la succession de son père. Mais chaque fois, Phillip était là, rivé à son fauteuil.

Le docteur lui rendit lui aussi visite.

— Je suis le Docteur Dale Green, se présenta-t-il. C'est moi qui vous ai opéré il y a quelques jours. J'ai juste besoin de vérifier comment vous allez et de changer vos bandages.

Il tira le rideau autour d'eux et souleva les couvertures. Il ôta le bandage avec des gestes précis et prudents. Haven jeta un coup d'œil à la cicatrice qui barrait son flanc gauche.

— Ça m'a l'air très bien. Il n'y a pas de gonflement ni de rougeur, commenta le Docteur Green en touchant légèrement la peau, ce qui fit sursauter Haven. Je sais que c'est encore douloureux, mais je dois m'assurer que la circulation sanguine s'effectue bien, expliqua-t-il en commençant à refaire un nouveau bandage. Vous êtes très chanceux d'avoir été amené ici aussi vite.

Haven resta immobile et silencieux pendant que le médecin terminait son pansement.

— Vous allez rester avec nous encore quelques jours, conclut-il en remettant les couvertures sur lui. Mais vous êtes déjà en bonne voie de guérison et il n'y a aucun signe d'infection.

Le médecin reposa le dossier d'Haven dans le petit casier en plastique au pied de son lit.

— Je passerai vous voir demain. Y a-t-il quelque chose dont vous ayez besoin ?

— De la vraie nourriture avec du goût ?

Le docteur sourit.

— Je vais voir ce que je peux faire.

Avec un dernier sourire, il tira le rideau et quitta la salle. Phillip lui reprit la main.

— Tu n'es pas obligé de rester à mes côtés tout le temps, tu sais. J'imagine que tu as autre chose à faire que d'être cloué à ce fauteuil pendant des heures.

— Non, absolument rien d'autre.

Phillip jeta un coup d'œil vers la porte, puis se pencha et effleura ses lèvres. Il sentit la langue de Phillip glisser sur ses lèvres et pour la première fois depuis des jours, Haven sentit monter l'excitation. Il gémit doucement et pendant une seconde, Phillip approfondit le baiser avant de s'éloigner lentement.

— Je sais bien qu'on ne peut pas faire plus tant que tu n'es pas guéri, mais je voulais te donner un petit quelque chose pour motiver ta guérison.

— Mission accomplie, me voilà très motivé, répondit Haven alors que les lèvres de Phillip s'éloignaient.

Il soupira en le regardant se lever et se diriger vers la porte. Avec un dernier geste de la main et un sourire, Phillip sortit de la pièce et Haven prit la télécommande qui se trouvait à proximité pour allumer la télévision.

LES JOURS qui suivirent furent une véritable torture pour Haven, les heures semblaient s'écouler avec une lenteur insupportable. Phillip lui rendait visite et passait beaucoup de temps avec lui. Dakota, Wally et Kade venaient souvent eux aussi, mais cloué au lit sans rien à faire, Haven avait l'impression qu'il allait devenir dingue. Le médecin entra dans la pièce pour vérifier son pansement, comme tous les jours, et annonça :

— Vous cicatrisez à merveille et vous avez repris des forces. Je pense que vous devriez pouvoir rentrer chez vous dès demain.

Haven sourit et remercia le docteur qui repoussa le rideau en partant. Moins d'une minute plus tard, Phillip entra.

— Je peux rentrer à la maison demain, s'exclama Haven en souriant. Mais je dois y aller doucement et je ne suis pas sensé me remettre au travail tout de suite.

— Tu vas avoir du mal à te débrouiller tout seul pendant quelques jours, ajouta Phillip sans dissimuler sa joie. J'ai l'impression que tu vas être obligé de me supporter.

— Et pour le ranch ? demanda Haven inquiet. Je ne peux pas le laisser. Je suis déjà resté absent trop longtemps.

Il appuya sur le bouton pour redresser la tête de lit afin de mieux voir Phillip.

— Je ne peux pas demander à Kade de tout gérer tout seul indéfiniment.

— Il n'est pas tout seul. Dakota lui a envoyé quelques-uns de ses hommes pour l'aider, et je vais les aider autant que je peux lorsque je ne suis pas avec toi. Kade m'a dit de te dire que tout va bien et qu'il veut que son témoin de mariage soit en pleine forme pour le grand jour, sourit Phillip en prenant place dans le fauteuil.

— Qu'est-ce qu'il y a dans ce sac ? demanda Haven en reniflant.

Une chose était sure, ce n'était certainement pas de la nourriture de l'hôpital.

— Je me suis arrêté au restaurant en venant ici, répondit Phillip en posant le sac sur le plateau.

Haven le saisit et en sortit un hamburger. Il le déballa à toute vitesse et mordit dedans à pleines dents. Le goût sans pareil de vraie nourriture fraiche heurta ses papilles dans une explosion de saveurs, et Haven engloutit le burger en un temps record.

— Je voulais que tu saches que j'ai fini de regarder dans tous les dossiers de ton père et que je n'ai pas trouvé grand-chose. Je t'ai préparé un fichier pour que tu puisses facilement répertorier les documents à partir de maintenant. Je te montrerai ça quand tu seras prêt.

— Tu as trouvé quelque chose concernant l'argent que Papa avait mit de côté pour moi ? demanda Haven entre deux bouchées.

Il n'avait pas beaucoup d'espoir, mais il devait demander. Phillip secoua la tête et posa une main réconfortante sur son bras.

— Malheureusement non. Mais j'ai trouvé quelques notes qu'il avait laissées dans un tiroir verrouillé de son bureau. J'ai dû demander l'aide de Jimmy pour l'ouvrir. Il avait l'intention de mettre le ranch en vente à l'automne, ça lui aurait rapporté beaucoup d'argent.

Haven continua de manger en écoutant Phillip.

— Ton père a payé l'hypothèque sur la propriété dès qu'il a commencé à mettre de l'argent de côté. Il y a encore des prêts en cours et des crédits pour s'assurer que tu disposes de liquidités en cas de besoin, mais à part ça, tu es officiellement propriétaire du ranch.

— Ce que tu es en train de m'expliquer, c'est que même si mon père était un salaud cupide, je me retrouve à la tête d'une fortune parce qu'il est mort avant d'aller jusqu'au bout ?

Phillip s'assit sur le lit près des pieds d'Haven.

— J'ai fait quelques calculs concernant le montant de l'argent en jeu et je pense que tu vas te retrouver avec des frais de succession importants. Il faut que tu vois tout ça avec l'avocat. Il est primordial que vous regardiez d'où provient l'argent sur les comptes de ton père, parce que si nous pouvons démontrer que la moitié de cela te revient de plein droit, et que cela ne fait pas partie de l'héritage, tu paieras moins d'impôts. Tu dois également vérifier les titres de propriété, ça pourra peut-être jouer en ta faveur.

Phillip parlait à toute vitesse et Haven fit de son mieux pour essayer de suivre, mais il se sentait complètement perdu.

— Phillip, je ne comprends rien à toutes ces histoires d'impôts.

Il reposa la fin de son repas, son appétit envolé.

— C'est mon père qui s'occupait de tout ça, moi je prenais soin du bétail et je m'assurais que le ranch reste en un seul morceau.

Phillip glissa sa main le long de son bras pour attraper la sienne.

— Je sais, on reparlera de tout ça plus tard, mais je veux à tout prix que tu te fasses aider de ton avocat.

— Je serais incapable de gérer toutes ces histoires d'argent tout seul de toute façon, je ne suis qu'un cow-boy, ce qui m'intéresse, c'est mon ranch et mes bêtes, c'est tout.

Haven déglutit péniblement en prenant soudain conscience de l'ampleur de tout ce qui l'attendait. Jusqu'à présent, il n'y avait pas vraiment pensé, tout lui semblait si lointain et si abstrait.

— Je ne comprends rien à toutes ces choses…

Il savait qu'il avait l'air d'un petit garçon pleurnichard, mais il avait l'impression de ployer sous le poids des responsabilités.

— Ça peut attendre Haven, et puis je vais t'aider, je vais organiser les dossiers de sorte que tu puisses t'en occuper tout seul, le rassura Phillip.

Haven déglutit de nouveau et le regarda.

— Tu veux dire avant de t'en aller, c'est ça ?

Haven croisa les mains sur sa poitrine, puis les remit le long de son corps pour ne pas tirer sur ses points de suture.

— Tu as dit que tu m'aimais, mais tu pars !

Il éleva la voix avant de se souvenir où ils étaient.

— Haven, dit Phillip d'une voix douce et ferme. Il faudra bien que je m'absente le temps d'organiser mes affaires, mais…

Il se leva et alla fermer la porte pour leur offrir plus d'intimité.

— Je n'étais pas en train de dire que j'allais t'abandonner. Je ne veux pas faire comme ton père. Tu réalises que si tu ne maîtrises pas du tout la situation financière du ranch, c'est parce que ton père a tout fait pour ?

Phillip le regarda pendant quelques secondes et Haven détourna les yeux, fixant les couvertures sur son lit.

— Je ne veux pas te faire la même chose. Et si tu crois pendant une minute que je vais simplement gérer tes finances à distance et retourner vivre à des milliers de kilomètres, tu as complètement perdu la tête.

Phillip se rapprocha, une lueur de défiance dans le regard.

151

— Je vais me trouver un emploi et gagner mon propre argent pour vivre. Je ne vais pas me laisser entretenir, ni par toi, ni par qui que ce soit.

Haven garda les yeux résolument fixés sur son lit, en tirant des petits bouts de fils de la couverture.

— Je croyais que tu resterais à mes côtés pour m'aider à surmonter tout ça, je croyais que tu allais rester avec moi et qu'on ferait face à cette situation ensemble…

Phillip se rapprocha.

— Haven, regarde-moi s'il te plaît.

Haven releva lentement la tête.

— Je sais que tu as peur, et je ne te blâme pas, mais si tu veux que je reste simplement parce que tu as besoin d'aide au ranch, alors tu fais fausse route. Si c'est un employé que tu cherches, trouves-en un et verse lui un salaire pour faire ces choses là. Je ne suis pas cette personne Haven, je ne suis ni un employé, ni ton père.

Haven ne savait plus quoi penser. Est-ce qu'il se servait vraiment de Phillip pour tromper sa peur et sa solitude ? Il en doutait fortement ; il aimait Phillip du fond du cœur et il souhaitait sincèrement le garder auprès de lui.

— Ce n'est pas ce que je veux. Je veux que tu restes parce que tu en as envie, parce que tu penses que tu seras heureux ici, avec moi.

— Je sais que je serais heureux ici avec toi, dit Phillip et Haven sentit le nœud de son estomac se desserrer un peu. Mais j'ai besoin d'avoir ma propre vie. Je pense que si on veut que ça marche entre nous, il faut à tout prix qu'on apprenne à séparer nos vies professionnelles. Je dois être indépendant financièrement et être capable de payer ma part, surtout si on vit ensemble, et je ne pourrai pas le faire si je travaille pour toi. Et je pense que tu as besoin de reconstruire le ranch comme tu l'entends pour qu'il devienne complètement à toi. Et je t'aiderai, la question ne se pose pas, mais ce n'est pas ce que je veux faire pour vivre. Tu comprends ce que j'essaie de t'expliquer ?

— Je crois, acquiesça prudemment Haven.

Phillip rouvrit la porte.

— Tu veux ce que Wally a, son propre travail, mais également une implication dans le soin des animaux du ranch.

— Exactement. Je vais t'aider à mettre en place un système dans lequel tu pourras te retrouver pour les comptes du ranch, mais tu devras être capable de gérer l'argent du ranch de manière complètement autonome. En tant que partenaire, je pourrais t'aider, mais je ne peux pas et ne veux pas le faire pour toi. Je ne veux pas te mettre dans la même position que ton père. Je t'aime trop pour ça.

Haven s'adossa au lit en souriant, réalisant pour la première fois à quel point Phillip l'aimait. Et pour la première fois depuis la mort de son père, il se sentit moins anxieux, il avait même hâte de se remettre au travail. Il était resté suffisamment longtemps alité dans cet hôpital, trop longtemps loin de son ranch.

— Phillip, je me demandais... commença Haven. Je sais que je vais avoir besoin d'aide quand je rentrerai à la maison demain, et je sais qu'on a convenu que j'allais rester quelques jours chez Dakota, mais je préférerais rentrer chez moi. Dakota et Wally ont été merveilleux, mais je pense qu'il est temps que je retrouve ma maison.

Les yeux de Phillip s'étrécirent.

— D'accord, dit-il d'un air sceptique. Mais si jamais je te surprends à essayer de travailler avant que tu sois complètement guéri, je t'attache au lit.

Un frisson d'excitation parcourut Haven à cette idée. Phillip se rapprocha, son visage à quelques centimètres de celui d'Haven, il l'épingla du regard.

— Ça t'excite, pas vrai ?

La gorge d'Haven devint complètement sèche et il hocha lentement la tête. Il était impatient de rentrer à la maison et d'être seul avec Phillip. Compte tenu de son état, ils ne pourraient sans doute pas réaliser ses fantasmes les plus fous dès la première semaine, mais en laissant la voix suave de Phillip et son souffle chaud glisser sur sa peau, Haven songea qu'il attendrait autant qu'il le fallait. Il tenta de répondre quelque chose, mais les mots lui manquèrent.

— Il suffit de le dire, Haven, murmura Phillip à son oreille.

Il déglutit, tout son corps comme électrisé sous les couvertures de l'hôpital.

— Oui, dit-il enfin dans un souffle.

Un bruit de pas provenant du couloir les ramena au présent. Phillip se rassit dans le fauteuil au moment même où un aide-soignant entrait et Haven poussa un soupir de soulagement en priant pour qu'il ne remarque pas son état d'excitation.

— Je dois vous emmener passer une radio, dit-il en regardant alternativement Phillip, puis Haven avant de desserrer les roues de son lit et de l'emmener au service de radiologie.

LE MÉDECIN signa enfin sa feuille de sortie. Phillip avait appelé pour dire qu'il était en route et Haven l'attendait, assis sur le bord de son lit. C'était la première fois depuis son opération qu'il s'était assis tout seul et s'était tenu sans maintien pendant aussi longtemps, et il se sentait bien.

Enfin, après ce qui lui sembla une éternité, Phillip entra, suivi d'un aide-soignant qui l'aida à s'asseoir dans une chaise roulante. Après avoir rassemblé ses affaires, il quitta finalement l'hôpital, debout sur ses deux pieds. Phillip lui indiqua où se trouvait le pick-up et Haven marcha lentement sous le regard attentif de Phillip. Il grimpa dans le véhicule et referma la porte. Phillip posa son sac à l'arrière et fit le tour du pick-up pour monter à son tour. En quittant le parking, Haven se retourna pour regarder l'hôpital qui devenait de plus en plus petit à mesure qu'ils s'éloignaient.

Le trajet jusqu'à la maison ne prit pas beaucoup de temps et Haven sourit lorsque le pick-up s'engagea dans l'allée du ranch. Ils se garèrent dans la cour et Phillip l'aida à sortir et à monter les marches du perron.

— Laisse-moi m'asseoir sur le canapé, dit Haven, déjà fatigué par sa marche.

— Tu devrais aller au lit, protesta Phillip en le guidant vers le couloir. J'espère que tu l'aimeras.

Phillip ouvrit la porte de sa chambre et Haven eut un hoquet de surprise. La chambre avait complètement changé. Le petit lit dans lequel il avait toujours dormi avait disparu.

— J'espère que tu n'es pas fâché, on s'est dit que tu ne serais sans doute pas prêt à prendre la grande chambre de ton père alors…

Phillip avait l'air nerveux.

— J'ai pensé que si on dormait ensemble, ce serait bien qu'on ait une chambre à nous.

— C'est magnifique, s'exclama Haven en entrant dans la pièce.

Les murs avait été repeints et une faible odeur de peinture fraîche flottait encore.

— Quant tu m'as dit que tu voulais rentrer chez toi hier, j'ai eu du mal à garder le secret. Je savais que ta chambre n'avait jamais été refaite, et j'ai pensé que tu méritais quelque chose d'un peu plus agréable. Toutes

tes affaires sont dans le placard, expliqua Phillip en ouvrant le meuble pour montrer à Haven les boîtes soigneusement empilées et étiquetées. Si tu n'aimes pas la couleur, nous pourrons la changer, mais je me suis dit que le bleu te plairait, se justifia-t-il nerveusement en l'amenant vers le lit.

— Où as-tu trouvé tout ça ?

— Le lit vient de chez Wally, la commode aussi, et j'ai acheté les draps en ville. J'ai accroché tes photos sur les murs.

Phillip se dirigea vers l'armoire et Haven vit que la seule photo qu'il avait de sa mère était accrochée, soigneusement encadrée, aux côtés de deux autres photos d'elle qu'il n'avait jamais vues auparavant.

— Où as-tu eu ça ? demanda-t-il, les yeux écarquillés, en s'asseyant avec précaution sur le bord du lit.

— J'ai dit au père de Dakota que tu n'avais pas beaucoup de photos de ta mère et le jour suivant, il m'a tendu celles-ci et m'a dit de te les donner. Lorsque je lui ai demandé pourquoi il en avait, il s'est refermé comme une huitre, dit Phillip avant de s'agenouiller pour aider Haven à retirer ses chaussures. Quand tu te seras reposé un peu, je t'aiderai à trier et ranger toutes les affaires que tu veux garder.

Haven déglutit en contemplant sa nouvelle chambre. Phillip et ses amis s'étaient donné beaucoup de mal, et le résultat était époustouflant.

— Merci.

— Tu aimes ?

— Oui, sincèrement, dit doucement Haven en sentant la fatigue le gagner.

Phillip l'aida à retirer ses vêtements et le borda sous sa couverture. Phillip l'embrassa légèrement.

— Repose-toi maintenant. Je serai là à ton réveil, je te le promets.

Haven sourit et hocha la tête, ses yeux déjà pratiquement fermés et dès que Phillip sortit de la chambre, il s'endormit. Il se réveilla plusieurs heures plus tard, la lumière du jour qui s'écoulait dans la pièce avait pris cette teinte rose orangé de fin d'après-midi. Des voix provenaient du salon et Haven sortit lentement de son lit. Il enfila le peignoir qu'il trouva drapé sur le dossier d'une chaise.

— Hé, marmotte, le salua Dakota en souriant lorsqu'Haven entra dans le salon.

Phillip sauta sur ses pieds et l'aida à s'installer sur le canapé.

— Comment te sens-tu ?

— Fatigué, mais bien, je pense.

— Phillip dit que tu as aimé la chambre.

Haven sourit.

— C'est vrai.

Il regarda Wally, Kade puis Phillip.

— Merci à tous. C'était un beau cadeau de retour. Les photos de ma mère en particulier, dit-il en regardant Dakota, persuadé que c'était en partie grâce à lui.

— Quelles photos de ta mère ? demanda Dakota, clairement confus.

Phillip expliqua.

— J'en ai parlé à ton père en passant, il y a quelques jours. Je lui ai dit qu'Haven n'avait qu'une seule photo de sa mère et le lendemain, il m'en a donné quelques-unes.

— Est-ce que je peux les voir ? demanda Dakota.

— Bien sûr, elles sont accrochées sur le mur de ma chambre, répondit Haven en se demandant ce qui se passait.

Il se levant et suivit Dakota, accroché au bras de Phillip. Trop heureux de sentir les mains de Phillip sur lui, il s'abstint de lui faire remarquer qu'il n'était pas handicapé et qu'il pouvait se débrouiller seul.

Dakota se tenait devant sa commode, étudiant attentivement les photographies.

— Je me demande d'où mon père a bien pu les sortir ? Ces dernières années avec sa sclérose en plaque, je me suis occupé de chaque instant, de chaque recoin de sa vie. J'ai toujours pensé que je savais où tout se trouvait dans la maison, mais je ne les avais jamais vues avant.

Dakota regarda Haven, puis de nouveau les photos.

— J'ai trouvé ça étrange que ton père ait des photos de ma mère. Peut-être qu'ils étaient tous amis avant que nos pères se détestent, suggéra Haven en voyant l'expression sur le visage de Dakota passer de perdue à choquée. Qu'y a-t-il ? demanda-t-il en entrant complètement dans la pièce pour se tenir à côté de lui.

— Ces photos, dit Dakota en s'approchant. Elles ont été prises dans notre maison. Regarde, dit-il en montrant du doigt le canapé sur lequel elle est assise. Je m'en souviens parce que j'avais l'habitude de sauter dessus pour faire grincer les ressorts quand j'étais gamin. Mon père a la même photo dans sa chambre.

— Pourquoi ce serait si étonnant ? demanda Phillip à côté de lui. S'ils étaient amis, alors ce ne serait pas inhabituel pour eux de visiter la maison et pour ton père d'avoir des photos.

— Non, sauf que dans cette image, dit Dakota en passant à l'autre photo, vous voyez l'homme en arrière plan qui regarde ta mère avec un air d'adoration ?

— Oui j'ai vu, mais j'ai pensé que c'était mon père, pourquoi ?

Haven s'approcha pour regarder la photo de plus près.

— Ce n'est pas ton père, c'est le mien.

Dakota se retourna, le regarda, le visage sérieux.

— Dakota, commença Phillip, ton père regardait peut-être quelqu'un d'autre.

Dakota secoua la tête.

— Non, il regarde fixement la mère d'Haven, j'en suis sûr.

Il frissonna devant les implications qui planaient dans la petite chambre.

— Peut-être que maintenant il va bien vouloir parler, grogna-t-il, et Haven posa sa main sur son bras.

— Non, tu ne devrais pas le lui demander, déclara Haven et Dakota s'apprêta à argumenter, mais Wally le coupa.

— Haven a raison. Ce ne sont pas tes affaires. Tu aurais envie de parler de tes péchés de jeunesse avec ton fils toi ? Je ne pense pas, dit fermement Wally. D'ailleurs, tu sais bien que ton père peut être aussi têtu que toi et qu'il ne te dira rien s'il n'en a pas envie. Si Haven veut poser des questions à Jefferson à ce sujet, alors c'est son affaire, mais tu n'as pas à t'en mêler. Et puis si jamais tu te trompes, ton père risquerait de se sentir mal et toi, tu te sentiras stupide.

— Ce ne serait pas la première fois, répliqua Dakota, manifestement curieux, mais il quitta la photo des yeux. Nous devrions y aller.

— Dakota, appela Haven pour le retenir dans le couloir pendant que Phillip et Wally retournaient dans le salon. Dans quelques jours, quand j'irai un peu mieux, tu pourras revenir ? Je crois qu'il faut qu'on parle.

Dakota étudia son visage pendant un long moment, avant de hocher légèrement la tête.

— Bien sûr.

— Merci, j'ai besoin de tes conseils, mais en ce moment c'est un peu compliqué.

Dakota sourit.

— D'accord, je reviendrai dans quelques jours et nous pourrons parler.

Il se retourna pour rejoindre les autres.

— Wally a raison, ajouta Haven avant qu'il s'éloigne. Ton père a droit à une vie privée.

Il connaissait Dakota, il savait qu'il n'allait pas abandonner aussi facilement.

— Tu n'as pas envie de savoir ce qui a pu se passer entre eux trois ?

— Si, mais ton père en parlera quand il sera prêt, et il est évident qu'il ne l'est pas encore, répondit Haven.

En vérité, Haven mourrait d'envie de connaitre enfin le fin mot de toute cette histoire, mais ce n'était pas à lui de demander et ce n'était certainement pas à Dakota de le faire non plus.

— Et s'il n'était jamais prêt ?

Haven s'approcha plus près, baissant la voix.

— Grâce à lui, j'ai déjà des photos de ma mère, c'est plus que ce que j'ai jamais eu.

Dakota le regarda comme s'il était sur le point de rajouter quelque chose, mais son expression changea.

— Tu es quelqu'un de bien, Haven. Vraiment.

Dakota entra dans le salon et Haven le suivit lentement. Kade se dirigea vers la porte d'entrée.

— Je dois retourner au travail, dit-il en regardant Haven. Je m'arrêterai pour te voir demain dans la matinée, on discutera de l'organisation pour le ranch.

— Il faut que j'y aille aussi, déclara Wally.

Ils échangèrent tous leurs au-revoir et en quelques minutes, Phillip et Haven se retrouvèrent seuls.

— Tu devrais retourner te coucher, lui dit gentiment Phillip. J'ai préparé le dîner pendant que tu dormais. Je vais t'apporter une assiette.

— J'ai assez mangé dans mon lit quand j'étais à l'hôpital. Je préfère m'asseoir sur le canapé et manger sur la table basse avec toi avant de retourner au lit.

À sa grande surprise, Phillip n'argumenta pas et ils savourèrent tranquillement ensemble le plat de pâtes qu'il avait préparé. Après cela, Phillip fit la vaisselle et Haven regagna sa chambre. Il se glissa sous les couvertures, bercé par les bruits provenant de la cuisine.

— Tu devrais dormir, le réprimanda Phillip en souriant du seuil de la porte quelques instants plus tard.

— Je ne suis pas vraiment fatigué, répondit Haven en tapotant le lit à côté de lui. Mais je ne serais pas contre un peu de compagnie.

Phillip sourit et retira ses chaussures. Il fit le tour du lit et grimpa de l'autre côté. Haven releva les couvertures et entendit Phillip prendre une inspiration de surprise.

— Tu es nu, constata-t-il.

Haven fit glisser la couverture un peu plus bas, pour découvrir son sexe dressé déjà dans sa main.

— Humhum, acquiesça Haven, espérant désespérément que Phillip allait comprendre l'allusion.

Phillip lui offrit un sourire carnassier et ses yeux s'assombrirent. Haven sentit son cœur battre plus vite en regardant son amant se déshabiller lentement sous ses yeux.

— Je ne crois pas que tu sois prêt pour autant d'activité physique, mais je reconnais que tu m'as terriblement manqué.

Il retira également son caleçon, dévoilant ses fesses lisses et Haven tendit sa main pour caresser la peau de Phillip. Le matelas s'enfonça lorsqu'il s'allongea près de lui.

— J'ai peur de te blesser.

— Tu ne me feras jamais de mal intentionnellement. Je le sais, le rassura Haven.

Il fit glisser ses mains sur le torse et le ventre de Phillip qui se pencha pour l'embrasser comme s'il comptait le dévorer.

— Ça fait des jours que je ne pense qu'à ça, avoua Haven avant de se pencher en avant pour un autre baiser.

Phillip attrapa son érection et le caressa quelques secondes avant de retirer sa main en souriant avec satisfaction lorsqu'Haven gémit de frustration.

— On ne devrait pas faire ça. Tu viens tout juste de rentrer de l'hôpital et tu as encore besoin de repos, il faut que tu guérisses.

Haven tira la tête de Phillip vers la sienne pour le faire taire d'un baiser. Il avait besoin de ça. Il était resté à l'hôpital pendant plus d'une semaine, cloué au lit, condamné à penser aux mains de Phillip sur son corps, à la sensation de Phillip enfoui en lui, sans rien pouvoir faire.

— C'est toi mon remède.

— D'accord, dit finalement Phillip en descendant du lit et en essayant de reprendre son souffle. Mais dans ce cas, on fait les choses à ma manière et tu dois me promettre de m'alerter au moindre signe de douleur.

Haven était prêt à accepter n'importe si ça signifiait que Phillip le toucherait enfin.

— Promis, c'est promis. Parole de scout, dit Haven en levant la main droite et e prenant son sexe dans l'autre.

Phillip fronça les sourcils.

— Ça suffit, ordonna-t-il en regardant la main d'Haven qui la retira aussitôt en gémissant, la fermeté dans la voix de Phillip lui arrachant un frisson. Je te l'ai dit, on fait les choses à *ma* manière. Mets-toi sur le dos, les bras le long du corps.

Haven obéit, excité comme il ne l'avait pas été depuis longtemps. Phillip se rapprocha, et lui caressa légèrement le ventre.

— Je suis sérieux Haven, si tu ressens la moindre douleur, on arrête tout. Il est hors de question que je te fasse du mal.

— J'ai tellement envie de toi, gémit Haven en sentant la main de Phillip effleurer l'un de ses tétons.

— Je sais, moi aussi, murmura Phillip.

Il se pencha et fit glisser sa langue le long du torse d'Haven. Il entendit Phillip ouvrir un tiroir et tourna la tête pour voir ce qu'il faisait.

— Regarde-moi, ordonna Phillip et Haven obéit, se concentrant sur sa voix, oubliant tout le reste.

Lorsque les lèvres de Phillip se posèrent sur son gland, il ne pouvait plus penser à rien d'autre qu'au spectacle incomparable de son amant entre ses jambes.

— Phillip, gémit-il en donnant un coup de hanche vers l'avant.

Il sentit une petite tape sur sa jambe.

— Non, l'avertit Phillip avant de s'éloigner, à la plus grande consternation d'Haven.

— Tu veux que je me mette sur le ventre ? Ce sera plus facile, offrit Haven en commençant à se tourner.

— Non Haven, répéta Phillip en posant une main ferme sur sa hanche pour le maintenir sur le dos. Ne bouge pas, c'est tout ce que je te demande.

Puis Phillip s'approcha davantage, frôla son oreille du bout des lèvres.

— Crois-moi, je vais te baiser, dit-il, d'une voix rauque, chargée de désir, mais pas aujourd'hui. Ce que j'ai à l'esprit est un peu trop athlétique pour toi pour le moment. Pour aujourd'hui, tout ce que je te demande, c'est de rester allongé et d'en profiter.

Haven obéit et Phillip remonta sur le lit sans jamais le quitter des yeux. Haven entendit le bruit familier du tube en plastique, et vit Phillip mettre du lubrifiant qu'il réchauffa entre ses doigts avant de glisser son bras derrière lui. Haven ne pouvait pas le voir se préparer dans cette position, alors il se consola en essayant d'imaginer. Phillip ouvrit un préservatif et Haven sursauta lorsqu'il sentit les doigts de Phillip le poser sur son érection tendue. Puis son amant s'installa à califourchon sur lui et Haven écarquilla les yeux. Sa bouche s'ouvrit dans un cri silencieux et une chaleur telle qu'il n'en avait jamais ressenti l'engloutit.

Phillip lui ordonna de rester immobile et Haven se sentit glisser plus profondément dans la chaleur insupportablement délicieuse de son corps. La sensation étaient inimaginable, incomparable.

— Laisse-moi faire, lui dit Phillip dans un souffle, en s'abaissant jusqu'à ce qu'Haven puisse sentir ses fesses contre ses hanches.

— Phillip… gémit-il en combattant l'envie irrépressible de bouger ses hanches.

— Je sais, mais tu dois me laisser faire.

Phillip commença alors à se lever et se rasseoir légèrement dans un mouvement de va et vient.

— Si tu savais ce que ça me fait de t'avoir en moi.

Chaque fois que Phillip montait lentement et redescendait, Haven sentait son souffle se couper.

Il donna un petit coup de hanche hésitant et ne ressentit aucune douleur, rien d'autre que la chaleur et le plaisir infini de Phillip, étroitement serré autour de lui. Haven commença alors à pousser avec plus de vigueur, mais il sentit ses muscles tirer d'inconfort. Il se força à reculer et laissa Phillip prendre la suite.

— Phillip, j'ai besoin…

— Je sais, dit Phillip en se reposant sur ses hanches, son corps comme un étau autour du sexe d'Haven. Imagine ce que tu vas ressentir lorsque je t'attacherai et que tu ne pourras plus bouger, quand ce sera moi qui serai enfoui au plus profond de toi, quand je te baiserai si fort que tu oublieras ton nom, grogna Phillip reprenant ses va et vient. Imagine-toi dans des jambières de cuir, comme un bon petit cowboy, penché sur le lit, ton joli petit cul à ma merci. Je te chevaucherai au soleil couchant, comme dans un vrai western.

Haven gémit, surpris par les paroles crues de Phillip et par l'excitation qui l'embrasa lorsqu'il s'imagina attaché et penché sur le lit, les fesses nues. Phillip pourrait lui faire ce qu'il voudrait…

— Où est-ce que… haleta Haven, mais Phillip s'enfonça brusquement sur lui et il sentit tout son corps commencer à trembler.

Toute pensée logique quitta son esprit, remplacée par le seul besoin impérieux de jouir. Rien d'autre ne comptait et Haven poussa aussi fort qu'il l'osa en criant tandis que Phillip le pressait contre le matelas.

— Ou peut-être, gronda Phillip en lui pinçant les tétons, que tu préférerais que je te mette des pinces, juste là. Tes petits tétons seraient magnifiques dans une paire de jolies pinces dorées.

L'idée même excita tellement Haven qu'il sentit son contrôle l'abandonner totalement. Phillip s'enfonça de nouveau sur lui avec force et Haven se mit à jouir avec une puissance qui le surprit lui-même. Une fois son orgasme passé, il rouvrit paresseusement les yeux et découvrit Phillip, penché en arrière en train de se masturber les yeux fermés, toujours empalé sur son sexe. Les pupilles d'Haven se dilatèrent, et il vit les abdominaux de Phillip se tendre et sa main se resserrer sur son membre juste avant qu'il jouisse en de longs jets puissants, éclaboussant le torse d'Haven.

Haven se laissa flotter dans une douce torpeur post orgasmique, savourant le poids de Phillip sur ses jambes, leurs corps toujours connectés. Puis il sentit Phillip se retirer lentement, et soupira en fermant les yeux à la séparation de leurs deux corps. Phillip quitta le lit et se rendit dans la salle de bain, chancelant, puis il revint quelques minutes plus tard, un peu plus stable sur ses pieds, avec un gant de toilette. Il les nettoya succinctement et se glissa de nouveau à côté d'Haven sous les draps.

— C'était incroyable, lui murmura doucement Haven à l'oreille.

— Je ne t'ai pas fait mal ? demanda Phillip inquiet. Pendant un moment je t'ai senti presque prêt à participer avec enthousiasme, chuchota-t-il amusé en se blottissant contre lui.

— Je vais bien, même très bien. Je crois que je ne me suis jamais senti aussi bien.

Haven bâilla en sentant la fatigue le rattraper.

— Je pense que je devrais réussir à dormir maintenant, dit-il en reposant sa tête sur l'épaule de Phillip. Je ne sais pas quoi dire de plus.

Phillip tourna la tête vers lui, l'air confus.

— De quoi tu parles ?

— Pendant que j'étais à l'hôpital, j'ai eu énormément de temps pour réfléchir, et j'ai compris que mon père ne m'avait jamais aimé. Toutes ces années après que ma mère soit partie, il ne restait plus que nous deux, mais je n'arrivais pas à me souvenir de la dernière fois où il m'avait adressé ne serait-ce qu'un mot gentil. Il ne m'a jamais dit qu'il m'aimait. Et puis, il y a quelques jours, je me suis réveillé à l'hôpital et tu étais là, tu m'as dit que tu m'aimais, et tu as tout fait pour me le prouver.

Haven sentit la main de Phillip sur sa joue.

— Comment peut-on te connaître et ne pas t'aimer ?

Il se rapprocha et l'embrassa délicatement.

— Ton père était un imbécile s'il n'était pas capable de voir la personne merveilleuse que tu es. En fait, tu sais quoi ? Ton père ne te méritait pas. Oui, je t'aime, Haven Jessup, et même si je ne sais pas ce que l'avenir nous réserve, je ferai de mon mieux pour que tout se passe bien.

Il lui caressa de nouveau la joue.

— Tache de dormir un peu, beaucoup de choses nous attendent encore et tu vas avoir besoin de repos.

— Quand rentres-tu chez toi ? demanda Haven, les yeux lourds de sommeil.

— Je n'y ai pas encore vraiment réfléchi pour l'instant. On parlera de tout ça demain, c'est promis.

Haven hocha la tête et laissa le sommeil l'emporter, bercé par la respiration de Phillip.

XII

PENDANT DEUX jours, Phillip réussit à convaincre Haven de rester à l'intérieur, mais ce matin-là, le jeune homme s'était levé aux aurores pour échapper à sa vigilance. Accoudé à la fenêtre avec sa tasse de café, Phillip l'observa en souriant parcourir le ranch comme un jeune chiot qui découvrait le monde pour la première fois. Une fois son café terminé, il alla s'habilla et sortit rejoindre Haven.

— Je sais, le devança Haven en le retrouvant sur le porche.

Phillip lui tendit une tasse de café sans rien dire.

— Pas d'effort excessif ou inutile, promit-il en se rapprochant de plus en plus près.

Phillip sentit son corps réagir à la proximité du jeune homme. Guéri ou non, Haven était insatiable lorsqu'il s'agissait de faire l'amour.

— Je dois aller voir Dakota plus tard dans la matinée. Il y a des choses dont je voudrais parler avec lui.

Phillip mourrait d'envie de lui demander quoi, mais il cacha sa curiosité derrière sa tasse de café. Haven lui en parlerait lorsqu'il se sentirait prêt.

— Tu veux que je vienne avec toi ?

— Bien sûr, j'aimerais avoir ton opinion également.

Il se pencha pour l'embrasser avant de redescendre l'escalier du porche et de se diriger vers les paddocks. Il boitait encore très légèrement du côté qui avait été opéré. Une personne extérieure n'aurait sans doute rien remarqué, mais le détail n'échappa au regard averti de Phillip. Il termina sa deuxième tasse, alla enfiler une veste et retrouva Haven appuyé à l'enclos de Jake.

— Est-ce que tu as envisagé d'acheter un nouveau cheval ? demanda doucement Phillip en glissant un bras autour de la taille d'Haven. Je sais que Jake te manque.

— J'y ai pensé, répondit Haven en se retournant vers lui. C'est l'une des choses dont je veux parler avec Dakota.

— Je ne comprends pas, dit Phillip en scrutant le visage d'Haven. Tu es si pensif depuis quelques jours. Est-ce qu'il y a quelque chose qui ne va pas ?

Haven secoua lentement sa tête.

— Non, tout va bien, je crois. J'ai pensé à beaucoup de choses ces derniers temps, et j'ai pris quelques décisions, mais il me manque encore tellement de pièces du puzzle.

Haven releva les yeux et le regarda.

— Je ne suis pas prêt à en parler pour l'instant. Ce n'est pas ta faute. J'ai les idées embrouillées et je voudrais y mettre de l'ordre avant de t'en parler.

Haven se tut et Phillip resta immobile côté de lui, plongé dans ses propres pensées. S'il restait ici, il avait besoin de trouver un travail, et vite.

— Est-ce que tu sais s'il y a des entreprises dans le coin qui ont besoin d'un comptable ?

Il pensait sérieusement à commencer ses démarches en ville pour voir si ses compétences étaient recherchées. Il ne pouvait pas rester au ranch à ne rien faire, il n'y connaissait rien et il n'était d'aucune aide. En y réfléchissant, il se souvint des conseils de Jefferson et décida d'en parler avec Dakota et Wally. Il s'autorisa un sourire affectueux en pensant à eux, et se promit de demander à Dakota ce que Jefferson avait voulu dire.

La matinée passa à une vitesse surprenante et au grand soulagement de Phillip, Haven semblait avoir retrouvé toute son énergie. Il remarqua qu'il sembla un peu accuser le coup pendant le déjeuner, mais après un bon repas complet, il retrouva tout son enthousiasme.

— Est-ce que tout se passe comme tu veux avec le ranch ? lui demanda Phillip en posant une assiette de sandwiches sur la table pour Kade et Haven.

Haven hocha la tête en prenant un sandwich et en cognant malicieusement l'épaule de Kade.

— Même si ce type va me manquer quand il sera parti. Lui et les hommes de Dakota ont fait du bon boulot. Ils ont même réparé la clôture, depuis le temps que je voulais m'en occuper.

Kade prit un autre sandwich et mordit dedans à pleines dents. Phillip les regarda se goinfrer à toute vitesse, à la fois inquiet et impressionné.

— Je pensais m'occuper de la clôture sud cet après-midi, déclara Kade entre deux bouchées.

— Tu veux un coup de main ? demanda Haven et Phillip lui lança un regard d'avertissement avant de se reprendre.

Il n'était pas sa mère, il fallait qu'il cesse de couver Haven comme ça, même si tout ce qu'il voulait au fond de lui, c'était qu'Haven retourne se coucher et qu'il se repose jusqu'à ce qu'il soit complètement guéri.

— Non, c'est bon. Il y a juste quelques poteaux qui ont besoin d'être remplacés. Je vais changer ceux qui sont encore en bois contre des métalliques, ça nous évitera de les remplacer chaque année.

Kade prit un autre sandwich sur l'assiette et Phillip s'assit, écoutant les deux hommes parler. Il n'y comprenait pas grand-chose et il se sentait un peu mis à l'écart. La gestion d'un ranch lui était complètement étrangère. Il ne pouvait pas s'empêcher de se demander s'il allait réussir à s'intégrer en s'installant ici. Il prit un sandwich et croqua une petite bouchée avant de reposer le reste sur son assiette. Oui, il aimait Haven, il n'avait plus aucun doute là dessus, mais est-ce qu'ils n'étaient pas en train de précipiter un peu trop les choses ? Il n'était là que depuis quelques semaines et déjà il s'apprêtait à déraciner sa vie et à déménager à l'autre bout du pays. Kade et Haven continuèrent de discuter et Phillip mangea lentement en les observant, complètement pris par leur discussion sur les parcours et les meilleures façons d'abreuver le bétail sans créer d'impact nocif à long terme sur l'environnement.

Phillip resta assis à écouter sans rien comprendre. Puis, n'y tenant plus, il prit une profonde inspiration, se leva et sortit silencieusement de la cuisine. Est-ce que sa vie allait ressemblait à ça à partir de maintenant ? S'occuper de la cuisine et garder la maison pendant qu'Haven travaillait ? Ce n'était pas ce qu'il voulait, mais quel autre choix avait-il ? Certes, il pouvait aider Haven avec ses comptes, mais cela suffirait à peine à remplir ses journées. Une main posée sur sa hanche le tira de ses pensées. Il tourna la tête et trouva Haven qui était en train de lui sourire. Le jeune homme lui prit la main et ses yeux s'éclairèrent, plus brillants et plus heureux encore que lorsqu'il parlait de son ranch.

— Je vais chez Dakota avec Phillip, on sera sans doute absents pour une grande partie de l'après-midi donc si tu as besoin de quoi que ce soit, appelle-moi sur mon téléphone portable, dit-il à Kade qui leur offrit un sourire en retour.

— Bonne idée, je préfère que tu reprennes les choses en douceur, je peux m'occuper de la clôture, ne t'en fais pas.

Kade finit ce qui devait être son quatrième sandwich avant de se relever et de poser son assiette dans l'évier. Je t'appelle dès que j'ai fini, on ira voir les troupeaux à ton retour s'il nous reste du temps.

Haven secoua sa tête.

— Je ne sais pas à quelle heure on rentrera, mais je te fais confiance, tu peux t'occuper du bétail sans moi. Je t'appellerai en rentrant pour voir si tu as encore besoin d'aide.

— Pas de problème, dit Kade en souriant avant de sortir travailler.

Phillip débarrassa la table et posa la vaisselle dans l'évier.

— Je m'en occupe, dit Haven avec un sourire en retroussant ses manches.

Phillip s'écarta pour lui laisser l'accès à l'évier, et s'assit sur une des chaises de la cuisine.

— Je ne sais pas quoi faire de moi-même. Je ne suis pas un employé de ranch et franchement, ça ne m'intéresse pas. Je préfère être comptable, j'aime travailler avec les chiffres, soupira-t-il frustré. Alors oui, c'est vrai, j'aime monter à cheval, mais pas pendant des heures comme tu le fais. Comment je vais réussir à m'intégrer ici ?

Phillip vit les épaules d'Haven se tendre, les mains toujours dans l'eau de vaisselle.

— Tu veux rentrer chez toi, c'est ça ? demanda Haven en se retournant vers lui.

— Haven, j'ai besoin de me sentir utile.

Phillip se leva et glissa ses bras autour du torse d'Haven, posant sa tête contre son dos.

— Non, je n'ai aucune envie de rentre, finit-il par avouer. J'aime être ici. C'est différent de tout ce que j'ai connu, mais je crois sincèrement qu'on pourrait se construire une belle vie ensemble. J'ai seulement besoin de me sentir utile.

Phillip était conscient d'avoir l'air geignard, mais il avait besoin qu'Haven comprenne. Le jeune homme se retourna dans ses bras.

— Je sais ce que tu ressens, et j'espère que tu trouveras vite quelque chose. Je pense qu'une des choses que j'aime en toi, c'est justement que tu ne fasses pas partie du ranch. Tu connais autre chose que cette petite ville de campagne. Je sais qu'il y a plus dans ce monde que le ranch, les chevaux et le bétail. J'aime être un cow-boy, mais j'aime aussi que tu n'en sois pas un.

Haven l'embrassa légèrement avant de retourner à la vaisselle.

— Je termine ce que je fais et on y va, ça te va ? Peut-être que Wally et Dakota auront quelques idées.

— Il y a quelques jours, Jefferson m'a suggéré de leur en parler de toute façon, admit Phillip. Tu as remarqué que tout finit toujours par revenir à ces deux là ?

Haven ouvrit le robinet pour rincer les assiettes.

— Pas *tout*, le contredit Haven avec un regard séducteur.

— Tu ne penses qu'à ça, s'exclama Phillip en lui retournant son regard. Non pas que je m'en plaigne.

Haven ricana en éteignant l'eau.

— C'est l'hôpital qui se moque de la charité, dit-il en essuyant ses mains sur un torchon. Wally m'a parlé de ton placard à 'jouets' chez toi, tu sais…

Phillip ne manqua pas le petit frisson qui traversa Haven en disant ses mots. Il sourit en essayant de ne pas trop penser à Haven ligoté, quelques-uns de ses 'jouets' en action.

— On arrête là sinon on ne quittera jamais la maison, décida Phillip en se dirigeant vers la porte d'entrée. Juste une dernière chose, ajouta-t-il en se retournant vers Haven.

— Qu'y a-t-il ?

Phillip fit un petit geste de la main pour montrer le salon.

— L'aspect général de cette pièce avec ses vieux rideaux qui datent de l'an quarante et ces meubles préhistoriques.

Il vit les yeux d'Haven s'étrécir.

— Je ne veux pas être méchant et je ne suis pas en train de dire qu'on devrait absolument tout changer, dit Phillip avec un sourire narquois. Dieu m'en préserve, ajouta-t-il taquin. Mais il faut qu'on fasse quelque chose, qu'on s'organise notre intérieur, à nous deux.

Phillip s'avança vers Haven.

— Qu'on fasse de cette maison un endroit où nous nous sentirons tous les deux à l'aise, un peu comme la chambre à coucher.

— J'ai des cornes de taureau dans la grange. On pourrait les accrocher au mur, déclara Haven. Ça donnerait du caractère à la pièce.

— Des cor… commença Phillip, puis il vit le sourire malicieux d'Haven.

Il fit un bond en avant mais Haven l'esquiva sans mal, se précipitant vers la porte en riant à gorge déployée alors qu'il tentait de se rendre au pick-up.

— Allez, en route petit malin, dit Phillip en arrivant au véhicule. Et doucement, tu es sensé faire attention à toi, tu te souviens ?

Haven leva les yeux au ciel en souriant comme un idiot. Phillip grimpa dans le pick-up et lui tendit la main pour les clefs avant de les conduire sur la courte distance jusqu'au ranch voisin.

— HÉ, DAKOTA, appela Haven en sortant du pick-up.

— Salut Haven, Phillip, répondit Dakota en balançant une botte de foin à l'arrière de son camion.

Les chiens du ranch se précipitèrent sur eux pour leur souhaiter la bienvenue et réclamer quelques caresses.

— Allez-y, entrez, leur dit Dakota. J'arrive dans une minute.

Phillip se pencha pour distribuer quelques gratouilles et obtint bon nombre de léchouilles et de coups de queues sur ses jambes avant d'entrer dans la maison. Jefferson était assis dans le salon avec la télévision allumée, endormi dans son fauteuil roulant. Ils essayèrent de faire le moins de bruit possible, mais il se réveilla dès qu'ils entrèrent dans la pièce.

— On ne voulait pas vous réveiller, s'excusa Haven en saluant l'homme d'un sourire.

— Je peux faire la sieste n'importe quand, le rassura Jefferson en lui rendant son sourire. Dakota sait que vous êtes là ?

— Il a dit qu'il arrivait, répondit Phillip en s'asseyant sur le canapé.

Au même moment, la porte d'entrée s'ouvrit et Dakota et Wally entrèrent. Dakota salua son père puis le fit rouler jusqu'à sa chambre. Ils revinrent tous les deux quelques instants plus tard.

— Papa, Haven et moi devons discuter, ça ne t'ennuie pas de t'occuper de Phillip pendant ce temps là ? demanda Dakota avec un clin d'œil en direction de Phillip.

Phillip hocha la tête et Dakota emmena Haven dans son bureau.

— Maintenant que votre gardien est parti, voulez-vous une bière ? demanda malicieusement Phillip.

Sans attendre de réponse, Phillip se dirigea vers le réfrigérateur.

— Wally, je t'en ramène une aussi ?

— J'aurais bien aimé, mais je ne peux pas. Je suis d'astreinte, je peux être appelé à tout moment, répondit Wally du salon.

Pas plus de deux secondes après, le téléphone sonna.

— Tu vois ? Pile à l'heure, ajouta-t-il lorsque Phillip revint dans la pièce.

Il sortit pour prendre l'appel

— Il ne reste plus que vous et moi, dit Phillip à Jefferson en lui tendant une bière avant de s'asseoir sur le canapé. Je n'ai pas encore eu la chance de vous le dire, mais Haven a adoré les photos de sa mère.

Jefferson prit une gorgée de sa bière avant de baisser lentement la bouteille.

— La mère de Dakota est morte quand il était encore jeune. Je l'aimais plus que tout, mais elle est morte en me laissant un fils à élever.

Jefferson regardait la télévision pendant qu'il parlait.

— Quelques années plus tard, j'ai rencontré Nadine, la mère d'Haven. Je savais qu'elle était la femme de Jessup et j'ai fait de mon mieux pour que rien ne se passe, mais nous sommes tombés amoureux. Pendant très longtemps, nous avons combattu nos sentiments, on ne se voyait que pendant les vacances. Jessup et moi n'étions pas des amis proches, mais nous étions déjà voisins et nous avions des relations cordiales. Après un certain temps, Nadine m'a avoué qu'elle n'était pas heureuse, qu'elle ne l'était plus depuis longtemps.

Jefferson prit une autre gorgée de sa bière et Phillip resta aussi immobile qu'il le pouvait, de peur de rompre le charme.

— Haven devait avoir environ sept ans lorsqu'elle m'a dit qu'elle quittait Jessup, et nous avons entamé une brève liaison. J'étais seul avec Dakota depuis des années déjà, et pour ma défense, je l'aimais.

La voix de Jefferson commença à flancher, mais ses yeux étaient clairs et lumineux.

— Un soir, après que nous nous soyons vus tous les deux pendant quelques mois, elle lui a dit qu'elle allait le quitter. Il s'est mis en colère et a essayé de la frapper, mais elle s'est enfuie et s'est réfugiée chez moi. Jessup l'a suivie et l'a confrontée, l'accusant d'avoir une liaison. Aucun de nous n'a pu le nier – il n'y avait pas de raison. Après qu'il soit parti, je lui ai dit que j'allais m'occuper d'elle, mais elle a refusé et elle a préparé ses affaires pour partir avec Haven.

— Je suppose qu'elle n'a pas pu, dit doucement Phillip.

170

— Non. Jessup n'a pas voulu lâcher son fils et a menacé de nous trainer en justice, elle et moi, pour avoir la garde de l'enfant.

Phillip vit une larme couler sur la joue de Jefferson.

— Elle est venue me trouver cette nuit-là, nous avons essayé de trouver une solution, mais en vain. Le lendemain matin, elle avait disparu.

Phillip sentit sa mâchoire tomber en réalisant ce que cela signifiait.

— Elle a abandonné Haven ?

Il pouvait à peine y croire.

— Elle a laissé une lettre, expliquant qu'elle allait essayer de trouver un endroit pour vivre et qu'elle reviendrait chercher son fils. Elle m'a demandé de l'aider le moment venu. Ce n'est jamais arrivé.

Jefferson déglutit difficilement avant de prendre une autre gorgée de bière. Phillip se demanda si Jefferson avait trop bu, mais quelque chose lui disait que l'homme avait besoin d'un peu de courage liquide après ce qu'il venait de lui avouer. Bougeant légèrement sur son fauteuil, Jefferson indiqua le haut du tiroir de la commode et Phillip se leva, revenant avec trois enveloppes.

— Celle du dessus est celle qu'elle m'a laissée la dernière fois que je l'ai vue.

Phillip ne l'ouvrit pas, ce n'était pas à lui de la lire.

— Celle-ci est celle que j'ai reçu environ deux semaines plus tard, où elle me disait qu'elle allait bien et qu'elle avait trouvé un travail. La dernière est arrivée un mois plus tard et était adressé à Haven.

Phillip la retourna et vit qu'elle n'avait jamais été ouverte.

— Je me suis demandé pendant des années quoi faire de cette lettre.

La voix de Jefferson était devenue douloureusement rauque et Phillip savait qu'il avait probablement trop parlé.

— Je crois qu'il est temps de la lui donner.

— Je pense que c'est à vous de le faire, dit Phillip en lui tendant la lettre, mais Jefferson secoua la tête.

— Non, dit-il doucement, je ne veux pas raconter de nouveau cette histoire. J'ai passé les quatorze dernières années de ma vie à souffrir de l'absence de Nadine presque autant que celle de ma Daisy. J'ai eu tellement honte d'avoir agi ainsi. Si j'avais resisté, ce garçon aurait encore sa maman.

— Vous n'en savez rien. Si elle était malheureuse, elle serait quand même partie, rétorqua gentiment Phillip. Tout ce que vous pouvez

171

savoir avec certitude, c'est que vous avez fait son bonheur pendant un petit moment.

Il se rapprocha du vieil homme.

— Savez-vous ce qui lui est arrivé ?

— Oui, répondit Jefferson, mais il n'en dit pas plus et Phillip crut pendant un instant qu'il n'ajouterait rien.

— Elle n'est pas allée plus loin que Las Vegas, elle a fini dans la rue. Après avoir reçu la première lettre, j'ai vu le cachet et je l'ai retrouvée. Elle travaillait dans un casino miteux comme strip-teaseuse, et j'ai découvert plus tard qu'elle était devenue call-girl. Je n'ai pas cherché à me rapprocher d'elle, et elle n'a pas essayé de me parler, mais elle m'a vu, j'en suis sûr. Une semaine plus tard, la lettre pour Haven est arrivée. Quelques années après, j'ai découvert qu'elle était morte peu de temps après avoir envoyé la lettre pour Haven.

Les larmes coulaient à présent librement sur son visage et Phillip prit un mouchoir pour essuyer les yeux de Jefferson.

— Je m'en remets à toi, je te laisse décider d'en parler ou non à Haven et Dakota.

Phillip déglutit.

— Pourquoi moi ?

— Parce que je sais ce que tu feras ce qui est le mieux pour tout le monde, déclara Jefferson, puis il redevint tranquille.

Phillip se leva pour aller se chercher une autre bière, il lui en fallait une. Il pressa gentiment l'épaule de Jefferson en chemin. Il ouvrit le réfrigérateur, sortit une bouteille, l'ouvrit et avala une grande gorgée. Puis il la finit d'une traite, et la jeta dans la poubelle avant de refermer la porte du frigo.

Se dirigeant vers le couloir, Phillip alla dans la chambre qu'il avait utilisée et prit sa valise. Il posa la lettre dans le fond et rangea le reste de ses affaires, puis il posa sa valise fermée dans la salle de séjour. Il trouva Dakota et Haven assis près de Jefferson, en train de regarder le match.

Phillip se posta derrière Haven, lui tapota délicatement l'épaule, et se pencha pour un baiser.

— Votre conversation s'est bien passée ?

Haven se retourna, il arborait un gigantesque sourire.

— Oui, parfaitement. On te racontera tout ça une fois que Wally sera revenu.

Haven semblait terriblement excité. Phillip se demanda ce qui pouvait le rendre si heureux, mais il n'était pas anxieux. Il passa la majeure partie du match à observer Haven. Si Wally n'arrivait pas bientôt, le jeune homme allait exploser d'impatience. Après une heure de plus, pendant laquelle Haven n'avait pas arrêté de se tortiller, et Dakota de sourire mystérieusement, le pick-up de Wally se gara enfin dans la cour.

Dakota et Haven se levèrent tous les deux dès que Wally entra. Phillip rit doucement en les regardant se comporter comme deux gamins excités.

— Que se passe-t-il ? demanda Wally en laissant Dakota l'entraîner pratiquement de force vers le canapé. Pourquoi toute cette agitation ?

Wally se mit à rire et Dakota l'embrassa furtivement avant de commencer à expliquer.

— Haven et moi avons quelque chose à vous annoncer, commença Dakota.

— Vous avez eu le temps de discuter ? Qu'est-ce que vous avez décidé alors ? demanda Wally.

Phillip était complètement perdu.

— D'accord, j'ai dû manquer un épisode, dit-il en se tournant vers Dakota. Expliquez-moi puisque je suis visiblement le seul à ne pas être au courant.

Dakota regarda Wally puis Haven avant de commencer.

— Maintenant que tout est plus ou moins en marche, je crois qu'il est temps de t'expliquer, en effet.

Dakota se rapprocha de Wally et le regarda dans les yeux.

— Mais pour répondre à ta question, oui, on s'est décidé.

Il regarda le reste de leur petite assemblée.

— Puisque que tout le monde est là, je vais essayer de tout vous résumer. Haven est venu aujourd'hui pour me demander d'acheter son ranch. Il semble qu'il soit plus heureux d'être un simple cow-boy et qu'il ne soit pas vraiment intéressé par la gestion de son propre ranch.

Phillip écarquilla les yeux et se tourna vers Haven.

— Tu vas vendre ton ranch ?

— Une seconde, laisse Dakota finir, lui demanda Haven, l'air toujours aussi excité.

Il fit signe à Dakota de poursuivre.

— Il y a quelques problèmes cependant, le moindre étant le fait que je n'ai pas l'argent pour racheter le ranch d'Haven sans m'enferrer dans des dettes importantes, ce qui est hors de question. Donc, nous avons cherché une autre solution.

Dakota se tourna vers son père qui semblait écouter très attentivement.

— Nous avons décidé de fusionner nos deux ranchs. De les incorporer dans une entité plus grande. Nous savons tous que les petites structures agricoles comme les nôtres ne durent jamais très longtemps, mais ensemble nous serions l'une des plus grandes exploitations de la région. Haven a beaucoup de terrains. Certains n'ont pas été utilisés depuis un bon moment, donc ils sont bruts mais nous pouvons les développer. Nous avons des terres ainsi que de l'eau et des hommes pour exécuter l'ensemble de l'opération.

Phillip se reprit rapidement.

— Alors, vous vous lancez dans les affaires ensemble ?

— Il y a encore quelques détails à régler, mais nous pensons que ça ne pourrait que nous être bénéfique à tous les deux. Haven s'occuperait de l'exploitation bovine avec Mario, il serait le patron de cette partie. Et nous aurions besoin d'un chef d'entreprise. Haven et moi avons tous les deux convenus que si tu étais prêt, nous aimerions t'offrir le poste, dit Dakota en regardant directement Phillip. Nous aurions besoin de quelqu'un avec d'excellentes compétences financières et comptables.

— Mais, pourquoi pas toi ? demanda Phillip. Quel sera ton rôle dans tout ça ?

— Je n'aurais pas de rôle direct. Entre Haven, Mario et toi, si tu acceptes le poste, l'entreprise sera en de très bonnes mains.

Dakota regarda Wally.

— Et pour répondre enfin à ta question, la réponse est oui.

Wally lui retourna son sourire.

— Quelle était la question ? demanda Jefferson.

Dakota s'agenouilla à côté du fauteuil de son père.

— Si tu es d'accord, j'ai décidé de reprendre mes études de médecine. J'aimerais intégrer l'école de Casper, qui est juste à côté, comme ça je pourrais revenir souvent. Mais ça signifie que je ne serai plus là pour pendre soin de toi autant que maintenant, c'est ton infirmière qui prendra le relais.

— C'est tout ce que j'ai toujours voulu pour toi, dit Jefferson d'une voix rauque, mais manifestement heureux. Ne t'inquiète pas pour moi, Dakota. Tu as besoin de suivre ta propre voie.

Jefferson leva sa bonne main, la passa autour du cou de Dakota et serra son fils contre lui autant qu'il le put.

— Quel genre de médecin veux-tu devenir ? demanda Haven.

174

— Un bon vieux médecin de campagne, à l'ancienne. Ça va me demander du temps, mais je devrais être en mesure de terminer l'école de médecine dans quelques années. Ce qui veut dire que je devrais m'absenter pendant de longues périodes, le temps de faire mon internat.

Il regarda Wally.

— Tu es toujours sûr d'être d'accord ?

— Je ne vais pas sauter de joie à l'idée de ne pas te voir pendant des semaines, répondit Wally avec sérieux, mais je veux que tu sois heureux, et je sais que tu feras un grand médecin.

— Alors ? demanda Phillip. Par où commence-t-on ?

— Nous allons appeler un avocat la semaine prochaine et enclencher le processus, si tout le monde est d'accord. Rien ne pourra être finalisé avant que la succession du père d'Haven ne soit réglée, expliqua Dakota. Je tiens quand même à préciser que personne ne doit se sentir obligé de faire quoi que ce soit s'il n'en a pas envie. Alors, parlez-en entre vous et réfléchissez-y. Il n'y a pas le feu et je ne vous demande pas de réponse immédiate.

Haven se leva, toujours souriant et Phillip le suivit. Après avoir dit au revoir, Phillip prit sa valise et ensemble ils regagnèrent le pick-up.

— Il faudra aussi qu'on songe à ramener ta voiture, dit Haven en caressant le tableau de bord alors que Phillip prenait place sur le siège passager. Mais ça peut attendre, ajouta-t-il avec empressement.

— Je te laisse le volant, je pense que j'ai un peu trop forcé sur la bière, admit Phillip alors qu'Haven démarrait le véhicule.

— Alors ? demanda Haven en engageant le pick-up dans l'allée, qu'en penses-tu ?

Phillip hocha la tête.

— Si c'est ce que tu veux, c'est tout ce qui compte.

— Tu ne penses pas que c'est une bonne idée ?

— Je n'ai pas dit ça. C'est ton ranch et ta vie, et je veux que tu sois heureux. Je sais que tu aimes être un cow-boy et que tout le côté administratif de la gestion d'un ranch t'effraie un peu.

Phillip essayait désespérément de trouver les bons mots, mais il voyait bien qu'à mesure qu'il parlait, Haven rentrait de plus en plus la tête dans les épaules. Toute son excitation avait été remplacée par un air abattu et incertain.

— Et si on allait tranquillement discuter de tout ça quelque part ? Pourquoi pas à Hump Hill ?

Haven hocha la tête, mais ne dit rien en prenant la route qui menait à la colline. Une fois arrivés, Phillip sortit du pick-up, le contourna, et ouvrit le hayon. Il s'assit sur le métal en attendant que le jeune homme se joigne à lui. Le pick-up rebondit lorsqu'il s'assit à côté de lui.

— Je ne pense pas du tout que la fusion des deux ranchs soit une mauvaise idée, commença Phillip en se tournant vers Haven. Je pense que ce sera bon pour toi, Dakota et Wally. Je veux simplement être sûr que tu sais ce que tu fais, parce qu'une fois que tout sera mis en place, tu ne pourras pas revenir en arrière.

— Je ne suis plus un enfant, Phillip.

Phillip prit la main d'Haven.

— Je n'ai jamais pensé que tu l'étais, et je ne voulais pas tout gâcher.

— Ça faisait un moment que j'y pensais. C'est une solution qui me permettrait de faire ce que j'aime tout en m'occupant du bétail d'un ranch gigantesque. Tout ça avec l'aide de professionnels expérimentés. Tu y gagnerais un travail que tu aimes faire toi aussi, j'aurais pensé que ça te rendrait heureux.

Haven semblait tellement déçu, Phillip se détesta d'avoir fait naître cette expression sur son visage.

— Je suis heureux, vraiment. Je veux simplement que tu le sois aussi.

Phillip prit Haven dans ses bras et l'embrassa.

— Je rêve ou c'est notre première dispute ? demanda Haven avec un peu trop d'enthousiasme.

— Non, je ne pense pas, répondit Phillip en le serrant plus fort. Je suis désolé d'avoir douté de tes choix. Je crois que j'avais peur que tu fasses tout ça pour moi.

— Ce n'est pas le cas, le rassura Haven en se tournant dans ses bras. Pour être tout à fait honnête, c'est une décision on ne peut plus égoïste.

Leurs lèvres se trouvèrent et Phillip approfondit le baiser presque immédiatement.

— J'adore venir ici, murmura Phillip entre deux baisers. On peut voir tout ce qui se passe dans le ciel et dans la vallée.

— On va avoir une belle nuit, claire et chaude. Tu es partant pour un petit camping ? demanda Haven.

Phillip sourit en frôlant sa bouche avec la sienne.

— Je préférerais faire l'amour dans notre lit.

Haven frissonna et Phillip captura ses lèvres dans un nouveau baiser en le serrant contre lui.

— Je t'aime, Haven, plus que tu ne peux l'imaginer.

Phillip aurait voulu en dire plus, mais leurs baisers se firent trop passionnés pour parler.

— Je déteste devoir nous interrompre, mais je crois qu'on devrait rentrer.

Haven poussa un petit soupir, mais descendit du hayon avec Phillip. Il le remit en place, remonta dans le pick-up et les ramena au ranch.

La journée touchait à sa fin et ils n'eurent pas le temps de faire grand-chose d'autre. Haven se reposa et Phillip s'assit avec lui pour s'assurer qu'il ne ressorte pas et risque de tirer inutilement sur sa blessure. Après le dîner, Phillip lui prit la main et le conduisit jusqu'à leur chambre. Les draps étaient ouverts et une bougie brûlait sur la commode.

— C'est quoi tout ça ?

Phillip le prit dans ses bras en s'approchant du lit et en glissant ses mains sous la chemise du jeune homme pour caresser sa peau. Haven rejeta la tête en arrière et Phillip en profita pour l'embrasser dans le cou.

— Je t'aime, murmura Phillip entre deux baisers.

Ils se déshabillèrent et Phillip installa Haven sur le matelas, en continuant de l'embrasser, attentif à la moindre de ses réactions. Il lui fit lentement l'amour, avec respect, comme si le jeune homme était un temple qu'il venait adorer.

Les gémissements d'Haven se changèrent en supplication lorsque Phillip le prépara de ses doigts et de sa langue. Lorsque leurs corps se joignirent enfin et que Phillip fut à l'intérieur d'Haven, la chaleur du jeune homme, allongé nu sous son corps, manqua de lui faire perdre tout contrôle. Il avait couché avec beaucoup d'hommes, mais rien ne l'avait préparé à ce qu'il ressentait avec Haven, cette sensation brûlante d'être rentrer à la maison. Haven était son foyer. Phillip déglutit en comprenant que pour la première fois de sa vie, il avait enfin trouvé l'amour. Ses cris de plaisirs se mêlèrent à ceux d'Haven, accompagnés des sons de l'extérieur par la fenêtre ouverte. Les bruits du ranch, les grillons, les cigales, comme si la Nature approuvait leur amour.

— Je t'aime Haven, gémit Phillip en sentant venir son orgasme.

— Moi aussi, je t'aime tellement, s'écria Haven.

Leurs deux corps se crispèrent en même temps, et ils atteignirent le sommet de leur passion ensemble.

XIII

HAVEN SENTIT Phillip se tourner et se retourner encore une fois à côté de lui dans le lit. Chaque fois qu'il s'était réveillé, ce fut pour constater le sommeil agité de son compagnon. Il jeta un œil à la fenêtre, il faisait encore nuit noire dehors. Phillip finit par s'endormir avec beaucoup de difficultés. Lorsqu'Haven se réveilla plusieurs heures plus tard, il était seul dans le lit, courbaturé par leurs activités de la veille. Il se leva, enfila son peignoir et se dirigea vers le couloir à la recherche de son compagnon. Il le trouva assis sur le canapé devant la télévision, une tasse de café posée sur la table en face de lui.

— Est-ce que tout va bien ? Tu as beaucoup bougé cette nuit.

— Je sais, répondit Phillip en soupirant.

— C'est que quelque chose ne va pas, déclara Haven en s'asseyant à côté de lui et en lui prenant la main. Dis-moi tout.

— Hier, pendant que tu discutais avec Dakota, Jefferson et moi avons eu une conversation. Enfin, disons que c'est surtout Jefferson qui a parlé.

Il se tourna vers

— Haven. Il m'a dit ce qui s'était passé entre ton père et lui.

— Il t'en a parlé à toi ? Pourquoi pas moi directement ?

— Je ne sais pas. Je lui ai demandé, mais je n'ai pas vraiment obtenu de réponse claire. Il semble que Jefferson et ta mère ont eu une liaison, expliqua Phillip.

Haven avala péniblement sa salive. Il n'était pas certain de vouloir connaître la suite. Si Phillip en avait perdu le sommeil, c'est que ça devait être désagréable à entendre.

— Elle n'était pas heureuse avec ton père, et malgré eux, Jefferson et elle se sont rapprochés. Ils ont été amants. Jefferson était sincèrement amoureux de ta mère, il a même offert de la protéger et de prendre soin d'elle et de toi.

La voix de Phillip gagna en assurance à mesure qu'il expliquait la situation à Haven.

— Quand elle a avoué à ton père qu'elle le quittait, ton père a essayé de la frapper et elle s'est réfugiée chez Jefferson. C'est comme ça que ton père a découvert leur liaison.

Phillip lui raconta patiemment ce qui s'était passé ensuite et Haven essaya de mettre de l'ordre dans les émotions et les pensées qui l'assaillaient.

— Comment a-t-elle pu m'abandonner ? demanda-t-il dans un souffle.

— Jefferson a dit qu'elle voulait revenir te chercher une fois qu'elle serait installée.

— Est-ce qu'il sait où elle est maintenant ? demanda-t-il plein d'espoir.

Puis il lut l'expression sur le visage de Phillip et comprit aussitôt ce qui s'était passé.

— Elle est morte, n'est-ce pas ?

— Oui, répondit Phillip.

— Oh.

Haven ne savait pas pourquoi il était déçu. Il ne l'avait pas revue depuis qu'il avait sept ans, mais quelque part, au fond de lui, il avait toujours gardé espoir.

— Mon père m'a dit qu'elle nous avait quittés, qu'elle ne nous aimait plus. Je ne l'ai jamais cru parce qu'elle me disait toujours qu'elle m'aimait. Je n'étais qu'un gamin, je ne comprenais pas pourquoi elle était partie, murmura Haven.

Il entendit un bruit de papier froissé et Phillip tira une enveloppe de sa poche de peignoir. Il la posa entre ses mains.

— Elle a envoyé cette lettre à Jefferson peu après son départ, expliqua Phillip

Haven prit l'enveloppe et la retourna ; son nom était écrit dessus.

— Ta mère l'a envoyée pour que Jefferson puisse te la remettre. Pendant toutes ces années, il l'a gardée pour toi et ne l'a jamais ouverte. Il m'a demandé de te la donner.

Les mains d'Haven tremblèrent tandis qu'il manipulait l'enveloppe jaunie par le temps. Il regarda Phillip, puis à nouveau l'enveloppe. Il n'avait pas revu sa mère depuis quatorze ans. Sans les photos accrochées à son mur, il n'aurait sans doute aucun souvenir de son visage. Il regarda Phillip une dernière fois avant de défaire lentement le rabat et de sortir deux vieilles feuilles de papier à en-tête d'un hôtel de Las Vegas. Haven les déplia et commença à lire la lettre manuscrite.

Mon précieux garçon chéri,

Rien ne s'est passé comme je l'aurais voulu. J'avais espéré trouver un emploi et un endroit pour vivre afin que je puisse venir te chercher et te prendre avec moi, mais ce n'est pas possible. J'aurais tant aimé pouvoir le faire, si tu savais, plus que toute autre chose au monde, mais ma vie ici n'est pas celle que je veux pour toi. Tu mérites d'être heureux et en bonne santé, de grandir auprès des chevaux et du bétail, d'être en mesure de jouer sous un ciel bleu et de dormir sous les étoiles. Je sais maintenant que je ne pourrais jamais t'offrir tout ça, peu importe combien je le souhaiterais.

Je sais que je t'ai quitté et que tu dois te demander pourquoi. La réponse est compliquée et peut-être que Monsieur Holden t'expliquera mieux que moi si tu lui demandes. Ton père et moi passions notre temps à nous disputer, tu le sais, nous n'étions plus heureux ensemble, mais ce n'est pas ta faute, mon cœur, ça ne l'a jamais été. Tu es le petit garçon le plus extraordinaire du monde, et n'importe quelle mère rêverait d'avoir un fils aussi merveilleux. Tu me manques tous les jours.

Il y a tant de choses que j'aimerais te dire, et je souhaiterais pouvoir être là pour te les dire en face, mais je veux que tu saches que je t'aime plus que tout au monde, que je t'ai toujours aimé et que je t'aimerai toujours. N'en doute jamais, peu importe ce que tu penses ou ce que ton père pourra te dire. Oui, je suis partie, et j'aurais voulu ne pas y être obligée, mais je ne suis pas partie à cause de toi.

Haven, tu es la lumière de ma vie et la personne dont je suis la plus fière. Alors, mon précieux petit garçon, s'il te plaît, souviens-toi que je t'aime. Peu importe où je suis, tu es partout avec moi, dans mon cœur. Tu n'es jamais loin de mes pensées.

Mon Haven, je t'aimerai toujours,
Maman.

Haven replia les feuilles sur ses genoux, perdu, incertain quant à ses sentiments.

— Je me suis toujours demandé si c'était à cause de moi qu'elle était partie, dit Haven en tendant la lettre à Phillip pour lui permettre de la lire aussi.

— Ce n'était pas ta faute. Il est évident que ça lui a brisé le cœur de te quitter.

Phillip lui rendit la lettre et Haven la replia et la rangea dans l'enveloppe.

— Jefferson m'a dit qu'il avait découvert quelques années plus tard qu'elle était morte peu de temps après t'avoir envoyé cette lettre.

— A-t-il dit comment elle était morte ? demanda Haven en s'essuyant les yeux avec le dos de la main.

— Non. Il a dit qu'il ne le savait pas et je pense que le mieux à faire est de le croire.

Phillip se leva du canapé et lui tendit la main, laissant sa tasse de café derrière lui.

— Reviens te mettre au lit un moment.

Haven se leva aussitôt, prenant la lettre avec lui.

Dans la chambre, Haven fixa l'enveloppe dans le coin du cadre de la photo de sa mère, puis il retira son peignoir. Phillip se coucha près de lui et le serra fort dans ses bras.

— Je t'aime, Haven, dit-il doucement.

Haven se laissa bercer par le son de sa respiration.

— Tu as décidé quand tu voulais rentrer chez toi pour aller chercher tes affaires ? demanda Haven.

Il avait eu tellement peur que Phillip change d'avis et décide qu'il voulait repartir définitivement.

— La semaine prochaine. Je réserverai mes billets d'avion quand j'aurais dormi un peu. Tu veux venir avec moi ? demanda-t-il en se blottissant contre Haven.

— Je ne peux pas, mais je t'attendrai ici, répondit Haven.

Il attendit quelques instants, mais Phillip ne répondit rien, et quelques minutes plus tard le son léger de son ronflement envahit la pièce. Dans son sommeil, il serra Haven contre lui, et le jeune homme l'embrassa sur la joue, avant de fermer les yeux.

— Je t'aime aussi.

ÉPILOGUE

PHILLIP SORTIT de son bureau dans l'air automnal, et les rayons du soleil réchauffèrent sa peau, offrant un contraste bienvenu avec la brise gelée qui annonçait l'hiver. La fusion des deux ranchs avait été un véritable défi, mais le résultat s'était révélé plus que concluant.

— Qu'est-ce que tu fais ? demanda Phillip en apercevant Wally qui se dirigeait vers les clos des fauves.

Curieux, il le suivit, mais ralentit le pas en approchant les premiers félins. Certes, ils étaient dans leurs cages, mais il s'était fait rugir dessus d'un peu trop près la dernière fois, et il n'était pas pressé de recommencer.

— Je dois les préparer pour l'hiver, répondit Wally en entrant dans l'enclos de Schian.

Le lion était dans la zone d'exercices, ou plus précisément, dans le cas de Schian aujourd'hui, sa zone de 'sieste au soleil'.

— Avec le froid, ils vont avoir besoin d'abris. Je vérifie celui de Schian et j'ai demandé aux gars d'apporter quelques rochers pour en faire un à Kahn. Il m'en faudra aussi un pour Blackie qui va nous rejoindre la semaine prochaine.

— Blackie ? demanda Phillip.

Wally secoua la tête.

— C'est une jeune panthère noire. Quelqu'un à Casper a pensé qu'elle ferait un bon animal de compagnie. Malheureusement, elle s'est enfuie et il leur a fallu des semaines pour la rattraper, et ça, seulement après qu'elle ait traqué tous les animaux du voisinage. Comme pour Sheba, j'espère trouver un zoo qui acceptera de la prendre. Elle fera un excellent ajout pour un programme d'élevage.

Wally appuya sur la commande du boitier qui refermait l'enclos de Schian, ouvrit celle de la zone d'exercices et appela le lion qui se leva aussitôt et regagna son enclos. Il s'approcha de Wally et roula sur le dos pour qu'il lui gratte le ventre.

— Jamais de ma vie je ne me serais attendu à entendre un lion ronronner, déclara Phillip en restant à l'écart, prudent mais attentif.

— C'est presque pire qu'un moteur d'avion, hein ? Oui, tu es un bon garçon, gros bébé.

Wally quitta l'enclos et referma la porte derrière lui, laissant Schian se prélasser au soleil.

— J'ai reçu un appel d'un zoo de la côte Est. Ils aimeraient prendre Kahn, et le mot a dû passer parce que j'ai reçu beaucoup d'appels aujourd'hui.

— Tu as des nouvelles de Sheba ?

Wally sourit en s'approchant.

— La maman et les petits vont très bien. Le zoo de Casper est très content de les avoir hébergés, ils ont reçu une proposition pour l'envoyer en Asie dans un programme d'élevage, une fois que les petits seront sevrés, expliqua Wally en ouvrant les portes pour que Kahn puisse rejoindre la zone d'exercices.

Le majestueux tigre regarda autour de lui, avant de faire le tour de l'enclos, rôdant le long du périmètre en reniflant. Wally referma la porte qui communiquait entre son enclos et la zone d'exercices, et entra dans son enclos vide.

— Hé, Haven ! appela Wally pour attirer l'attention du jeune homme au loin, tu peux venir me filer un coup de main avec les rochers ?

— Bien sûr !

Haven sortit son téléphone, et quelques minutes plus tard, lui et trois des ouvriers les rejoignirent. Haven excellait dans son travail et il aimait ce qu'il faisait, c'était évident.

— Hé, toi.

Phillip se retourna et le jeune homme planta un baiser sur ses lèvres, menaçant de le faire fondre sur place.

— C'était pour quoi ça ? demanda Phillip, les yeux écarquillés.

— Juste comme ça, répondit Haven avec un clin d'œil avant de se tourner vers ses hommes. Wally a besoin d'aide avec les rochers, les gars !

— Pas de souci, répondit David, et avec l'aide des deux autres hommes, ils firent rouler les gigantesques pierres dans l'enceinte, avant de poser un rocher plat sur le dessus pour créer une grotte.

Wally vérifia qu'elle était stable et remercia les ouvriers avant de renvoyer tout le monde et de fermer l'enclos. Kahn, qui les avait observés tout du long, s'approcha à pas lents de la nouvelle structure qu'il renifla. Il grimpa dessus avant de s'aventurer à l'intérieur et d'y rester.

— J'ai l'impression que ça lui plait, conclut Wally satisfait.

— Quand Dakota revient-il ? demanda Phillip.

— Ce weekend. Il a dit qu'il allait devoir étudier, mais pour l'instant ce ne sont que des cours de remise à niveau, ça ne devrait pas lui prendre trop de temps. C'est au printemps que ça va se corser.

Wally fit le tour de l'enceinte pour observer tous ses félins.

— Je pense qu'il est anxieux d'avoir quitté son père, mais la santé de Jefferson est stable, et puis il est si fier de son fils.

Phillip sourit discrètement en regardant les yeux brillants et l'expression de Wally. Il n'y avait pas que Jefferson qui était fier de Dakota.

— Quel est le programme pour cet après-midi ? demanda Phillip, tandis que Wally, Haven et lui se dirigeait vers la maison.

— Rien, répondit Haven. Pourquoi ?

— Wally me disait que Milford avait quelques superbes chevaux à vendre, je pense qu'on devrait aller les voir.

Haven le regarda, les yeux plissés.

— Sois raisonnable, ça va faire plus de six mois. Tu as besoin de ton propre cheval. Celui de ton père est bien, mais ce n'est pas le tien.

Le froncement de sourcils d'Haven se transforma en un sourire et Phillip se demanda ce qu'il avait derrière la tête.

— D'accord, mais seulement si tu en prends un aussi. Tu es ici depuis assez longtemps pour avoir ton propre cheval. Je n'en prendrai un que si tu acceptes également.

Phillip poussa un petit soupir exagéré.

— D'accord, répondit-il faussement exaspéré, avant de sourire. Ça tombe bien, parce qu'un des chevaux de Milford m'intéresse justement.

Phillip attrapa le bras d'Haven et l'amena au pick-up.

Quelques heures plus tard, Phillip revint à la maison avec un sourire jusqu'aux oreilles. Milford allait leur livrer les chevaux le jour suivant. Haven avait choisi un hongre alezan d'allure royale et Phillip avait porté son dévolu sur Sahara.

— Où as-tu appris tout ça sur les chevaux ? demanda Haven.

— De quoi parles-tu ? Je n'y connais rien du tout.

— Milford m'a dit que tu avais mené la négociation la plus féroce qu'il ait jamais vue. Il veut t'emmener avec lui aux ventes de yearlings au printemps prochain.

— J'imagine qu'on peut dire que je suis *dur* en affaires, plaisanta Phillip en jouant des sourcils.

Haven s'autorisa un grognement mortifié en levant les yeux au ciel.

— Plus sérieusement, poursuivit Phillip en haussant les épaules, je suis comptable. C'est mon travail d'obtenir les meilleurs prix pour tout ce que nous achetons.

Ils arrivèrent dans la cour et garèrent le pick-up. Haven lui donna un rapide baiser avant de se diriger vers la grange, et Phillip rentra dans la maison.

Finis les meubles et les murs fades et démodés. Ils avaient entièrement repeint la maison, acheter du mobilier neuf et complètement refait la cuisine. La maison était à leur image à présent, mais il leur avait fallu à chacun un temps d'adaptation pour se faire à tous ces changements.

Phillip attrapa une pile de couvertures dans l'armoire à linge, et ressortit en direction du pick-up.

— Qu'est-ce que tu fais ? demanda Haven en s'approchant.

— Je me suis dit qu'on pourrait aller camper une dernière fois avant l'hiver, dit Phillip en posant les couvertures dans le pick-up. Il y a de quoi faire des grillades dans le frigo, je te laisse aller chercher le matelas pour préparer le lit à l'arrière ?

Haven ouvrit de grands yeux incrédules.

— Tu te rends compte qu'il va faire très froid ce soir ?

Phillip se rapprocha de lui d'un pas séducteur, assez près pour sentir son souffle sur ses lèvres.

— Et alors ? Monsieur le Générateur de Chaleur, tu n'auras qu'à me tenir au chaud.

Phillip se colla autant qu'il le put contre lui, s'assurant qu'Haven savait exactement à quoi il faisait allusion.

Haven comprit le message et très rapidement, le pick-up fut prêt et ils étaient en route vers leur petit coin de paradis à eux.

— On devrait changer le nom de l'endroit, parce que Hump Hill ça n'est pas terrible, déclara Phillip en sortant du pick-up.

Il admira la vue imprenable de la vallée qui se déroulait sous ses yeux. D'ici, il pouvait voir leur maison et celle de Wally et Dakota, les granges, les sentiers et les terres qui s'étendaient à perte de vue. Les clôtures qui divisaient autrefois les deux ranchs avaient maintenant disparues, et l'herbe repoussait déjà sur les anciennes frontières.

— Que dirais-tu de Phillip Hill ? Ça sonne bien non ?

— Si on veut, dit Haven en éclatant de rire et Phillip l'attrapa par ses passants de ceinture pour le serrer contre lui et l'embrasser.

— Bon, alors Constellation Hill ? proposa Phillip et Haven s'immobilisa en scrutant son visage, songeur.

— J'aime bien, murmura-t-il avant d'initier un autre baiser qui fit frissonner Phillip.

Haven le serra plus fort contre lui.

— Est-ce que je génère assez de chaleur comme ça ? demanda Haven haletant.

Il caressa la joue de Phillip avant de se pencher pour l'embrasser de nouveau.

— C'est parfait.

ANDREW GREY a grandi dans l'ouest du Michigan, élevé par un père qui aimait raconter des histoires et une mère qui adorait les lire. Depuis, il a vécu un peu partout aux USA et a roulé sa bosse à travers le monde. Il a obtenu un Master à l'Université de Wisconsin-Milwaukee et travaille dans le département informatique d'une grande entreprise. Andrew aime collectionner les antiquités, jardiner et laisser traîner sa vaisselle sale n'importe où sauf dans l'évier (surtout lorsqu'il est en train d'écrire). Il pense qu'il a de la chance d'avoir une famille tolérante qui l'accepte tel qu'il est, des amis fantastiques et le compagnon le plus fantastique et le plus aimant du monde. Andrew vit actuellement à Carlisle, en Pennsylvanie.

Son site internet : www.andrewgreybooks.com ;
Son blog : andrewgreybooks.livejournal.com/

Par ANDREW GREY

Destinés l'un à l'autre
Une juste cause

AMOUR…
Amour… et liberté
Amour… sans limite
Amour… et courage
Amour… sans honte

HISTOIRES DE CŒUR
Cœur de loup
Cœur à prendre

LES ARÔMES DE L'AMOUR
La saveur de l'amour
Un portion d'amour

PAR LE FEU
Le Baptême du Feu
Tout feu, tout flamme

Maison d'édition DREAMSPINNER PRESS
www.dreamspinnerpress.com

Histoires de cœur, tome 1

Après une première année en fac de médecine, Dakota Holden est contraint de revenir dans le Wyoming de son enfance pour reprendre le ranch familial et s'occuper de son père, atteint d'une sclérose en plaques. Dévoué à sa famille, il ne s'autorise qu'une semaine de vacances par an. Sept jours, sept petits jours qu'il passe le plus loin possible du ranch, et durant lesquels tous les interdits du reste de l'année tombent enfin. Lors de ses dernières vacances sur une croisière, il fait la connaissance de Phillip Reardon, qui va jouer un rôle important dans sa vie.

Lorsque Phillip décide d'accepter l'invitation de Dakota de venir lui rendre visite dans son ranch, Dakota est heureux de le revoir et de rencontrer son ami vétérinaire, Wally Schumacher. Le problème, c'est que Wally n'a très vite qu'une seule idée en tête, protéger les loups que les hommes de Dakota sont obligés de chasser afin de protéger le bétail. Mais malgré leurs différends, Dakota et lui se trouvent de nombreux points communs et très vite, une forte attirance s'installe entre eux. Il leur faudra alors décider si les terres du Wyoming sont assez grandes pour le troupeau de Dakota, les loups de Wally, et leur amour.

www.dreamspinnerpress.com

Amour…, numéro hors série

Au début des années 80, Len Parker perd son emploi pendant la récession et décide de reprendre ses études dans sa ville natale du Michigan, où il renoue des liens avec Ruby, sa meilleure amie durant ses années de lycée. Len est fou de joie en apprenant que Ruby convole en justes noces avec Cliff Laughton mais sera bientôt profondément bouleversé lorsqu'elle décèdera prématurément, laissant derrière elle son mari et son fils de deux ans.

Après s'être retrouvé une nouvelle fois sans emploi, Len est embauché dans la ferme cruellement négligée des Laughton. Cliff pleure toujours sa femme et a toutes les peines du monde à élever son fils et n'a que très peu d'enthousiasme et d'énergie à consacrer au travail de la terre. Len remettra rapidement la ferme sur pied, Cliff et son fils avec. En travaillant main dans la main, Len et Cliff se rapprocheront. Mais aimer un autre homme demande énormément de courage. Ensemble, ils devront remettre sur pied une ferme en déliquescence et faire face à une sécheresse menaçante, à des parents indiscrets et aux préjugés des fermiers de cette petite ville du centre des Etats-Unis, pour protéger ce qui pourrait bien être un amour éternel.

www.dreamspinnerpress.com

Amour…, numéro hors série

Joey Sutherland a trouvé un foyer chez Geoff Laughton et Eli, son partenaire. Il vit et travaille désormais à la ferme, devenue son refuge après un grave accident de moto. Le visage marqué de cicatrices, Joey a du mal à accepter le regard des autres. Quand la tante de Geoff, Mari, leur demande un service : héberger un jeune musicien de l'Orchestre National des Jeunes, Joey se charge à contrecœur d'aller récupérer le jeune homme. Il imagine déjà le dégoût qu'inspirera son visage couturé.

Tout au contraire, Robert Edward Jameson se montre ouvert et amical. Une fois à la ferme, il est prêt à toutes les expériences. De plus, il est aveugle, ce qui, bien entendu, aide beaucoup Joey à se détendre en sa présence.

Très vite, Joey et Robbie deviennent inséparables et ils tombent également amoureux l'un de l'autre. Malheureusement, l'été touche à sa fin et Robbie doit retourner chez lui, dans le Mississippi, où sa famille possède une plantation et du personnel chargé de veiller sur le jeune aveugle. Joey espère obtenir de Robbie qu'il échappe à son confortable cocon pour vivre avec lui, mais acceptera-t-il de repousser ses limites par amour ?

www.dreamspinnerpress.com

Amour…, numéro hors série

Renié par son père et chassé de chez lui, Stone Hillyard erre en plein hiver dans le Michigan quand il a la chance de trouver refuge dans la ferme équestre que dirigent Geoff Laughton et son partenaire Eli. Les deux hommes l'accueillent, lui offrent un toit et un emploi : s'occuper des chevaux et les aider dans leur programme d'équithérapie « Cheval… sans limite'.

Preston Harding est devenu infirme depuis un tragique accident de voiture provoqué par un ivrogne. Il a tout perdu : son amant, son indépendance, son avenir. Toujours en fauteuil roulant après des mois de rééducation acharnée, il devient désespéré. Son thérapeute lui recommande alors le programme de Geoff et Eli. Dès sa première leçon, Preston se montre si odieux et arrogant qu'il manque être expulsé. C'est Stone qui intervient en sa faveur, malgré les insultes reçues. Ce geste inattendu oblige Preston à faire un retour sur lui-même.

Stone et Preston se soutiendront mutuellement dans leur affrontement avec leurs familles respectives, malgré la désapprobation et les vieux secrets douloureux. Ils apprendront, parfois à leurs dépens, que l'amour peut représenter la liberté.

www.dreamspinnerpress.com

Amour…, numéro hors série

Geoff vit en ville, profitant pleinement la vie libre d'un jeune homme gay, lorsque la mort de son père le convainc de retourner dans la ferme familiale. Découvrant un jeune amish endormi dans sa grange, Geoff apprend qu'Eli passe une année loin de sa communauté avant de demander le 'Baptême' et vivre selon les traditions de son église. En dépit de leur attraction mutuelle, Geoff est déterminé à ne pas s'impliquer avec lui, mais Eli découvre que Geoff partage ses sentiments et il commence à le courtiser, capturant tout d'abord son attention, puis son cœur.

Leur relation naissante est menacée par des parents médisants et étroits d'esprit, ainsi que par la société en général. Un nouveau monde s'ouvre à Eli et il doit décider s'il doit retourner dans sa communauté, sa famille, le monde et futur qu'il connaît, ou rester avec Geoff et avoir foi en la puissance de l'amour

www.dreamspinnerpress.com

Sept jours, numéro hors série

La vie d'une personne peut-elle changer en l'espace d'une journée? Pourquoi pas en l'espace de sept jours, dans ce cas ?

Voici le récit de sept jours vitaux dans la vie d'Evan Donaldson. Evan était un fugueur, vivant dans les rues, lorsque le Père Valentin le convainquit d'entrer à l'Académie Saint Bartholomé. Ce jour-là, la vie d'Evan bascula. Ce fut le jour où il rencontra son camarade de chambre, Clay Mueller, mais aussi le jour où il commença à vivre. La vie d'Evan continuera toutefois à changer, allant d'abus à un premier amour, en passant par des ruptures et des chagrins d'amour, jusqu'à fonder sa propre famille. Mais à travers chaque épreuve, à chaque fois qu'une porte se refermait, une fenêtre restait ouverte et cette fenêtre c'était Clay.

Depuis ce premier jour où il trouva la foi et tissa un lien avec Clay, à travers les tours et détours de leur relation, voici un aperçu de sept jours décisifs et de la manière incroyable et cruciale qu'a un seul moment de changer la destinée.

www.dreamspinnerpress.com

Les arômes de l'amour, numéro hors série

Le service du midi au restaurant de Darryl Hansen, le Café Belgie, commence à être trop chargé pour être géré par un seul homme, et Billy Weaver est un jeune homme en recherche d'emploi – n'importe lequel – pour nourrir sa famille. La nature honnête et la volonté de travailler dur de Billy lui permettent de gagner le respect de Darryl, mais le regard admiratif du jeune homme rouvre des blessures du passé de Darryl.

Jusqu'à ce que Darryl découvre le secret de Billy, ce dernier souffre en silence : son père est mort il y a quelques mois, le laissant se débattre pour élever ses deux frères jumeaux de cinq ans. Darryl accueille Billy et les garçons au restaurant, où ils feront face ensemble à l'éventail de problèmes qui les attendent… pendant que Davey, Donnie et Billy se frayent tous un chemin dans le cœur de Darryl.

www.dreamspinnerpress.com

Les arômes de l'amour, numéro hors série

Sebastian Franklin a attendu longtemps avant de pouvoir faire ses preuves en tant que responsable de salle du Café Belgie, mais sa première nuit en charge du restaurant alors que Darryl, son patron, est en vacances, est loin d'être une réussite. Le restaurant est braqué à l'heure de la fermeture, et le bon Samaritain qui a déjoué le vol apporte de nouvelles complications.

Robert Fortier, le nouveau juge du comté, est réticent à occuper ce poste. Il est bien au fait qu'avoir une vie publique n'est pas toujours chose aisée, spécialement quand votre vie privée fait de vous la cible idéale des battages médiatiques. Malgré cela, Robert apprécie la compagnie de Sebastian, et Sebastian, qui n'est jamais contre une portion de bonheur, a un penchant pour sa personnalité publique favorite. Mais Sebastian n'est pas sans problèmes, lui non plus – une situation familiale chaotique et un ex en difficulté lui mettront la pression alors qu'ils se débattent pour démarrer cette nouvelle idylle.

www.dreamspinnerpress.com

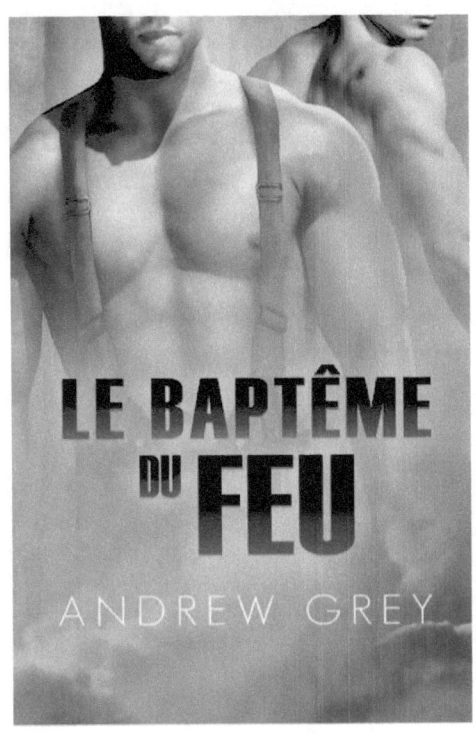

Par le Feu, tome 1

Dirk Krause est un connard de première. Sa vie est un enfer par sa propre faute, et il rend tous ceux qui l'entourent tout aussi malheureux. Quand il se blesse au travail, il se montre odieux envers le personnel de l'hôpital, et bien sûr, aucun membre de son équipe ne daigne lui rendre visite.

Lee Stockton est le petit nouveau de la caserne, et il écope donc d'une mission : amener à Dirk un bouquet de bon rétablissement de la part des autres pompiers de l'équipe. À la surprise de Dirk, Lee lit en lui comme dans un livre ouvert et voit clair dans son jeu. Lee semble déterminé à pousser Dirk à arrêter de se comporter comme un salaud pour repousser ceux qui l'entourent. Leurs chamailleries se transforment alors en étreintes… Une nouvelle relation naîtra-t-elle de ces flammes, ou celles-ci laisseront-elles seulement des cendres ?

www.dreamspinnerpress.com

Suite de Le Baptême du Feu
Par le Feu, tome 2

Lee Staunton et Dirk Krause se fréquentent depuis quelques mois quand ils reçoivent une mauvaise nouvelle : la caserne où ils travaillent sera fermée, à moins qu'ils obtiennent assez d'argent pour l'entretien et les réparations. L'équipe veut se battre. Il n'y a qu'un seul problème : la seule proposition pour récolter de l'argent est celle de Lee… et Dirk la déteste.

Malheureusement, tout le monde pense que le 'dîner épicé' de Lee (où ils ne serviront qu'en portant leurs pantalons, leurs bottes et leurs casques) est une idée géniale et Lee se prépare donc à l'organiser. Mais les bâtons dans les roues du conseil municipal et les faibles ventes de billets menacent de ruiner ses efforts. Si Dirk n'arrive pas à mettre sa fierté de côté pour une soirée, cela pourrait leur coûter à tous deux leur travail… sans parler de leur relation.

www.dreamspinnerpress.com

Une juste cause, numéro hors série

Jerry Lincoln est bien ennuyé : son entreprise d'expertise en informatique située à Sioux Falls procure plus de travail qu'un seul homme peut en gérer. Heureusement, cela signifie qu'il peut recruter quelqu'un pour l'aider. Il espère seulement qu'au final, son nouvel employé, John Black Raven, sera davantage pour lui une source d'aide que de distraction – sauf que les yeux profonds et les longs cheveux de John l'empêchent de se concentrer.

John est venu en ville pour faire des études et obtenir la chance de sa vie, ce qu'il n'aurait jamais eu à la réserve. Cependant, ce qui compte dorénavant le plus pour lui est de trouver un emploi et de le garder. Sa sœur est décédée six mois plus tôt et ses enfants sont désormais en famille d'accueil. Bien que la loi soit de son côté, John ne peut en obtenir la garde – il ne peut même pas voir son neveu et sa nièce.

Alors que Jerry et John se rapprochent, John comprend qu'il n'est pas obligé de lutter seul. Jerry l'aide à obtenir le droit de visite et lui apporte un soutien indispensable. Pourtant leurs victoires ne sont pas sans déboires. Les services de l'aide pour l'enfance sont impliqués dans des histoires d'argent, de politique et de tracasseries administratives, et les enfants amérindiens sont leur moyen de subsistance. Or, John et Jerry sont bien décidés à se battre pour la bonne cause et à en sortir victorieux – à plus d'un titre.

www.dreamspinnerpress.com